带电

潘 洗 杨 宏 —— 著

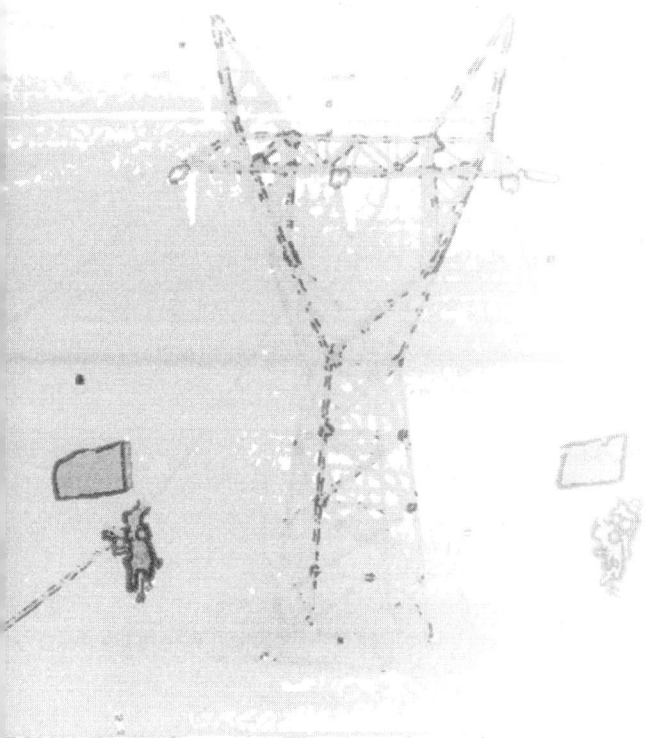

北方联合出版传媒（集团）股份有限公司
春风文艺出版社
·沈阳·

图书在版编目（CIP）数据

带电/潘洗，杨宏著. —沈阳：春风文艺出版社，
2019.9（2021.1重印）
ISBN 978-7-5313-5690-5

Ⅰ. ①带… Ⅱ. ①潘… ②杨… Ⅲ. ①报告文学—中
国—当代 Ⅳ. ①I25

中国版本图书馆CIP数据核字（2019）第199202号

北方联合出版传媒（集团）股份有限公司
春风文艺出版社出版发行
http://www.chunfengwenyi.com
沈阳市和平区十一纬路25号 邮编：110003
永清县晔盛亚胶印有限公司印刷

统筹策划：官庆申 孙金宏　　　封面题字：孙金龙
责任编辑：姚宏越　　　　　　　责任校对：曾 璐
封面设计：郝 强　　　　　　　印制统筹：刘 成
幅面尺寸：170mm × 240mm　　　字 数：290千字
印 张：16.5
版 次：2019年9月第1版　　　　印 次：2021年1月第2次
书 号：ISBN 978-7-5313-5690-5
定 价：39.80元

谨以此书献给

为带电作业技术的探索实践、推广普及、传承发展做出突出贡献的带电人!

带电作业是在不间断对用户供电的情况下，进行有电设备的检修、维护和测试工作的专门技术。

——《鞍山电业局志·第一卷》

带电作业　live working；live work：

工作人员接触带电部分的作业，或工作人员身体的任一部分或使用的工具、装置、设备进入带电作业区域内的作业。

——《中华人民共和国国家标准——电工术语　带电作业》
（GB/T 2900.55—2016/IEC 60050-651：2014）

带电作业技术是鞍山电业局最早提出并首先应用于生产中的。

辽宁带电作业技术经过由简到繁，由单个项目发展到成龙配套，由低电压发展到高电压，由配电发展到送电、变电、发电，由绝缘杆操作发展到等电位作业，走过一条漫长而艰辛的道路，凝聚了广大工人、工程技术人员和领导干部的汗水与智慧。

——《中华人民共和国电力工业史·辽宁卷》

"带电"的初心

——序长篇报告文学《带电》

老　藤

平心而论，在读到这部书稿之前，我对"带电作业"很陌生，虽然常看到野外有电业工人在高高的铁塔和电线上作业，但我一直以为那是断掉了电源的，我甚至担心一定要看护好下面的电闸，万一有疏忽者不小心合上电闸，作业的人就会被烧成火球。记得我小时候在农村看到过凄惨的一幕：一个有精神疾患的流浪汉爬上铁塔掏鸟窝，结果触到了高压线，焦煳一团就挂在那里，令人不寒而栗。读罢这部书稿，不由得使我倒吸一口凉气：天哪，原来那些蜘蛛侠一般的作业者，有的竟然是带电工作！

我怀着敬畏之心一口气读完了这部书稿的电子版，合上电脑，闭目沉思，我隐隐听到笔记本电脑因为没有断电而发出弱弱的声响，我忽然就想到了一个问题：电脑，因为没有断电，我们从中可以浏览过往的痕迹，那么人的初心呢？初心之所以不忘，是不是也需要带电？结论当然是肯定的，不带电的初心，是无法保持长期律动的，带有社会属性的人不是一个孤立系统，能量无法守恒，初心，需要经常充电，不断补充能量。于是我觉得，对初心最好的呵护就是带电。在思考这一问题之后，对这部十分专业的报告文学，我有了与读者分享的渴望。

带电，是一种对信仰的担当。我觉得带电是一种化热血为激情的奉献，是一种用生命祭奠信仰的牺牲。对于共产党人来说，带电，意味着光明，意味着力量；反之，则会晦暗、萎靡，毫无斗志。该书让人心潮激荡的就是带电，书中一个个鲜活的人物，如同离子定向运动一样，似乎能让你血管中的血液也跟着一起澎湃，是加速度的循环流淌。

郑代雨，这位1953年就获得国家技术革新奖的工程师，被誉为降伏"雷公电母"的人，他与倪志福、郝建秀齐名，在他身上从来没有断过电，浑身充满丰沛的电力，第一个直接进入超高压"禁区"搞试验。当时的经验材料记载：登上30多米高的铁塔，他手上和腿上放出噼噼啪啪的火花，越往前进，电压越大，火花也越大。郑代雨高呼："忠于毛主席，一切为人民，坚决完成任务！"他坚定沉着地抓住了高压导线，制服了"电老虎"，打破了电学理论上的"禁区"。读到这段带有明显时代色彩的文字，我的眼眶湿润了。我知道，如果郑代雨面前不是22万伏高压，而是喷着火舌的枪眼，他也会毫不迟疑地扑上去，因为那一刻，他已经把自己献给了为之奋斗的事业。

让我感到心潮难抑的是刘长庚，他在新的工作岗位上一旦带电，便爆发出惊人的创新力。刘长庚研究带电作业简直到了废寝忘食的程度，吃饭时用筷子当导线进行试验，夜晚用萝卜、马粪纸雕制模型。他常常钻研到半夜，或半夜起来再干，大家亲切地叫他"刘半夜"。他先后起草编著了近20万字的《带电检修现场操作规程》，还和工友合著了《不停电检修电力线路》和《不停电检修电力线路工具机械加工图册》两本书。1964年5月，刘长庚被评为五好职工和技术革新能手，并出席辽宁省五好职工、技术能手代表会议。

从刘长庚1958年写的《红专计划》和1968年的遗言中，我们不难发现，即使走到生命的尽头，他的初心依然电光闪烁。在《红专计划》中他写道："争取红透专深，力争把自己锻炼成为一个工农业生产多面手。乘技术革命之风，到1960年年末学会下列几种专业：精通内线，深追配电，学透送电，钻研变电；提高技术，能独立绘制线路及一般机械图纸，学习初级电工理论知识，把带电作业工具全部图纸重新绘制完成，学会电镀锌烧水焊和电焊，还要学会开汽车，争取实现个人规划，1960年内达到技师水平。"他在1968年的遗言中说道："我借公家的工具归还国家：里屋的单人床床板和外面走廊小棚是以前公家给打的，床铺的木料要给国家。还有借供电所4根螺丝、4块两眼铁板。工具有木钻1个，摇钻1把，木锉、半圆锉各1把，钻头全部……"

这些文字句句忠诚，赤子之心，日月可鉴！或许他知道，只要初心带电，总会有并流归队那一天。

带电，为旗帜闪光输送能量。旗帜本身并没有光，旗帜之光来自太阳，来自信仰，来自核心，要想每个共产党员都成为一面闪光的旗帜，就必须让旗帜带电，让旗帜拥有不竭的力量源泉。辽宁电力系统的党组织深深懂得这个道理，他们在重视技术革新的同时，不忘政治工作这一法宝，给党员的初心源源不断地充电、加压，让每一面旗帜都高高飘扬。在书中我记住了一串名字：方深、蔡昌年、许祥佑、王遵，还有东光烈、刘德成、崔应龙，他们都有一个共同点，那就是共产党员的身份，他们以自己的奋斗，诠释了习近平总书记所说的"每一个党员都应该是一面闪光的旗帜"这一谆谆教诲。

初心带电，浑身是胆，血脉偾张，一往无前。应该说，这种"人民电业为人民"的初心，这种忠诚担当、精益求精、创新实干、敢为人先的"带电精神"，这种自中华人民共和国创建伊始所积淀的电力红色基因，已经传给了后来人。朱桂萍、范桂荣、柏木、薛岩、肖坤、肖平、王家峰、佟明等，他们每一个人都不忘初心，牢记使命，在带电作业工作上成为一面飘扬的旗帜，成为电力人的表率。

带电，时刻提醒管理者要当好变压器。书中有一段实录我反复读了几遍，开始我觉得作者可能写错了，把今天的领导讲话穿越到了1973年。因为在那段岁月里能讲出这样一段话令我吃惊。那是张彬副部长的一段话，他提出带电作业和技术革新必须树立四个观点：第一是敢想、敢于革命的精神和严格的科学态度，第二是群众观点，第三是实践观点，第四是要有一个正确对待新生事物的态度。我想这段话就是拿到今天的现场会仍然不乏指导意义。由此，我明白了电力人为什么能够带电、敢于带电，这是因为他们从创业之初，就有保驾护航的"变压器"。电力系统的发展也足以证明习近平总书记那段科学论断：不能用前30年否定后30年，也不能用后30年否定前30年。"改革开放前的社会主义实践探索，是党和人民在历史新时期把握现实、创造未来的出发阵地，没有它提供的正反两方面的历史经验，没有它积累的思想成果、物质成果、制度成果，改革开放也难以顺利推进。"

宋代张孝祥写过一首词《水调歌头·青嶂度云气》，其中有"电掣金蛇千丈，雷震灵龟万叠"和"天宇忽开霁，日在五云东"等佳句，不知为何，在欣赏这首古词时，我眼前总是浮现出辽东地区高山峻岭上的带电作业人。辽东是一方宝地，那里以出产美玉著称。古者观青嶂，今人赏岫岩，永恒的雷电闪耀古今，不变的初心向往未来，电力人给了我们一个深刻的启示：为了中华民族伟大复兴的中国梦彪炳史册，无论是阳光普照还是风雨如磐，我们都必须带电前行。

2019年9月1日　沈阳

（老藤：本名滕贞甫，现任辽宁省作家协会党组书记、主席）

目　录

第三部分　赶超与提升

第四部分　带电作业再出发

第一部分
从发端到普及
（新中国成立初期到20世纪60年代）

天·地篇

任何一个新生事物的出现，都有其特定的时代背景和社会环境。带电作业也是如此。

中国的带电作业，发端于新中国成立之初的国民经济恢复时期。

中国共产党领导中国人民付出了巨大牺牲才迎来了中华人民共和国的成立。那时的新中国积贫积弱，社会经济十分落后且破坏严重。1949年工业总产值只有140亿元人民币，与历史最高年份相比减少50%，其中重工业减少70%，轻工业减少30%，煤炭产量减少48%，钢铁产量减少80%以上。粮食产量减少近1/4，棉花产量减少48%。铁路只有近万公里线路通车，3200多座桥梁遭到严重破坏。生产物资匮乏，恶性通货膨胀，市场物价猛涨。1949年城市中失业人数约有400万人，农村受灾群众约4000万人，城乡人民生活极端困难，还在温饱线上挣扎。

新中国成立之初由于多年兵燹战乱的破坏，满目疮痍，百废待兴，民生困顿，举步维艰。因此，必须迅速医治战争创伤，恢复国民经济，以巩固人民政权，改善人民生活。这个新中国成立后恢复被战争破坏的国民经济的时期（1949年到1952年年底），被称为"国民经济恢复时期"，其中心任务是巩固新生的人民政权，迅速恢复国民经济。由此，一场恢复生产、发展经济的高潮在全国各地热火朝天地展开。在城市中，在民主改革的基础上进一步发动群众进行生产改革，创造和推广先进的生产技术和工作方法，并开展增产节约和劳动竞赛运动。广大工人的政治热情和生产积极性很高，这3年国营工业的恢复发展特别迅速。

中央随后开始施行第一个五年计划（1953—1957），简称"一五"计划。其基本任务是：集中主要力量进行以苏联帮助我国设计的156个建设单位为中心，由限额以上的694个建设单位组成的工业建设，建立我国的社会主义工业化的初步基础。到1957年年底，第一个五年计划超额完成，社会主义改造和社会主义建设取得巨大的成就，国民经济面貌发生了重大的变化。

这就是带电作业发端的时代大背景、社会大环境。

中国的带电作业，兴起于20世纪50年代初期的鞍山。

鞍山因钢而立、因钢而兴，它是随着钢铁生产的发展诞生的一个新兴工业城市，素有"祖国钢都""中国钢铁工业摇篮"等美誉。鞍山市于1937年12月1日建市，1945年抗日战争胜利后，鞍山市曾先后隶属于安东省政府、辽南一专署、辽宁省政府管辖；东北全境解放后，1949年直辖于东北行政委员会。1953年3月12日，中央人民政府政务院做出了《关于改变大行政区辖市及专署辖市的决定》，将包括沈阳、鞍山、抚顺、本溪在内的10个大行政区区辖市，"一律改称为中央直辖市……其等级编制不变，仍由各该市所在地区之大区行政委员会代表中央人民政府进行领导与监督"。1954年6月19日，中央人民政府委员会第32次会议通过《关于撤销大区一级行政机构和合并若干省市建制的决定》，将原东北地区的6个省合并为3个省，撤销辽东、辽西两省建制，合并改为辽宁省。原沈阳、旅大、鞍山、抚顺、本溪5个中央直辖市改为省辖市，并入辽宁省建制。

鞍山能由中央人民政府和大行政区直辖，足见这个城市在国家经济建设中举足轻重的地位。鞍山是当时我国唯一的钢铁基地，是国民经济建设的重中之重。鞍山的建设与发展一直受到党和政府的高度重视和特殊关怀。1952年5月4日，党中央做出"集中全国力量首先恢复和改建鞍山钢铁公司"的重要决定，向全国发出"全国支援鞍钢"的号召。全国57个大中城市的199个企业积极响应党的召唤，以建设新鞍钢为己任，参与鞍钢无缝钢管厂、大型轧钢厂和7号炼铁高炉"三大工程"的基本建设和技术改造中来。鞍钢恢复生产后，中央又提出"鞍钢支援全国"的口号，大批钢材源源不断地运往全国各地。随着鞍钢恢复生产，用电量也在大幅度增加。大规模经济建设拉动鞍山地区用电量急剧增长，电力供需矛盾也日趋突出。1952年6月3日，丰满发电厂遭到侵朝美军的轰炸，致使鞍山电力短缺现象更加严重。

旧中国留下的东北电网电源点少，供电网络薄弱，而且设备陈旧落后，缺陷遍布，经常发生停电事故，影响厂矿生产。为确保安全用电，迅速消除缺陷，供电部门势必要停电检修设备。而计划停电、事故停电或临时停电等检修方式都必须中断对用户的供电，进一步加剧了电力供应的紧张。突发性停电更是钢铁工业的重大灾难，哪怕是停电短短几分钟或者几十分钟，就有可能使一炉正在冶炼中的钢水冷却报废，甚至造成一座炼钢炉几十天内不能正常生产。1954年2月25日，因线路瓷瓶脏污，一场春雨和大雾造成鞍山地区8条44kV线路污闪跳闸停电，影响了鞍钢等10个厂矿的生产，损失甚巨。为解决供用电之间的突出矛盾，特别要减少停电给工厂矿山造成的巨大损失，在国家电力建设资金短缺、技术装备遭受帝国主义严密封锁的历史条件下，唯一的出路就是向"停电检修"这种落后的生产方式开刀。

鞍山电业局的前身是日伪时期的"满电"，聚集了一大批经验丰富的工人和工程技术人员，特别是一些老工人还有着在日伪时期"带电接火"的经验。鞍山电业局广大职工怀着为厂矿和人民多供电、少停电甚至不停电的朴素情感，在"人民电业为人民"的初心和使命驱使下，在勇于探索、敢为人先的革新精神鼓舞下，由此开始了"不停电检修"的探索和尝试工作，点燃了我国带电作业的火种。历史将证明，70年来鞍电人不忘初心、牢记使命，保持了一以贯之的英雄本色。

带电作业在鞍山的兴起，绝非一个孤立的、偶然的事件。鞍山的特殊历史地位，注定了中国的带电检修技术必然会在鞍山这块土地上率先燃起星星之火，并渐成燎原之势。

鞍山电业局带电作业发展的新局面，是广大工程技术人员和工人在党的领导、支持下，同心同德、团结奋斗开创的。

1959年11月4日，《工人日报》发表了时任中共鞍山供电局委员会书记白琳的一篇文章，题目叫《在"雷公电母"头上动土》，文章无可辩驳地说明了这一点。

……我们鞍山供电局是东北电力网的中枢点。负责供应鞍（山）

辽（阳）海（城）地区工农业的用电，特别是我们担负着供应祖国的钢都——鞍钢用电的光荣任务。因此，责任就更加艰巨了。我们深深了解，如果我们供电部门发生事故，停止送电，就会影响厂矿生产和人民生活。千方百计地保证安全运行就成为供电部门增产节约的重要内容。今年2月，我们根据市委指标，广泛深入地发动群众，开展了安全大检查，批判了曾经一度出现的满足现状的右倾情绪，进行了预防性的反事故斗争。要求大家对设备的每个接点、每个元件都要进行细致的检查，发现缺陷立即消除。经过这样的检查，处理了主要设备上可能发生事故缺陷29处，收到良好的效果。过去发现设备有缺陷，往往必须停下电来进行检修，这就严重地影响厂矿的生产，有时为了避免影响生产，又不得不拖延了缺陷的处理。要解决这个问题，只有采取不停电检修的作业方法。我局全体职工在党的领导下，学习了苏联先进经验，又经过自己几年的摸索、苦战，特别是去年以来，在党的总路线的光辉照耀下，破除迷信，解放思想，终于创造性地学习和掌握了不停电检修的方法。这种方法不仅运用在线路简单的作业项目上，而且发展到送、变、配全面工作上。我们已经征服了过去无人敢动的超高压、特高压、高压电器设备，敢于在"雷公电母"头上动土。

从1956年8月到今年9月，先后进行1273次各种项目的不停电检修，处理紧急性缺陷200多次，避免了重大事故的发生。仅就今年1月至9月所进行的499次不停电检修的计算，就多供电462万千瓦时，相当于平炉炼钢77万吨的用量，有力地支援了钢铁生产。不停电检修的推行，不仅适应了生产需要和人民生活的需要，而且在保证我们电业工人安全供电的劳动条件上，也是一项重大的改革。……

实现不停电检修是有个过程的：早在1954年，局党委根据工业建设发展形势的要求，就曾发动群众，提课题，想办法，研究试行不停电检修线路的工具。当时出现了很多好建议，特别是工人出身的技术员刘长庚同志提出一套绝缘工具比较可取，那时确定以这个建议为主，吸取其他建议中好的部分，组织有经验的老工人，成立了专业小组，进行研究和试制。当时曾遇到不少思想障碍。但是，由于党的经常关心和支持，经过一年多的苦战，终于克服了重重困难，初步地摸索出用绝缘的办法，进行几个简单项目的带电作业。当时在高压线路上，许多问题还没有解决。

我们提出"苦干几月，大干一年，实现全面作业不停电"的奋斗口号，掀起了轰轰烈烈的红旗竞赛。鞍山工区变电工人提出变电所清扫工作不停电，检修配电装置不停电。线路方面的不停电检修，在原来的基础上发展到超高压、特高压线路，比较复杂的设备的检修也不停电。变电所职工学习了沈阳中心试验所的"人体直接接触高压导线"的操作方法之后，基本上解决了变电所不停电检修的问题。通过"三结合"的方法，研究出了用绝缘隔离板和绝缘遮蔽工具，使检修部分和附近带电设备隔离开来，使变电所工作人员完全在安全的条件下进行作业。从此，在送电、变电、配电方面，全面地实现了不停电检修。职工群众写下这样的诗篇：

爬在铁塔尖，

身在白云端。

喝令：雷公电母胆敢阻拦，

我们要作业——不停电！

我局全体职工保证在现有的基础上，虚心学习、刻苦钻研，与各兄弟单位共同努力，使不停电检修这项革新不断发展，争取在1960年取消停电检修计划，完全实现带电作业，以保证厂矿不间断用电，当好钢帅的先行官。让电力源源不断，让钢水滚滚奔流，让机床日夜运转，让一切用户什么时候都能在明亮的电灯光下劳动、学习和工作。

历史告诉我们：在带电作业发展的每一个关键时期、每一个重要节点直至每一项具体试验，没有党的重视和支持，带电作业的发展都是不可能的。

人 物 篇

电力十足——郑代雨

毋庸置疑，郑代雨跌宕起伏的传奇人生，几乎都跟带电作业有关。甚至可以这样说，郑代雨和工友们一起开了带电作业的先河，而带电作业在某种意义上也成就了郑代雨。作为带电作业领域的代表性人物之一，郑代雨毕生致力于带电作业探索、研究与实践，他所取得的成就值得我们大书特书，铭记并传颂下去。

1951年郑代雨23岁，这一年是他到鞍山电业局工作的第二年。他发明了一种"带电瓷瓶除尘器"，是用猪鬃、木板子等做模型材料，经过一年多的摸索试验，20多次改进完善才获得成功的。尽管这个工具还很简单，但从当时历史条件来看，解决了许多实际问题，使得鞍钢停电次数减少了。这个小小的工具引起了极大的轰动，于1953年获国家技术革新奖和奖金，是全国首件带电作业获奖工具（多年之后工具照片还陈列在北京王府井某家五金商店的展示橱窗中），郑代雨也成为鞍山电业局最早的带电作业个人获奖者。

1956年4月，郑代雨被评为全国先进工作者，成为当年跟鞍山的孟泰、王崇伦齐名，后来又与倪志福、郝建秀等全国先进人物比肩的劳动模范。倪志福发明了"倪志福钻头"；郝建秀以"细纱工作法"而闻名；郑代雨是个电工，让他声名远扬的正是"带电作业"。

据《中国电力职工英模谱》记载，郑代雨的主要事迹为：

他工作一贯积极，钻研技术。看到鞍山地区因瓷瓶不清洁造成严重停电事故，他就想方设法克服困难，研制出"带电瓷瓶除尘器"，使在高压线路上的瓷瓶可以随时清扫，对保证安全输送电起了积极作用，并在东北电力系统推广使用。

他能认真学习先进经验不断地改进工作方法。如组织工人采用汽车立杆、汽车拉线，在检修双回路线路时使用袖标，避免认错线路。采用直观教学方法以及用事故分析等方法教育工人。在开展地区节约用电工作时，他能深入现场，督促厂矿研究解决问题。

由此可见，郑代雨的突出贡献正是发明了这个"带电瓷瓶除尘器"，这也是他荣获"全国先进生产者"荣誉称号的主要缘由。

郑代雨作为先进生产者代表，受到毛泽东主席的亲切接见。在那张珍贵的合影中，郑代雨就站在毛主席后排偏右侧一点点的位置，脸上洋溢着幸福的微笑，他心中鼓荡着一种献身电力事业的豪情壮志，感觉浑身有使不完的力量。从那个激情飞扬的年代走过来的人都知道，这种感觉是发自内心的真情流露，没有一丝矫情和伪饰。

从那时候起，郑代雨就像充满了丰沛的电力一样，开足马力，不知疲倦，一头扎进他丰富多彩的带电人生之旅。

1958年8月10日，郑代雨在不停电的情况下，徒手完成了红旗堡变电所

郑代雨和工友们进行带电作业

220kV高压线路的检修，更换一个瓷瓶的时间从两个多小时缩短到了10分钟。这一创举成为当年中国电力工业技术革新的重大成果。《鞍山日报》以《鞍山供电局职工实行同电位作业法收效良好》为题做了报道。

而这得益于郑代雨于7月28日的一次试验。关于这次试验，《中国青年报》上刊登的长篇通讯《降伏了"雷公电母"的人》中，有比较详细的描述：

> ……现在是不平凡的1958年，党的敢想敢干发扬共产主义风格的号召，给了郑代雨巨大的鼓舞和力量，他决心要拿下这个难题。他把这样的想法告诉党组织、总工程师，他们都很支持。党委会开会做了慎重研究，并把这个项目列入计划。总工程师介绍他们去管理局中心试验所借技术资料。郑代雨开始钻研等电位作业原理，拟试验方案。
>
> 这件事成了一项惊人的新闻，有人搬出理论来说服他："人的皮肤有电阻，就有电压分布，也就有电位差，过电一定有影响。"许多人都替他捏着一把汗。工人一边在替他用铜线编等电位作业用的衣服、帽子，做金属台和绝缘支架，一边还有人劝他打消这个念头："谁也没有给你这个任务，干什么拿生命去冒险，你不去做也不会落个'不好'。"郑代雨瞪大眼睛，甚至有点生气了："怎么能这样说？只要是生产关键，是'拦路虎'，是阻拦我们前进的'致命伤'，不管分内分外，我们都要去排除它。"接着又耐心地给大家解释等电位作业的原理：它的奥妙就是使电流均匀地分布在人的全身，使人体变成一个导电体，它的电位和带电导线的电位相等，就好像水位相等以后水就不会流，电位相等电也不会在人身上流动，就不会有过电的感觉。在生活中我们常常看见鸟落在普通的高压电线上不触电，也就是这个道理。他根本不同意人家说他是"拿生命冒险"，他认为自己的行动有充分的科学根据。
>
> 一切都准备好了。明天就要进行试验。深夜，郑代雨睡不着。他凝望窗外，夏夜呵，他兴奋的心情恰像那月下一片动荡的湖水。他想起许多往事，甚至想起遥远的不幸的童年，想起一生中最幸福最难忘的，在全国先进生产者代表会上和毛主席的会见。一想到毛主席亲切勉励的眼光，想到明天的试验如果成功，带电作业的许多困难问题都

可以迎刃而解，他就觉得浑身是胆，勇气百倍，深信明天一定成功。但是，另外一个声音，在平常他是根本不把它放进耳朵的声音，这时候也十分奇怪地撞进他的脑子里："人的皮肤有电阻，有电位差。""神经受刺激，会变成傻子。"……一个问号悬在眼前，他苦于想不出答案。

试验终于开始了。实验室里没有一个人说话。部长、局长、党委书记、工会主席，所有的领导同志都到了现场。郑代雨穿戴好了铜线的衣帽站在高高的金属台上，他身上有一根导线连在那准备让电流通过的高压电线上。总工程师、工程师和做辅助工作的工人们，每个人都站在自己固定的位置上，郑代雨身上每一根铜线的接头，也都经过部长、书记们反复仔细的检查。在这之前，还用一只小白兔做了试验。在22万伏电压下，小白兔仍旧安详地在吃草。尽管这样，一切都经过极周密的安排和准备，但在这一刻，人们仍旧不能不为郑代雨担心。大家在令人难受的沉默中看着他。郑代雨觉得自己的心跳得这样厉害。他赶紧掉过头看窗外，压制心里的惊慌，不去看同志们焦急的脸色。

党委书记向总工程师使了个眼色，总工程师点点头，又看了郑代雨一眼，终于发出了命令："给开关！"变压器嗡嗡地响了。人们的心扑通扑通猛烈地跳动。郑代雨开始愣住了，听到总工程师喊："2万、4万、6万……"他才忽然明白电压已经上升到6万伏，原来自己很正常，一点特别的感觉都没有。一个巨大的快乐把他摄住了。电压继续上升，电线发出了令人恐怖的嚓啦嚓啦的声响，满屋子是电晕产生的臭氧气味。"停，停！"党委书记到底耐不住了，她最先喊起来。

"老郑，你怎么样？"

"老郑，你把头转过来，动动你的眼睛。"

"动动你的手！"

同志们焦急的亲切的问题像雨点似的打来。

"好，我很好，完全正常，像没过电一样。"他高兴地喊着，自在地活动着手脚。

这以后电压继续上升，人们的心情比较平静了些。到16万伏电压时，帽子上发现火花，人们惊慌地喊起来。郑代雨猜想是帽子没有弄好的铜丝，发生的尖端放电，他镇定地举起手来把它拍熄。到18万伏电压时，他才稍微有些感觉了，鼻尖上出现气流，眉毛也竖了起来。但他想这是一般的电晕现象，也机智地抬起手臂在脸上挡了几挡就没有了，一直上升到22万伏电压，他感觉都很正常。

等电位作业法成功了，给带电作业找到了一把万能的钥匙。工人们迅速地掌握了它，发展了它……

1964年，鞍山电业局带电作业研究组在《中国水利》上发表了《坚持革命精神与科学实验相结合——鞍山电业局带电作业研究活动的经过》，回顾了8年来该研究组走过的历程，以及取得的研究成果。关于这次试验，文章是这样说的：

> 我们听说外国有一种"等电位"作业方法，就是人能直接摸到22万伏电压上的设备，用手直接操作。郑代雨同志还买了一本外国书，准备同大家共同研究。我们想：这可不坏，不用绝缘工具该有多方便哪！可是22万伏电压那么高，人摸上究竟能不能出乱子谁心里也没有底。正在这个时候，听说管理局的技术改进局正在做等电位试验。代雨同志就赶去学习。不巧，去晚了，他到那里，人家刚从现场回来，只好打听一下试验经过，借来一本试验规程和一个操作梯子。虽然我们已经了解了基本原理，技改局又做了第一次试验，可是运用到正常生产上究竟怎样？还有很多人不放心。有的人说：22万伏电压那么高，鸟都不敢往上落，人身接触上能行吗？会不会使人神经错乱？等等。因为我们没有亲眼看见技改局试验，群众疑问又很多，所以还得用实践来回答。我们把方案做出来以后，郑代雨同志头一个向党委申请要求试验，他这种勇敢的精神，更加鼓舞了我们。为了慎重起见，先用兔子做试验。在试验过程中发现兔子身上发抖，电压升高时，耳朵有些往下耷拉。我们分析原因，认为兔子发抖是由于放电声音大，兔子有些害怕；耳朵往下耷拉是发生尖端放电造成的。这都是正常现象。于是局党委同意郑代雨先做试验。那天晚上他很激动，怎么也睡

不着了。他想，110、220伏的电我试过，可22万伏的电，究竟是个什么滋味？万一考虑不周发生了问题怎么办？可是他又想到自己是一个共产党员，也想到了黄继光、董存瑞那样自我牺牲的精神，况且有人家已经试验过的科学根据，还考虑这么多的问题干吗？为了实践，为了科学真理，应该有勇气。于是他第二天亲自做了试验。当郑代雨穿上等电位作业的金属衣服，走进试验笼子里被吊在空中，我们大家心情都很紧张，特别是在下令合闸通电时，我们心里扑通扑通地跳，听着负责升电压的工程师喊：1万、2万、3万、4万……一直听到电压已经升到好几万，郑代雨还是平安无事，这才松了一口气。电压升到22万伏的时候，我们看见郑代雨的鼻子尖上似乎是冒气了！我们分析这可能是同兔子耳朵耷拉下来是一个道理。一直升到22万伏后，郑代雨神色自若地摘下手套，在导线上进行了简单的作业，我们的心才一块石头落了地。试验成功了，大家真是欣喜若狂。后来，他又做现场实际试验，并同张仁杰、曹殿和等同志做了双人操作试验。等电位方法给带电作业提供了更为有利的条件，有许多过去不能做的项目，可以做了，并且促进了变电所的不停电检修有了更大的发展。

关于周总理接见郑代雨等鞍山电业局工人这件事，我们根据会议记录、录音整理材料和几位参会当事人的回忆，尽可能还原了会场当时的情景（与带电作业和鞍山有关部分）：

总理：带电作业爬40米高，还在上面喊"毛主席万岁"，了不起，是鞍山的同志搞的吧？（郑代雨同志站起来）

总理：你叫什么名字？

郑：郑代雨。

总理：你是工程师，你是头一个上去的？（指带电自由作业）

郑：是工人阶级的创造。我是接受工人阶级再教育。

总理：要归功于毛泽东思想，归功于工人阶级，你是头一个上的，还是接受工人阶级再教育。你是福建人，福建出了个电业人才。什么特制衣服？

郑：特制金属衣服。

（郑继续汇报带电自由作业原理）

总理：等电位，和平共处，平等互利，碰了就平等了。下来有什么变化？

郑：没什么变化。

总理：身上没感觉？

郑：毛孔竖起来放电，下来碰一下就好了。

总理：出汗不？

郑：不出。

总理：手和手摩擦发电道理一样，摩擦这地毯也能生电吗？

总理：脸和手都露在外边？（郑：是）

总理：手套是金属的？（郑：是）

总理：多长时间搞的？

郑：有十几年了，带电自由作业是1968年9月才搞出来的。

…………

总理（翻阅名单）：工人来得不多呀，才三十几个。工人为什么坐在后面，请到前边坐。认识认识。

（总理逐个点名，请鞍山电业局12名工人同志到前边坐，一一询问鞍山电业局来的工人情况）

…………

总理：这么多电网，高压线那么高，目标那么大，能不能改？

郑：工人研究无杆塔，想把高压线埋在地下，初步研究出来了。

总理：搞出来是一大改革。到处有电网，打中不容易，打断容易。你们试验过没有？

郑：赵程三领着试验干的。

总理：赵程三，班长，辽宁海城人。做多少年工人？

赵：20年。

总理：20年前干什么？（赵：在农村）你估计今年能搞出点成绩吗？

赵：能，我们需要改一部分。

总理：改多少？（赵：5公里）再远行不行？接力赛跑。

你们想到这些问题，好哇！

…………

总理：100多个规程等于无用，管保没一个会背的。规程也不要通通搞掉，还要有几条规定，带电自由作业没有几条行吗？乱搞也不行。……

总理：鞍山想把电线搞到地下，创造新样板。普及很主要，拿点做试验，推广到面再提高，面上再出新的点。主席说，在普及基础上提高，在提高指导下普及，螺旋式上升嘛！

…………

总理：第四条，推广改造变压器和"四合一"环形供电的经验。"四合一环形供电"是什么意思？（郑代雨同志做了解释）

总理：最后一条是安全教育。安全当然重要喽。要勇敢，像搞"带电自由作业"那样勇敢；要大胆，又要冷静，注意安全。

…………

总理：总之，你们这个会开得好。我首先向你们学习。不能每个单位都问到。东北的鞍山带了头，……

总理离开接见大厅。（代表们热烈鼓掌）

又经确认，当晚被周总理接见的鞍山电业局职工共14人。除先期去开会的郑代雨、赵程三两个人外，还有表演队12人，他们是：张庆祥（带队）、郝庆富（军代表）、刘士一、葛元昌、何政凤、丁其源、刘元仁、何树声、周品山、单志君、陈显旺、张岐峰。有很多文献资料，如《中国电力报》在《中国带电作业四十年纪事概要》中说：周恩来总理在中南海接见鞍山带电作业11名代表。这个人数是不对的，极易引发歧义，以为是总理专门接见了鞍山电业局的代表。确切的说法应该是：周总理接见了包括鞍山电业局14名职工在内的800多名会议代表。

1970年11月1日，著名新闻记者、《西行漫记》作者埃德加·斯诺偕夫人访问了鞍山，外交部部长黄华及夫人何理良陪同访问。在鞍山期间，斯诺夫妇参观了在东鞍山变电所的带电作业表演。斯诺回国后写下他人生中最后一本书《漫长的革命》，在《同总理的一夕谈》中写道："在同总理和其他官员的各次谈话之间，我的妻子和我到长城南北转了一圈，重新访问了旧游之地，也看了一些新的地方。我们会见了许多人，……我们还观看了电工在22万伏高压线上表演高空带电作业，在一起观看的人中有中国最大一座钢铁厂的厂长和一个拥有百万人口的城市的革委会主任。"

斯诺并没有提及他跟郑代雨的一番对谈，但徐迟在报告文学《雷电颂》中提到了这个问题：

埃德加·斯诺著《漫长的革命》封面

美国著名新闻记者埃德加·斯诺曾问他带电水冲瓷瓶和人体直接带电作业的问题，他说："水传电，又不传电。水冲带电瓷瓶，水柱是不传电的，如果传了电，就会死人。这水柱传电不传电，与四个因素有关：喷嘴口径大小、水的压力大小、水的电阻率大小和冲洗远近距离。四个关系处理好了，水不传电，处理不好，水就传电。人体直接带电作业问题，说明电既能电死人，电也能不电死人。低电压，36伏以下电不死人。电压高，然而电流小，也可以不电死人。'绝缘'可以使人不过电。'良导'也可以使电不过人。人体直接带电作业是用'良导'的金属服把人屏蔽起来，使电流不通过人体。如果把一个人放在铁球之中，遇到高压电，他也会得到安全的。"

斯诺说："你是跟我谈了哲学。"

关于郑代雨与斯诺之间很拗口、很"哲学"的对话，大型文献电视纪录片《百年电力》第七集《网联天下》中则是这么说的：

美国作家斯诺曾对中国工人的带电作业疑惑不解，为此他专门采访了郑代雨。郑代雨回答：带电作业的成功，靠的是尊重科学的态度和大无畏的革命精神。

在《郑代雨：留给电网的深情》一文中，同样提到了斯诺跟郑代雨之间的交谈："他问郑代雨，在高压电上作业真的安全？郑代雨给他讲，麻雀落在高压线上的时候并没有被电死，这是因为麻雀两腿之间的电位是相等的，相同的电位之间没有电流。"

1984年8月2日，在离开鞍山电业局10多年后，56岁的郑代雨还要再做一次试验。这次试验是把1000kV以上的高压电靠近人体，用来验证高压环境下带电作业的安全性。尽管他曾做过无数次带电试验，但这次试验更加危险，充满不确定性。那时候，只有少数几个国家在探索试验特高压技术，没有成熟的试验方法可以借鉴，也没有现成的工具可以使用，甚至连现场作业的行业标准、规范也没有。1000kV高压试验在当时还是一个禁区。一开始组织上和家人都不同意。为此，郑代雨郑重留下遗言："请组织放心，我做这个试验有一定的科学依据，当然也要准备万一操作不当的时候，总有失误的时候，我没有怨言！"

敢为人先、不怕牺牲，郑代雨虽临近退休却没有丝毫懈怠，而是以大无畏的精神和科学严谨的态度，继续加大马力向前冲。不能不说这是一次英雄的壮举。

在武汉高压研究所的高压试验场内，郑代雨穿着由铜丝制成的屏蔽服进入等电位，连弯腰都很困难。因为电流的通过，郑代雨的头发都呈竖立的状态，鼻尖也出现了放电现象。现场的人们，心都提到了嗓子眼。与此同时，电压还在不断地提升，90万伏，100万伏，110万伏……一直到试验结束，郑代雨安然无恙！这项人类历史上从来没有进行过的试验最终获得了成功。郑代雨在电力史上创造了一个新的纪录，也进一步促进了我国特高压输电技术的研究工作。

同年，郑代雨又亲身试验成功了正负50万伏直流人体带电操作和特高压115万伏交流人体带电操作，为百万伏带电作业提出可行性根据。

这些，在当时都是开了先河的。

郑代雨的先进事迹从20世纪50年代末期开始到处传扬，而且在相当长的时间里，他都是一个众人瞩目的"被叙述者"。

起初是《中国青年报》1959年5月8日刊发了由记者许明采写的长篇人物通

讯：《降伏了"雷公电母"的人——记全国青工观摩团团员郑代雨试验带电作业的故事》。作者用了3000多字的篇幅，对郑代雨由"一个电杆也不敢爬的毛孩子，变成了一个熟练的检修工和精通本行业务的技术员"的工作经历做了简要回顾，并着重报道了郑代雨成功完成220kV等电位作业试验的宏大场面，以及试验前后郑代雨内心的波澜变化。同年5月17日，《哈尔滨青年报》发表了《记降龙伏虎的郑代雨》一文；6月6日，《长江之鹰报》又发表了《英雄笑驭霹雳虎》一文。这都是歌颂郑代雨事迹的。

然后是1965年，鞍山市曲艺团创作了一部中篇评书《小闯将》。评书以近2万字的篇幅叙述了20世纪60年代初期，辽南供电局的青年电工牛继光敢想敢干，组织起领导、专家、工人"三结合"试验小组，进行带电作业，经过科学分析和现场实验，取得了可靠的数据。牛继光登上了实验台，电压增加到22万伏，带电作业成功，终于制服了"电老虎"。显然，牛继光的故事即取材于郑代雨的真人真事。该评书由杨田荣、刘大今、王樵创作，杨田荣在1965年辽宁省新曲艺调演时演播。辽宁人民广播电台首播，全国多家电台转播。我们现在可以从春风文艺出版社1982年出版的《古今评书选》中找到这部评书。

1970年，鞍山市革委会政工组宣传组编印了《走一辈子同工人群众相结合的道路》小册子，以图文并茂的形式，大力宣传辽宁省鞍山电业局革委会主任、工程师郑代雨的先进事迹。

多年之后的1984年，由著名作家徐迟创作的长篇报告文学《雷电颂》发表于《人民文学》1984年第6期头题。其主人公便是郑代雨。这篇报告文学比较全面细致地描述了郑代雨从1950年开始在鞍山电业局工作期间，是如何跟带电作业结缘的，还有后来作为总指挥参与平武线50万伏超高压输变电工程的建设施工管理的故事。

到了20世纪90年代，"郑代雨"则作为一个词条，频繁出现在各种权威志书中，如《中国电力职工英模谱》（1989年）、《中国电力人物志》（1992年）、《辽宁省电力工业志》（1993年）、《东北电力工业志》（1995年）、《中华劳模大典》（1998年）、《中华魂·中国百业领导英才大典》（2000年）等。《东北电业职工英模谱（直属部分）》也收录了郑代雨的先进事迹。

2009年8月28日，《华中电力报》头版刊载了《郑代雨：留给电网的深情》一文。

雷电颂

徐迟

……德普勒的最新发现，在于能够把高压电流在微量损失较小的情况下通过普通电线输送到迄今谁都也不敢想的遥远距离，并在另一端加以利用——这件事还只是于萌芽状态，这一发现使工业儿子彻底摆脱地方条件所规定的一切界限，并且使根据远方的水力的利用成为可能，如果在最初它只是对城市有利，那么到最后它终将成为消除城乡对立的最强有力的杠杆……

——一八八三年三月一日，恩格斯致爱·伯恩斯坦的一封信

一

一九四九年，上海交通大学早就是有名的学府。前任校长王之卓是著名的学者，那些年的校长有谓这是驰誉中外的物理学家。那年交大是民主堡垒东之一。反动军警密跑来，不卸下武器是不让进校门的。学生们在年初还和国民党抬者进行斗争；四月里解放军已横渡长江，轻取南京；五月里攻下了大上海。一九四九年真不平凡，非同小可。六月，许有方交大毕业，七月他去了华东人民革命大学。这回的校长是陈毅司令员，哲学家冯定等给他们讲大课。八月底得知他已被分配到东北去工作，快活得心都要跳出胸膛。他是独生子，本可以不离开上海，但那个年头的人，革命热情高昂。接到通知的第四天，他是报脚就跑，登上火车，往山海关外跑了。人要能得过一过一九四九年那样的日子，那样的热烈情绪和那样沸腾的生活才好呀。九月，他走进东北电业曾遭轰大楼报到。开国大典的日子，他是在沈阳

度过的，从此他有了充满了光明和希望的祖国。他在交大念的是电机工程系电力专业。工作完全对口，但他不愿意坐办公室。一心一意要求下厂深入基层，到了北国已经是严寒天气零下四十度的十一月，他终于被调出电管局，来到当时的中国最大的水电厂——小丰满水电厂。这厂名听了都叫人觉得美妙，明天它将是大丰满。

虽然在战争中，它遭受到破坏，八台机组被苏联红军拆走了六台，只剩下两台，它仍然是当时最大的水电厂，且还是一个特区，有三道岗四环套。进入了第一道岗只是进了特区；进入了第二道岗，算进了水电局区；要进了第三道岗，才算进了电厂。回头看我国电力工业的起点，真有点可观。当初条件很苦，一个小结点卖几块糖的地方，就叫商店。刚到刚刚丰满住的平房宿舍，玻璃窗还投宜玻璃，只糊了一层纸。宿舍里睡一夜，胞被都冻结在床板上。许有方锻炼出自己，不藏皮裤子，来回经过寒风凛洌的松花江畔，冻得面颊上下不知怎的出现了莽玛球那么大的一个水

5

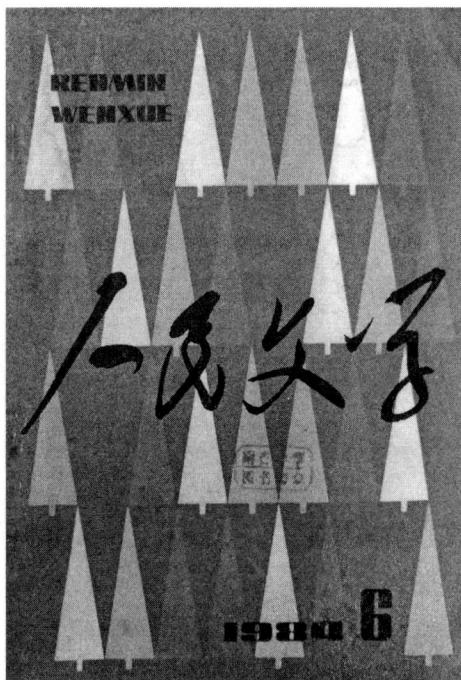

刊载《雷电颂》的1984年第6期《人民文学》封面及文章第一页

　　还有武汉歌剧院沈承宙、李元龙未完成的歌剧。关于这一点，沈承宙曾经给我们写过一封长信（附在第二部分后面），回忆了当年他们两位到鞍山电业局深入生活的来龙去脉和所见所闻。

　　当然，郑代雨更多的时候还是一个"叙述者"角色。比如作为一个模范典型，郑代雨参加了辽宁省工业群英会，在会上做了《在又红又专的道路上》的长篇报告，这篇报告后来被《中国水利》1963年第12期全文刊载，还加了编者按语。

　　郑代雨撰写的文章《同工人结合　走革命化的道路》刊于《电力技术》1966年第5期，后又发表于《水利与电力》1966年第7期，同期还配发长篇社论《知识分子革命化的道路》。

　　他的短文《知识分子永远不能脱离劳动》原载1966年8月6日《人民日报》，又被《上海机械》同年第8期转载。

　　他的《"人民群众是我最好的老师"》刊于1970年第6期《人民画报》。在同

一期《人民画报》上，刊登了中国第一颗人造卫星成功发射上天的重大消息。

他的《同工人群众相结合的道路越走越宽广》原载1970年7月30日《光明日报》，后收入《走与工农兵相结合的道路》一书（上海人民出版社，1971年）。同年，这篇文章被小幅删减后改名为《坚定地走同工人群众相结合的道路》，由甘肃省教育工作会议秘书组翻印发行。

2006年，已经78岁高龄的郑代雨接受了大型文献电视纪录片《百年电力》的专访，在第七部分《网联天下》中，郑代雨畅谈了带电作业和特高压输电线路建设问题。

郑代雨在专业技术方面也是一把好手。他写过4本带电作业方面的专著。其中第一本叫《带电冲洗绝缘瓷瓶》，是1958年由水利电力出版社出版的。这个薄薄的小册子，是国内较早的带电作业专著，书中总结了鞍山电业局带电水冲洗试验的经验及实际操作方法，并从五个方面介绍了带电水冲洗的安全技术问题，书后还收录了当时鞍山电业局的《用水冲洗带电瓷瓶专用规程》。

另外一本便是当年影响颇大的《带电自由作业》（1972年，水利电力出版社），这部署名"鞍山电业局"的书其实就是郑代雨牵头写的。这种作业方法，因郑代雨曾经给中央首长做过表演，受到周总理的高度评价而名声大振，得到普及和推广。

2007年，网上有一篇叫《郑代雨：敢为天下先》的文章，其中对"带电自由作业"有这样充满革命英雄主义的描述——

> 1969年，他又凭着一套经验总结和一套轻便的工具，闯进了绝缘瓷瓶的禁区。他和他作业班工人们，攀缘在一串串瓷瓶上，自由上下，自由来去，骑在上面，装上框架，更换瓷瓶，随心所欲。

除了另外两部专著《带电水冲高压瓷瓶》和《等电位作业的原理与方法》外，郑代雨还有大量的技术论文发表。其中，至少有两篇论文涉及带电作业：一篇是《论特高压带电作业技术的发展方向》（《中国电业》1991年第2期）；另一篇是《谈超、特高压带电作业技术及其发展》（《华中电力》1994年12月第7卷增刊第2期）。郑代雨以一位电力专家高瞻远瞩的战略眼光，20多年前就科学地预见了中国特高压的发展以及特高压带电作业技术的应用，这是难能可贵的。

郑代雨有知识、懂专业，也有实践，文能总结提炼，武能爬杆登塔，是带电作业研究领域不可多得的复合型人才。

郑代雨深谙实践的重要性。他常说的一句话是，一个没登过铁塔的工人，算不得合格的好工人。他在一篇文章中谈及"克服名利思想，坚持在劳动中锻炼自己"时说：

开始，我上铁塔爬到15米高的时候，腿肚子就直打哆嗦，不敢再往上爬了。工人同志紧跟着在下边给我壮胆，鼓励我一直往上爬。后来我慢慢锻炼得能上42米高的铁塔了。上铁塔擦瓷瓶子，像是很简单，其实也不是那么容易。我头一次干的时候，屁股坐在导线上，两只腿乱游荡，两只手紧抱着瓷瓶串动也不敢动。工人同志就对我喊："老郑啊！你两只手不放开，怎么能干活呀？"我就对工人同志喊："不是我不愿放开手，屁股坐不住哇！"老师傅就教我怎样使自己坐得稳当，慢慢地也可以放开一只手干活了。以后我经常坚持勤学苦练来考验自己的意志。夜间巡线，更是磨炼自己意志的好机会。我第一次参加夜间巡线的时候，一共是三个人，走在前边吧，我找不着道，走在后边吧，又常常被人落下。我只好跟两位工人老师傅老实地说："我害怕呀，把我放在中间慢点走吧！"两位老师傅答应了。有一天晚上，快

郑代雨和工友们在做带电作业试验

到摩天岭的时候，突然听见嗷嗷的狼叫声，这下子可把我吓坏了，我赶紧拉住老师傅的背包不放。老师傅说："别怕，没事，到铁塔上一敲，狼就吓跑了。"……

几年来的实践使我深刻认识到：一个工程技术人员……必须同工人群众相结合。坚持劳动锻炼，才能和工人打成一片，才能学到工人阶级思想感情和生产实践经验，才能使所学习的知识发挥作用，敢于革新，敢于创造。

正因为有着丰富的登塔实践经验，郑代雨能站在地面精准地指挥塔上人员进行带电作业操作。

"'学什么就干什么'，这固然理想，但是在现实生活中，更要明白并努力做到'干什么就去学什么'。"郑代雨认为每个人都应该主动适应环境、适应社会需求，敢于到国家和人民最需要的地方去工作，在实践中锤炼自己，并把理论和实践有机地结合起来。

郑代雨多次强调团队精神。他说，和工人群众在一起劳动让我一步步地成长起来。"那么大的工作量，单靠个人的力量是不可能完成的，一定要充分发挥团队作用，充分发挥群众和工人的力量。""100多种试验工具，一个人根本无法完成。只有通过大家的集体智慧，才有成功的可能。"

而今的郑代雨依然坚持学习。由于视力严重下降，他只得借助放大镜逐字研读发表在《人民日报》等报纸上的重要文章，还经常用红笔在重点段落和关键词语上做出标注。习近平总书记《在纪念五四运动100周年大会上的讲话》中，对新时代中国青年提出了殷切希望：第一，要树立远大理想；第二，要热爱伟大祖国；第三，要担当时代责任；第四，要勇于砥砺奋斗；第五，要练就过硬本领；第六，要锤炼品德修为。郑代雨就像当年用直尺绘图一样，在这些段落画上了粗而直的红色标记。当然，他也紧跟科技发展潮流，能娴熟地上网浏览新闻、查阅资料。这对一个90岁高龄的老人来说，实属难得。

"干什么，学什么""活到老，学到老""团队精神最重要""年轻职工一定要实干，能爬杆，能登塔"。郑代雨的这些观点，对于今天的我们，仍具有十分重要的现实指导意义。

1928年11月，郑代雨出生于福建长乐古槐中街村。长乐这地方很有名，郑和下西洋便是从长乐太平港开洋的。我国著名的儿童文学作家冰心就是长乐横岭村人。郑代雨六七岁时就被寄养到福坊村的舅舅家，一边放牛一边读书，后来考取了福建著名学府省立福州高级工业职业学校（现为福建工程学院）。1950年，东北工业部华东区招聘团到福建招聘人才，郑代雨被遥远的东北那黎明的光辉和极大的希望所吸引，欣然应聘并被录用。

郑代雨一路风尘仆仆，从福州出发，先坐了3天船，又坐了一天长途汽车到上饶，改坐火车去沈阳。这是他第一次见到火车，火车跑过了大半个中国来到沈阳，郑代雨看见工厂的大烟囱冒出黑沉沉的烟云，喜不自禁，情绪高涨。他被东北电业管理局分配到鞍山电业局，鞍山电业局把他分派到当时全国最大的变电所——白旗堡变电所（现名红旗堡变电所），让他值班看守全国最大的一台调相机。经过了一个寒冬的历练考验（同时应聘来的两位同志实在熬不住北方的寒冷跑回南方去了），他被调回局里，到送电工区当见习技术员，负责查线检修工作。

这是一个最辛苦的工种，需要成天翻山涉水。《降伏了"雷公电母"的人》中这样写道：

> 他每天和工人一起，扛着笨重的工具，绕着方圆百里、密如蛛丝的高压电网，风里雨里、白天黑夜巡回检修电路。生活不能说不苦，特别是他生长在温暖的南方，要习惯北方的严寒，要爬在高高的铁塔顶上，顶着尖厉的西北风操作，真不是那么容易的。但是他这个在贫农家里长大的孩子，很快习惯下来，而且被这幅雄伟壮丽的建设图景吸引住了。他从铁塔顶上看鞍钢，一片红光，浓烟滚滚，在他心里也像有一团烈火在燃烧。更不用说，一想到他是把电能和光明送给它——这个强大的"工业的心脏"，有多么幸福和愉快了。

对这种艰苦的工作，郑代雨乐此不疲，他把塔上呼啸而过的寒风当作催人奋进的号角，把田野林间的鸟儿啁啾视为加油助威的奏鸣。他白天工作，把工作中遇到的现象和问题梳理出来，晚上看书，带着问题到书本中寻找答案。他经常看到鸟儿在高压线上悠闲地驻足、嬉戏，纳闷小鸟怎么会在电线上安然无差呢？有一天在看书时恍然大悟：这不就是等电位原理吗？这成为郑代雨后来成功试验等电位作业的思想萌芽。他还经常提出合理化建议，偶尔被采纳，用在架线紧线过程中，受到工区表扬，他就高兴得不得了。

正值抗美援朝期间，刚好有一个架设一条从二道江到三元堡空军基地3.5万伏高压输电线的紧急工程，工区选派郑代雨当队长，负责线路勘测工作。他领取了线路总长一半的30多公里的任务。一个多月，他们完成任务，3个月期满，全线竣工送电。

到东北的第二个冬天，郑代雨去了富拉尔基火电厂，负责测量工作，在皑皑雪原上测了地形和标高，圆满完成工作。转过年的春天，他又出现在我国第一条22万伏输电线工地上。他负责从清原到抚顺这段线路的勘测、定位、绘图。完成任务后，他回到鞍山，依然在送电工区干他的老本行。

《雷电颂》对郑代雨这个时期的工作有过精彩的描述：

> ……他时常不在鞍山市内。一天天地在野外查线检修，他白天查、黑夜查。有些故障是白天里巡查不出来的，他得在夜里巡查。当田野漆黑的时候，他除了看到正常的高压线上有着淡蓝色的电晕，还能看到有了故障的部位上闪耀着的白炽亮点的尖端放电现象。他日日夜夜都和大自然接近，沉湎在那光芒四射的发光的事业里。他疏远了自己的亲人。母亲从福建给他写信，说起他的终身大事。深山野岭里讨生活，他收不到信。直到未婚妻远道而来，到了鞍山，却又找不到他。他哪能知道她要来呢。电业局热情接待她住下，却也无法找到他这个人。最后是一个赶大车的碰上了他，才把传信的小条子送到他手上。

天上掉下来个美娇妻！这可是大喜事。

郑代雨就跟他的未婚妻陈慎言在鞍山成家立业。此后多年，当郑代雨从一个技术员干起，历任副科长、专责工程师、送电工区主任、鞍山电业局革委会主任、鞍山市科委主任、东北电业管理局副局长、水电部副部长、平武线500kV输变电工程总指挥部常务副总指挥长兼总工程师、华中电管局副局长……从鞍山到沈阳，到北京，再到武汉，他的夫人陈慎言一直陪伴在他身边，两个人风风雨雨相濡以沫度过了60多年。陈慎言已于2017年过世，骨灰埋葬于家乡古槐山上一基铁塔之下，被郑代雨命名为"玫瑰山庄"。

2019年5月16日，我们去武汉拜访了91岁高龄的郑代雨先生。虽然已到耄耋之年，但郑老满面红光，精神矍铄，思路也很清晰。他借助20年前自编自拍的一张影碟，以一个亲历者的身份，跟我们共同回顾了60多年前鞍山电业局开创带电作业先河的往事。随着访谈的深入，我们深深感到这就是一个浑身带电、电力四射的人，他对带电作业保有一种浓郁的化不开的情怀。看着这位几乎把毕生心血都倾注到带电作业上的老人，我们内心的敬佩之情油然而生。

5月18日第二次访谈结束时，朱桂萍大姐带领大家唱起了那首欢快激越的《革命人永远是年轻》。我们分明觉得，这首歌就是为郑老量身定制的。

> 革命人永远是年轻
> 它好比大松树冬夏常青
> 它不怕风吹雨打

91岁高龄的郑代雨借助放大镜阅读一份资料

它不怕天寒地冻

它不摇也不动

永远挺立在山巅

我们告别的时候，郑老一再叮嘱他的徒弟、原鞍山电业局"三八"带电班副班长朱桂萍，待他百年之后，一定把他的骨灰带回老家古槐，跟他的夫人葬在一起。这也算是"荣归故里""魂归铁塔"了。

痴心未改——刘长庚

刘长庚的人生轨迹，竟因为一次偶然的违规带电处理故障而拐了一道弯，这可能连他自己都始料不及。作为一名工人出身的优秀技术人员，从此之后，刘长庚便与带电作业结下了不解之缘。在这14年中，他把全部心血倾注在带电作业技术的研究上，对带电作业的兴起、发展、普及和推广做出了重大贡献。

我们对刘长庚足迹的梳理和追寻，便从1954年的那场事故开始。

1954年5月2日晚8点40分，有群众来电话反映鞍山市铁西区人民路北干线25右1杆上分歧高压保险器短路着火。当晚的值班长便是时任鞍山电业局配电科副科长的刘长庚。刘长庚很快到达现场查看，原来是开关烧坏了，引线就要脱落，按规定必须从变电所停电才能处理。当值的萧振良、唐科达、金英奎等几位同志都提出当夜不处理待明天按规定停电处理的意见。停电处理就得铁西线全停才能处理，那将会给国家造成停电损失。假若不及时处理，不仅影响五一劳动节晚上群众用电，而且影响国营制米厂的生产用电。考虑到天气情况良好，绝缘工具齐备，又是主要干线的分歧线事故，杆上设备不复杂，于是刘长庚凭着伪满时干过带电接火的老经验，戴上双层绝缘手套，使用加了一段绝缘杆的普通电工钳和螺丝刀，冒险带电处理了这起故障，消除了缺陷，避免了一次停电。

大体情况就是这样，从各个方面得到的细节描述都差不多。所不同的是有关这次事故发生时间的记载，包括《鞍山电业局志》在内的几份权威文献都说是大年正月初三（经过分析，很可能是误将日期写成2月5日，换算成农历正月初三的）。从鞍山电业局走出来的作家刘大今（他也是当年评书《小闯将》的作者之一），在一篇回忆刘长庚的文章中说：那是50年代初的一个国庆节夜晚……（《杏花时节忆"刘工"》，刊于《鞍山日报》1981年8月6日"千山"副刊）这实在是个小小的谬误。不是春节，也不是国庆节。经多方考证，确切的时间应为5月2日无疑。

尽管刘长庚认为是做了一件好事，但毕竟违反了安全作业规程。事后，他通过电话向技术主任刘承祐口头承认错误，又于5月5日向局提交了书面检讨。配电科、监察室、人事科都同意给刘长庚记过处分，他本人也同意了，但时任鞍山电业局局长高华考虑到事出有因，最后给了个警告。刘长庚还是有些不甘心，在检讨错误的同时，下决心研制出一种能够带电检修和处理电力设备缺陷的工具来。

这件事其实还没完，留了个尾巴。同年7月3日，刘长庚又犯了一次同样的错误，在带电线路设备上处理了一起事故。究竟是因为技高人胆大，敢于藐视一切电老虎、纸老虎，还是屡教不改，无视安全工作规定？我们对这次错误的详细情况不甚了解，但这两次错误，导致刘长庚直到一年后的1955年8月份（其时他已调任承装部线路队队长），才注销警告处分。在其《注销处分报告表》中，针对"对所犯错误的认识与悔过表现、注销原因"，我们看到有这样的记载：

> 2. 为了不违反规程制度及保卫人身及设备安全，曾发明与创造带电更换高压碍子开关及检查一次引线工具，这不仅解决了人身及设备安全，而且也能预防很多的频发事故。……

这大概能够说明，在这一年左右的时间里，刘长庚已经成功地发明了两种配电带电作业工具。这为不久的将来刘长庚在带电作业研究上的大规模爆发奠定了扎实的基础。

现在我们回过头来看看刘长庚早年的生活经历和工作履历。

刘长庚又名刘寿山，1919年1月17日生于辽宁省复县（今瓦房店市）大龙区董家村。10岁丧母，13岁逝父，先后在复县董家村私塾及复县第一区村立初小求学，加起来只念了4年书。因生活所迫，投靠本村伯父家落户为农，放过牛，种过地，卖过鱼，当过点心铺学徒工，做过苦力，伪满时期当过内外线电工。

1946年4月入普兰店营业所参加工作，相继在辽南电业支局、营口电业局任技工、股长、工程队修建队长、副科长等职。1953年8月，刘长庚调任鞍山电业局配电科副科长。后历任鞍山电业局承装部线路队队长，生技科、技术革新组、修试所、科研所技术员，试验所带电专业工程师等职务。

据1952年11月25日由营口电业局出具的一份综合材料记载，刘长庚"在工作上一贯积极苦干，任劳任怨，从未叫过苦，工作中肯用脑子，钻研业务想办法、找窍门"。下面这几件事足以佐证这一个评价——

1949年在恢复与修建22kV熊岳至铜矿的送电线路时，他翻山越岭，采取边测量、边送料、边施工的办法提前完成任务。1950年抗美援朝时，刘长庚主动要求到朝鲜去抢修线路，积极完成挖防空壕的任务。当年在架设四道沟配电线工程时，他带领工友们在泥水中干活，并想办法利用涨潮的水流运杆子，为国家节省了部分运费。1951年，在敌机扫射的情况下，他冒着生命危险和工人一起抢修营口市街电力线路，保证了防空电笛的正常使用。此后的几年间，他又在调整电力负荷、减少配电不明损失、查找发现私营企业和群众家存放的变压器、解决路灯与夜间线送电问题等方面，提出多项合理化建议，取得显著的效果，被评为营口市模范技术员和东北电力系统三等模范，还代表小组出席了辽东省工农兵劳模大会。

刘长庚在工作中做出了贡献，但也捅过不少"娄子"，比较严重的有两次：一次是在1950年11月，营口电业局给光华火柴厂安装变压器，未经试验，刘长庚就批准作业，导致两个高压保安器烧毁，刘长庚被记过；另一次发生在1951年5月，在熊岳印染厂配电线路施工时，由于现场安全措施不当，对工友安全思想教育不到位，电杆倾倒导致一名工友从杆上摔下来，造成人身事故，刘长庚被记大过。

由此不难看出，肯干、肯钻研的青年刘长庚立过功、受过奖，也犯过错误、挨过处分，有功有过，个性相当鲜明。

后来，刘长庚调到了鞍山电业局，他的人生篇章从此掀开了新的一页，他在带电作业工具与技术研究方面，很快找到了自己的英雄用武之地。

《鞍山电业局志·第一卷》第十二篇"人物"中，用了很大的篇幅来介绍刘长庚。限于志书的体裁特点，介绍缺乏鲜活的细节，我们循着其中的时间脉络，梳理出刘长庚在带电作业方面的事迹如下。

1954年10月，鞍山电业局号召成立由领导干部、工程技术人员和有经验的工人参加的"三结合技术革新小组"。至次年第三季度，鞍山电业局公布了带电更换3.3kV配电线路木杆、横担、绝缘子等9项带电作业项目的悬赏课题，并组织了5个专题研究小组。其中的配电技术革新小组发挥集体智慧，从3.3kV带电更换木杆、横担、瓷瓶，做绑线等项目起步，为初期带电作业研究找准了方向。此时的刘长庚已调到承装部工作，他用绝缘板制作过一套观测配电线路松弛度的测量装置，研究出防止人头型开关爆炸的绝缘筒和带绝缘柄的夹钳、螺丝刀，却被承装部主任斥为"不务正业"，要他把这些工具从办公室中清理出去。刘长庚不得已将这些工具搬到时任局技术主任刘承祜的办公室中存放。凭着对电力线路检修技术的热爱，他主动向刘主任表示：自己宁愿不当干部，也心甘情愿去搞带电作业工具的研究。就这样，他以承装部线路队副队长的身份加入配电技术革新小组。

1955年9月14日，刘长庚提出带电更换木杆、横担、瓷瓶及装拆绑线的方法，画出了14张草图，并对每件工具的使用方法、制造要求做了说明和计算。总工程师刘承祜在"技术改进及合理化建议"处理会签单上批示：国庆节后召开技术会议，专门研究带电作业工具问题，由刘长庚做报告，初步确定试制样品。局里专门召开技术会议，经过讨论，认为刘长庚的建议可行性更高，于是决定付诸实施。当年10月，鞍山电业局成立了由刘长庚牵头主持的不停电检修研究组，试制样品，制作工具，开始了有组织、有领导、有步骤的第一代3.3kV带电作业工具研制工作。这套工具被命名为"升降涨缩器"（又名"升降立管"）。至1956年8月，不停电检修研究组系统地研制成功66kV及以下线路的180多种带电作业工具。至此，刘长庚作为带电作业创始人之一的地位得以确立。

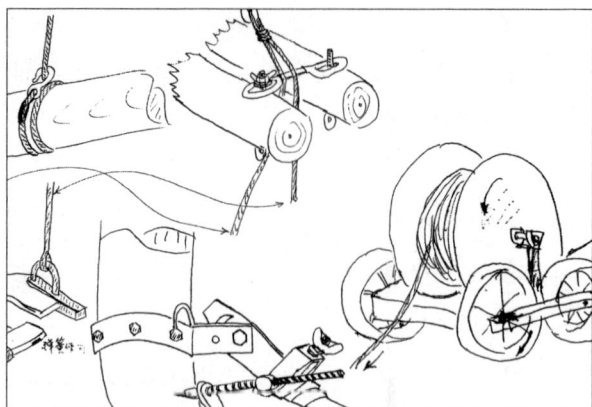

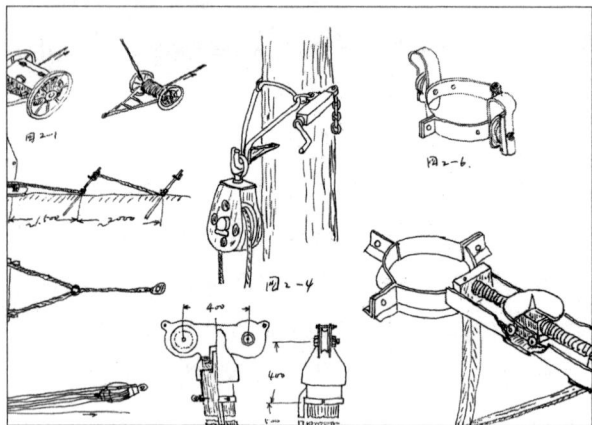

刘长庚合理化建议中的草图

1957年鞍山电业局成立带电作业专业组,刘长庚任专责工程师。带电作业专业组抽调专业人员,参照日本、美国的有关资料,开始研制第二代3.3kV~66kV不停电检修全套工具。刘长庚整理出第二批3.3kV~66kV不停电检修150多种378件的图纸数百张。他与全组人员不断钻研,到年底研制成功机械强度大、绝缘性能好的160多种带电作业工具,使220kV以下输电线路有90%以上的项目可以带电操作。

1958年,刘长庚应邀到北京电力修造厂和沈阳电业局,协助加工带电作业工具,并为电力系统25个局(厂)制造出44kV全套的带电作业工具1000余件。由于刘长庚刻苦钻研技术,具有较高的业务能力,取得了较多的技术成果,1960年2月25日晋职为带电专业工程师。1957年和1958年连续被评为鞍山市先进工作者,1959年又荣获"鞍山市劳动模范"和"辽宁省先进工作者"称号。

1960年以后,刘长庚和小组成员开始研究带电作业工具轻便化问题。在这个过程中,也走过不少弯路。刘长庚曾到东北电管局去提计划,要求给鞍山电业局一架直升飞机,做等电位作业(现在看来,这个想法无疑是超前的)。还曾经仿照消防队的消防梯搞轻便化工具,但是失败了。刘长庚开始使用塑料管焊的梯子,自然轻便了许多。他第一次登上试验时情况很好,当他再次登梯去给领导看时,不料咔嚓一声,人从梯子上摔了下来。但他没有气馁,经过反复试验，终于研制出"双钩吊支杆"轻便化工具取代原先的"支、拉、吊"工具，后来用尼龙材料做软梯代替升降车，使带电作业工具实现了"绳索化""轻便化"，把带电检修推向一个新阶段。1960年，刘长庚被评为辽宁省先进工作者。

1963年，刘长庚起草编著了近20万字的《带电检修现场操作规程》，还和同志一起编著出版了《不停电检修电力线路》和《不停电检修电力线路工具机械加工图册》两本书。

1964年5月，刘长庚出席鞍山市五好集体、五好职工创造发明技术革新代表会议，介绍了带电作业改革工具的经

鞍山电业局出版的部分著作

验。同时，被评为五好职工和技术革新能手，并出席辽宁省五好职工、技术能手代表会议。

10多年来，刘长庚对研究带电作业的痴迷，简直到了废寝忘食的程度，吃饭时用筷子当导线进行试验，夜晚用萝卜、马粪纸等雕制模型。他常常干到半夜，或半夜起来再干，大家亲切地叫他"刘半夜"。刘长庚之子刘德林，曾经写过一篇题为《献身带电作业的人——忆我的爸爸刘长庚》，用饱含深情的笔触，向我们呈现了一位父亲深更半夜钻研带电作业的鲜活形象：

……爸爸茅塞顿开，下班回到家里，就摆弄那些旧瓷瓶，旧电线，拆了又绑，绑了又拆，一熬就是半夜。那时家里人口多，妈妈多病，房子又狭小，弄得我们都休息不好，第二天上学无精打采。爸爸怕影响家人休息，下班回来吃口饭就走，把那些旧瓷瓶、旧电线搬到

单位的旧仓库进行研究，深更半夜才回家。记得有一天，爸爸顶着漫天大雪半夜归来，楼下的大门已经上锁，他生怕敲门叫醒别人，便用雪团打二楼家里的窗户，妈妈和我们已经熟睡，没有听到窗户响，爸爸就用一串钥匙把玻璃窗打碎，冷风把我们全家人都吹醒了。后来爸爸做了一个铃铛，拴上绳子扯到楼下，半夜回来，扯动绳子，铃铛一响，我便跑下楼给爸爸开门。爸爸就是这样把自己的身心全扑在研究带电作业工具上。

刘德林还着重回忆了父亲研究第二代带电作业工具的情形：

> 1957年1月，爸爸从鞍山电业局大修队调到生产技术科担任带电作业专责工程师，在刘承祜伯伯的直接领导下，参考美国、苏联、日本的资料，研究更先进、更复杂的带电作业工具。由于资料是从外地借来的，一再催促返还，爸爸就一页一页进行抄录，有些照片不能抄录，爸爸就到照相馆学习摄影，把资料中的所有照片都拍摄下来，经过30多天，把全部资料都整理出来。通过整理资料，爸爸掌握了一手很熟练的摄影技术。爸爸就有这么一股"不会什么就学什么"的顽强毅力和刻苦钻劲。
>
> 由于那些外国资料是产品广告，没有材质、机械性能、部件结构、加工尺寸、使用方法等技术说明，爸爸就按照那些图形，结合自己干了10多年电工的实际经验，仔细揣摩它的结构、用途，用马粪纸、萝卜、铁片做成模型，再到电气设备上比画、试验，然后量出规格尺寸，画出加工图。开始他不会画图，画出的图纸谁也看不懂，无法进行加工制作。爸爸就像机械制图工程师潘玉泉、制图员刘福庆学习，晚上回到家里试画，经过一段时间学习，爸爸在两个月里，以惊人的毅力和速度，将他研究的项目画出100多张草图。后来，爸爸终于掌握了娴熟的制图技术，设计和绘制出近万张带电作业工具加工图纸。
>
> 在加工制作带电作业工具时，因为每个部件的材质、工艺、机械性能和电气性能都有严格的标准和要求，稍有不慎，就会对人身和设备造成很大危险，这样就难以找到加工制作单位。爸爸托亲靠友，向

鞍山农机厂、鞍山一中加工厂、瓦房店和营口公安局等几十家工厂求援。为了搞好和工厂及师傅们的关系，爸爸帮助他们修理电器设备，帮助生活有困难的、搞设计的师傅家里干杂活，买煤、做饭、看孩子，还请师傅到我们家吃饭，我们吃不到的鱼、肉、蛋，爸爸拿给师傅吃。爸爸对我们说：人家帮助我们解决困难，我们要感谢人家，带电作业搞成了，工厂和家家户户不停电，那有多好哇！爸爸就是这样，为了研究带电作业，真正到了舍己忘家的程度。

爸爸为了给国家省钱，到外地出差从不买卧铺车票，试制工具样品也尽量使用废旧材料。我们家就是一个废品库，废铁、旧螺丝、破绝缘板堆得满屋，可爸爸却不准妈妈拿走，说这些都是宝贝，是他研究的心血。

在大女儿刘桂梅眼里，父亲是个特别钻、特别巧、特别用心的人。刘长庚虽然文化水平不高，但他是勇于实践和学习的一把好手。他为了研究带电作业，不懂什么就学什么，什么有用就学什么，从不畏难，像照相、制图、木工一学就会，这一点殊为难得。刘桂梅还清晰地记得，当年父亲利用自己的木匠手艺，为大修队打更衣柜的那些往事。还有一个画面长久地镌刻在刘桂梅的记忆中：刘长庚倒坐在自行车上，却能把自行车骑得又稳又快、收放自如，仿佛脑后长了一双明亮的眼睛。

刘长庚的先进事迹，得到了组织上的认可和宣扬。1958年7月8日，中国水利电力工会辽宁省委员会发出通报：《刘长庚同志是怎么试制成不停电检修工具的?》。通报中肯定了刘长庚的努力，并强调了党的领导：

有了党的领导，群众的支持，什么事情都能办到

1957年初鞍山电业局党委讨论了生产中存在的问题，确定将刘长庚同志抽出来专做研究带电作业工具工作，他听到组织上将这项任务交给他时，他内心想："把这项重大任务交给我来搞，这是党对我莫大的信任，对我来说，无论是业余或专业都是十分光荣的。"开始研究复杂的不停电检修工具时，他心里想得很好，却不知道从什么地方入手。有一天党委委员、总工程师刘承祜同志和他说话时启发他说："研究不停电检修工具，应先从绑拆瓷瓶绑线入手，如果这个问题解决了，其他方面就好办了。"由于这种启发，他找到了门路。他在研究复杂的带电作业工具方案提出后，领导为了支持他这种继续钻研的精神，特地召开了两次技术会议，讨论丰富这个新方案。

每当一种复杂工具研究成功，在试验过程中，不论是阴天下小雨（在模拟线路上），局党委书记、局长、工会主席都亲自参加外，还要组织有关人员去现场参观。有一次一项新工具初步制成，组织了100多人去参观，在试验过程中有些项目未试验成功，而大部参观人员不耐烦地溜走了……但党委书记、局长、工会主席和其他十几名同志不但没有走，反而鼓励他说："老刘，不要怕困难，在研究工作上要大胆，要有敢干的勇气，团结大家依靠群众，共同研究，有困难提出来一定帮助你解决。"这些鼓励使他的勇气又上来了，他对别人说："党委刘书记和我谈一次话，就像给我加上50斤汽油一样，我的劲更足了。"

在试制加工过程中，有一个时间找不到加工厂，工会主席帮忙找。他想："领导这样重视不停电检修工具研究工作，我决不辜负党对我的希望。"……

在总路线光辉照耀下，使不停电作业工具一年后赶上世界先进水平

刘长庚同志几年来在研究不停电检修工具过程中，亲自体会到：他在研究工作一遇到困难时，党组织总是像亲人一样安慰他、鼓励他，使他鼓足勇气克服各种前进道路上的困难。同时他体会到这是党对他的培养教育过程，也是考验的过程。……随后他听到传达党中央提出的建设社会主义总路线后更加鼓舞了他的积极性和创造性，他表示要拿出十二分的干劲在党的领导下协助各兄弟局加工30套工具，使带电作业在全国各电业部门开花结果，更加快速地扩大不停电检修线路，把停电时间减少到最低限度……

这并非撰稿人员的人为拔高。7年后的1965年，刘长庚在他的《技术自传》中谦虚地写道：

> ……几年来在党的培养下，虽然在带电作业方面做了点应做的工作，摸索了一点实际经验，取得了一些成绩，但这应该归功于党的正确领导，归功于社会上的大力支持，归功于广大职工群众的共同努力。12年来，我局带电作业是从无到有、从少到多、从笨到轻、从低到高的发展过程，这就是党对我们的培养过程，也是我们的学习过程。一切工作离开了党的领导，离开了社会上的支持，离开了广大职工群众的共同努力，将一事无成。……

我们还注意到跟上述通报同年的8月，刘长庚亲笔书写的两份材料。这无疑有助于我们抵近刘长庚的内心世界。

在《向党交心》（1958年8月15日）中，刘长庚深刻地剖析了自身存在的一些问题，并就今后努力方向提出自己的想法：

> 我自从参加革命工作以来，一直是重技术，忽略政治，总认为自己是个工人出身，一生没有别的贡献了，只是多做点工作，不给党造成损失，就等于思想进步了。所以在日常工作中，促成了我单纯的技术任务观点，特别是存在着较严重的个人主义和个人利益思想，处处好表现自己。当工作有点成绩时，总是患得患失的，如带电作业拍电影时，没有领导的话，我就不好意思上现场去，思想我若能上了银幕，这该多么光荣啊，又怕大家说我出风头，而实际上我已经是个风头大王了。由于有严重的个人利益思想存在，不知给工作上带来了多少影响和损失。
>
> 为了彻底改正自己的缺点，除自己主观上加强政治学习以外，望请党和同志们多多地帮助我、教育我，使我在祖国的社会主义建设当中，坚决依靠党的领导，面向群众，向群众学习，以锻炼自己，树立起一心一意为人民服务到底的思想。把心交给党，决心听党的话，挺身向前，积极参加技术革命和文化革命，争取达到红透专深，以利于祖国建设，永远跟着共产党走。

另一份是《红专计划》，摘录如下：

争取红透专深，力争在社会主义建设事业中锻炼自己，把自己锻炼成为一个工农业生产多面手。必须下定决心，立即克服缺点，着重克服个人主义的思想倾向，抓紧学习，努力工作，紧紧依靠党的领导，坚决听党的话，团结群众，在群众的帮助下，奋勇向前，争取先进。

一、提高政治水平

1. 靠近党的组织，遵守党的教导，努力学习党纲党章的一切规定，经常以党员八项标准约束自己、检查自己，争取1958年内达到预备党员标准，参加中国共产党。

2. 为了学习政治，除按时参加时事学习和政治学习外，计划在1958年内还学完《中国共产党三十年》，并经常看报……

二、提高文化水平

1. 努力学习文化，1960年达到初中毕业水平。积极参加局业余学校学习，每天安排两个小时的复习时间，出差学习，必要时求同志们帮助学习。

2. 学习文化的另外两件大事：①学习简化汉字，争取达到简化多少认多少、写多少，并学会国音字母，1958年年末达到能独立拼音自己查字典。②学习新文字"拉丁文"，争取达到能拼音、小写和大写。

三、提高技术水平

乘技术革命之风，到1960年年末学会下列几种专业：

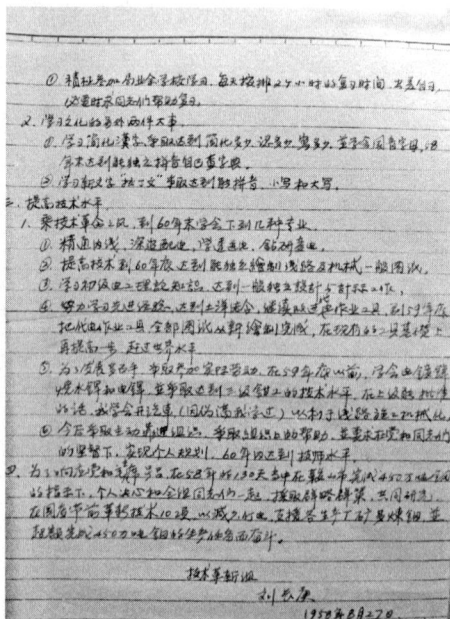

刘长庚《红专计划》最后1页

①精通内线，深追配电，学透送电，钻研变电；

②提高技术，到1960年年底达到独立绘制线路及机械一般图纸；

③学习初级电工理论知识，达到一般独立设计与计算工作；

④努力学习先进经验，达到土洋结合，继续改进带电作业工具，到1959年年底把带电作业工具全部图纸重新绘制完成，在现有的工具基础上再提高一步，赶过世界水平；

⑤为了发展多面手，争取参加实际劳动，在1959年年底以前，学会电镀锌烧水焊和电焊，并争取达到三级钳工的技术水平，在上级能批准的话，学会开汽车（因伪满我学过），以利于线路施工机械化；

⑥今后争取主动靠近组织，争取组织上的帮助，并要求在党和同志们的监督下，实现个人规划，1960年内达到技师水平。

…………

技术革新组　刘长庚

1958年8月27日

还需要多说什么呢？刘长庚就是一个怀着对党的无限忠诚、毫无保留地深刻剖析自己、已经触及思想与灵魂的人，他热爱生活，热爱学习，热爱带电作业，10多年来这份痴心从未改变。我们只能说，刘长庚的心灵深处有一团熊熊燃烧的火焰。

我们很难想象，在短短的10年之后，刘长庚心中的那团火便熄灭了，这让我们感到十分的悲怆与痛惜。刘长庚一生热爱电力事业，刻苦研究带电作业技术，但在"文革"中他却含冤而逝，年仅49岁。

刘长庚的遗言就像是在出趟远门之前，要给家人和工友交代一些没办完的事。言语之间，我们看到了一个公私分明的刘长庚。他在遗言中说道：

关于我借公家的工具归还国家

里屋的单人床床板和外面走廊小棚是以前公家给打的，床铺的木料要给国家。还有借供电所4根螺丝、4块两眼铁板（供电所管仓库的经手）。

工具有木钻1个，摇钻1把，木锉、半圆锉各1把，钻头全部。

…………

这是刘长庚个人及家人的不幸，更是我国带电作业领域的重大损失。

又过了10年，1978年9月9日，鞍山电业局党委下发《对刘长庚同志平反昭雪决定》，决定给予刘长庚同志平反昭雪，恢复名誉，举行骨灰安葬仪式。

同年9月30日，鞍山电业局召开刘长庚同志追悼会。工友们写了数十副挽联来祭奠他的英灵，并缅怀他在带电作业方面所创下的卓越功绩。

其中之一为：

科学万朵花，带电开谁家。任凭风雨狂，休想摧残他。

另一副这样说：

沥尽肝胆白云间，巍峨铁塔留诗篇。

尽心竭力——刘承祜

1954年5月12日，鞍山电业局下发"生字0385号"通知，字数不多，全文如下：

为发下合理化建议课题由

文别：通知

送达机关：生产单位

文号：生字0385号

撰稿、发文日期：1954年5月12日

在开展以技术革新为内容的安全生产竞赛进程中，全局职工必然发挥高度的积极性与创造性，钻研改进工作，遵守规程，严防发生一切事故。与此同时也必然出现大批的合理化建议和先进经验。为避免一些职工走弯路，浪费宝贵时间，把合理化建议和解决关键问题结合起来，经研究提出以下课题，希广为宣传，组织并支持职工提出切实可行的建议或窍门，改善我们的安全情况。

一、防鸟害。

二、防倒杆的杆根检查办法，防腐办法。

三、防误操作、误触继电器、继电器误动作。

四、绝缘油脱酸。

五、创造各种带电作业用的绝缘工器具（如低压作业、高压换保险丝、安装碍子开关、接引线、换瓷瓶、送电线扫除碍子、换立瓶等）。

六、自动化、机械化施工办法。

1954年鞍山电业局第0385号文件

1954年5月12日，后来作为鞍山电业局带电作业的创始日被载入局志；同时，这一天作为我国带电作业的开端，载入中国电力发展的史册。

关于这份备受关注、广泛流传的文件，有两点需要说明：（一）目前可查的所有公开资料中几乎都把文号给弄错了，大都写成"0358号"，估计是第一个引用文件的人当时手一抖，把数字写串了位置，以至于以讹传讹，后来的很多专著、期刊、论文都这么写。这里郑重澄清一下，正确的文号应为"生字0385"，若有引用，请以此为准。（二）这份文件，就是在鞍山电业局时任代理局长高华、党总支副书记刘洪耀的大力支持下，由技术主任刘承祜起草的。刘承祜亲笔草拟的文件原稿，如今仍收藏在鞍山供电公司档案室的文件盒中。

0385号文件的迅即出台，是否与此前（1954年5月2日）刘长庚违规带电处理设备缺陷直接相关，我们不得而知。但是在这份旨在调动工人积极性与创造性的文件中，第五项课题就非常明确具体地指向了带电作业，显然，作为鞍山电业局技术管理方面的具体组织领导者，刘承祜以敏锐的眼光准确捕捉到了当时的技术革新和技术革命动向，及时把握和引导了职工群众的发明创造热情。这是不言而喻的。

事实说明，鞍山电业局的带电作业研究工作是在局党委的支持下开展起来的。局党委和领导干部在群众性技术革新大潮面前，把握机遇，主动介入，通过提合理化建议、推广先进经验、抢技术课题等形式，从技术革新中发现先进萌芽，从群众中发现技术尖子，适时组织、引导群众开展有目的的研究工作，敢于并善于把新的检修方式积极有效地应用到生产中去，使鞍山电业局带电作业工作卓有成效地开展起来。从这个意义上讲，刘承祜对带电作业技术的发展功不可没。

我们手头掌握的刘承祜的资料相当少。综合《中国电力人物志》《东北电力人物志》《鞍山电业局志》《鞍山市科协志》及相关记载，刘承祜的情况大致是这样的：

1921年11月13日生于辽宁省开原县（今开原市），1944年9月毕业于旅顺工科大学电气工学科。曾任伪满洲光学设计室技师、沈阳电车厂修理工、抚顺发电厂见习工务员及鞍山南部电网调度事务所助理工程师。1948年2月参加工作，曾先后任鞍山电业局工务科科长、技术主任、代理总工程师、副局长兼总工程师。1959年被错误地打成"阶级异己分子"，受到撤销领导职务、开除出党的错误处分（其间任鞍山电力学校教员、带电作业研究组技术管理员、计划科线损负责人等），1980年1月平反，恢复总工程师职务，1981年复任副局长兼总工程师职务，1983年9月任技术顾问。1985年5月彻底平反。

刘承祜长期担任鞍山地区供电技术领导工作。新中国成立初期，他结合鞍山电业局具体情况，并根据国外先进经验，制定了生产技术管理工作细则以及总工程师命令指示票制度、监察性巡视和培训制度等。曾试验成功"绕线加热真空干燥法"，在全国推广。1952年创制刀闸封闭装置，获东北电业管理局一等安全奖。

在第一个五年计划期间，他积极采纳、引导群众提出的"带电检修"技术革新项目，1956年任总工程师期间，主持领导带电作业研究与实践，组成专业研究组，10月，我国第一批更换3.3kV～66kV直线杆木杆横担、瓷瓶等带电作业工具研制成功。组织编写并出版了5本带电作业技术书籍，包括《不停电检修电力线路（3.3kV～66kV）》《不停电检修高压配电装置》等。发表的论文有《我对编制、贯彻反事故措施计划的体会》等。

1956年4月，刘承祜出席全国先进生产者代表会议，先后被授予水电部和全国"先进工作者"称号。

有一个鲜为人知的事实是，将1954年5月12日作为中国带电作业纪念日，差不多是刘承祜最早多方呼吁、极力促成的。

在《高电压技术》1985年第2期上，刘承祜发表了一篇文章，题目叫《带电作业在我国的兴起——纪念我国带电作业兴起三十周年》（P60—63）。文章这样写道：

> 1984年5月12日是我国带电作业兴起三十周年纪念日。钢都鞍山是带电作业的发源地。……1954年，在创造各种带电作业用的绝缘工器具课题中，又提出了低压作业，高压换保险丝、安装碍子开关、接引线、换瓷瓶，送电线扫除瓷瓶、换立瓶等绝缘工器具。这就是在鞍

山电业职工中，开始了有领导有步骤地研制带电作业工具的技术革新新时期。

这是迄今为止我们能够查证的将鞍山电业局1954年0385号文件下发日作为带电作业创始纪念日的最早记载。

1989年，鞍山电业局发起了带电作业创始35周年纪念活动。在局办刊物《技术消息》1989年第3期上，编辑出版了《纪念鞍山电业局带电作业兴起35周年》"带电作业专辑"。鞍山市人大常委会副主任罗国英题词"带电作业　科技奇葩"；原东北电管

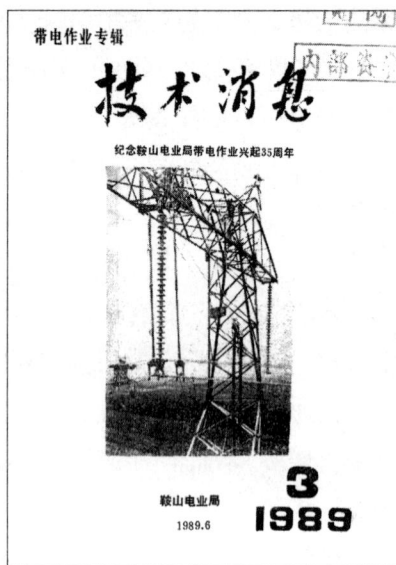

1989年第3期《技术消息》封面

局总工程师、辽宁省电机工程学会理事长孙景明题词"坚持带电作业　创造更新水平"；时任鞍山电业局局长兼党委书记刘奎光作序。刘承祜在"刊头词"中强调：

> 1989年是我们带电作业兴起35周年。钢都鞍山是带电作业的发源地。
>
> 带电作业是新中国成立后大搞技术革命、开展合理化建议运动的产物。鞍山电业局的合理化建议活动，到1954年出现了高潮，在电业职工中开始了有领导有步骤地研制带电作业工具的技术革新新时期。……

1993年10月30日，刘承祜在参加东北电网500kV设备带电作业表演会期间的一个座谈会上指出："明年的5月12日是鞍山电业局也是东北创始带电作业技术的四十周年。这是一项宏伟的业绩，有过狂风暴雨式的战斗经历，我们老同志希望看到有个纪念活动，回忆一下这段历史，温故知新。"

在这个历史背景下，1994年5月12日《中国电力报》发表了题为《科技是第一生产力的伟大实践——纪念中国带电作业诞生四十周年》的社论，社论开

篇说道：40年前的5月12日，以鞍山电业局提出用带电方法更换3.3kV直线杆立瓶、横担的合理化建议为标志，开创了我国带电作业的光辉历程。当年的12月16日，由电力部和中国电机工程学会组织的中国带电作业四十周年纪念大会在辽宁大连召开，时任电力部总工程师周小谦在主题报告中庄重指出："1954年在鞍山兴起的带电作业技术，经过40个春秋的研究、推广、普及、发展和提高，已成为供电设备检修中一项必不可少的重要手段。"

选择1954年5月12日作为中国带电作业的创始纪念日，业内对此还有一些争论或不同意见。有的老同志认为应该把带电作业的发端从1958年开始算起，理由是：（1）1958年4月12日《人民日报》以《电力工业的重大技术革新——不停电检修电力线路》为题，报道了鞍山供电局试验成功带电作业技术的消息，表明舆论氛围很浓厚；（2）1958年4月29日，水电部发出《关于推广不停电检修电力线路的通知》，表明经验已成熟；（3）根据水电部通知，举办了五大区的带电作业培训班，全国各地纷纷成立带电作业机构，表明骨干队伍开始形成；（4）毛主席在天津视察工作时参观了带电作业工具展，给广大带电作业人员以极大鼓舞，表明政治影响很大。另有一部分意见则认为，何必区分带电作业苗头和带电作业呢？只要有确凿的证据表明：（1）已经发明创造了带电作业的工具或方法；（2）能在实际工作中得到广泛的推广运用；（3）工具的推广或方法的应用能带来"巨大的经济效益"，就可以根据该工具或工具组试验成型的日期作为创始日。依照这个标准，似乎我们的带电作业的发端还可以提前几年。实际上，将1954年5月12日确定为带电作业创始日，现在看来也并无不妥，既有一定的历史依据，也富有深刻寓意。这算是一个约定俗成、顺理成章的结果。尽管有许多争论，但这并不能撼动鞍山作为中国带电作业发祥地的重要地位，并不能抹杀每一位从事带电作业的老前辈的贡献与业绩。

还是带电作业专家方年安先生说到了点子上：一粒种子在土壤里吸收了水分，在适当的温度条件下萌发新芽，长出最初的一两片叶子时，再经过漫长的生长过程直至收获季节。当人们收获果实的时候，还有谁能清楚无误地说清这粒种子是在哪个时刻萌发的呢？

同样地，带电作业技术是一项庞杂的系统工程，需要多方提供支持、精心指导、钻研技术、发明工具、反复试验、推广实践等，必须发挥团队的力量，运用集体的智慧，调动各个方面的主动性、积极性和创造性。一花独放不是春，万紫千红春满园。带电作业并非单一的某种工具或具体的某项操作技术方法，既不能以某个新工具否定旧工具，这是个逐渐提高创新完善的过程；也不能用某项理论技术否定某种新的工具，实践才是检验真理的标准；在相当长的时间里，更不能以某项研究的先后顺序作为界定的唯一尺度，遭遇困难半途而废，或徒有想法而未实践，最先出发的未必最先到达，只有最先抵达终点的才是胜利者。

实际上，带电作业技术的每一个发展进步，无不凝结着广大工人、工程技术人员和领导干部的心血、汗水和智慧。毫无疑问，鞍山电业局带电作业所取得的成绩，便是以刘长庚为代表的有丰富经验的工人群众，以郑代雨为代表的工程技术人员，和以刘承祜为代表的领导干部相互结合、彼此碰撞、共同努力的结果，不能强调、拔高一个方面而忽略、贬损其他方面，必须重视每个方面所起的作用和每个人所做的贡献，每个方面、每个人都不能偏废。百花齐放，争奇斗艳，这才是生机勃勃的满园春色。

群　英　谱

这里是辽宁带电作业创始期一些重要人物的小传，他们有的是领导干部，有的是工程技术人员，也有长期坚持在一线的工人。他们在各自的工作岗位上，怀着满腔热忱履行职责、钻研技术，为早期带电作业的发展做出了应有的贡献。他们是成千上万第一代中国带电人的杰出代表，他们的先进事迹是电业工人为祖国电力事业无私奉献的一个缩影。这些在中国带电作业史上熠熠闪光的名字，是我们永远不能忘记的。

方　深

1956年12月，鞍山电业局带电进行66kV营华线大修工程，在10多天的时间里，成功地带电更换了32根电杆，减少停电时间72小时，多供电量10万kWh。其间，沈阳电业管理局副局长方深、线路专业工程师崔应龙、工人技师东光烈冒着凛冽的寒风深入作业现场观摩指导，给了鞍山电业局领导和职工以极大鼓舞和鞭策。方深是沈阳电业管理局在推广带电作业方面的具体领导者，不仅在组织上、人力上、财力上大力支持，还在许多具体事务上关怀备至。正因为有方深副局长等一大批精通技术、眼光敏锐的领导者积极支持带电作业新事物，适时做出了一系列重要决策，中国带电作业技术在初期才能够得到迅猛的发展，并以最快的速度在中国广阔的地域内开花结果。方深的远见卓识和开拓进取，为中国带电作业发展做出了不可磨灭的历史贡献。

人物小传： 方深，1919年9月出生，吉林省吉林市人。1937年毕业于北平大学工学院电机系。1936年参加革命工作，曾任三五九旅司令部秘书、东北民主联军军工部秘书主任。1947年转入电业部门工作，历任延边电业局局长，佳木斯电业局局长，东北电业管理局生产技术处处长、计划处处长、副局长，电力部技术改进局局长兼北京电力学院院长，电力部生产司副司长，国家建设委员会第三局局长等职。

蔡昌年

1964年11月9日至16日，东北电业管理局在鞍山召开东北带电检修鞍山现场会议。东北电业管理局总工程师蔡昌年在开幕式上做报告，总结了东北地区6年来普及带电作业工作的情况：三省共开展带电作业12800次，消除缺陷25000多件，多供电量1亿kWh。他希望通过这次现场会进一步促东北地区带电作业的普及工作，号召新老带电作业队伍开展基本功训练，掌握过硬的操作技能，为电力安全生产服务。蔡昌年在大会总结时谈到会议的四大收获：（1）通过表演，找到了比较先进的操作方法；（2）通过对比，扭转了"带电作业效率低"的看法；（3）通过技术鉴定，定型了一批先进工具；（4）总结教训，修改了不合理的规程条文。他还总结出保证带电作业安全的"四大法宝"，即：牢固的安全思想、熟练的操作技术、可靠的工具器材、严格的规章制度。

人物小传： 蔡昌年，1905年8月出生，浙江德清人。1924年毕业于浙江公立工业专门学校（今浙江大学），1945年在美国西屋电气公司学习两年。曾任扬州电厂主任工程师、资源委员会设计委员，岷江电厂总工程师，冀北电力公司北平分公司副总经理兼发电所主任。1949年后，历任东北电管局总工程师、调度局副局长，电力科学研究院博士生导师、教授级高级工程师等职。为中国科学院学部委员，曾参与建立东北电力系统调度、运行的组织管理系统，研究和推进电力系统的自动控制和提高稳定性工作。

许祥佑

同样在东北带电检修鞍山现场会议上，鞍山电业局副局长兼总工程师许祥佑在报告中着重介绍了鞍山电业局积极推行带电检修的五条原则：（1）影响生产和系统安全的线路；（2）厂矿不能配合统一检修的线路；（3）设备和工具能够保证绝对安全的线路；（4）可以减少线路损失的线路；（5）临时发现重要缺陷的线路。这些原则精神对大多数单位有针对性地开展带电检修工作具有指导意义。

人物小传：许祥佑，1923年9月出生，江苏扬州人。1946年毕业于大同大学电机系。曾任上海闸北水电公司工务员。1949年后，历任大连电业局生技科科长、安东供电局总工程师、鞍山电业局副局长兼总工程师、东北电业管理局技术改进局局长等职。教授级高级工程师。曾指导鞍山红旗堡一次变电所3万kvar调相机双水内冷改造工程。领导并参加鞍山魏家屯一次变电所25万kvar高速调相机系统的设计，负责虎石台500kV高压维护试验场建设和东北电网管理信息系统总体方案及计算机远程网络规划。

王 遵

1958年7月，沈阳中试所成立220kV等电位作业专门试验小组，由高压室主任王遵任组长，东光烈、刘德成为成员。

人物小传：王遵，1925年8月出生，山东莱阳人。1948年毕业于北京大学电机系。曾在冀北电力总公司工作。1949年后，历任东北电业管理局技术改进局高压室主任、电力科学研究院总工程师、水电部科学技术司司长等职。教授级高级工程师。中国电机工程学会第五届常务理事、高电压专业委员会主任委员、博士生导师，合作研究成功等电位带电作业方法和均压服，参加了东北虎石台高压试验基地的建设、东北154kV输电线路的升压改造、500kV杆塔绝缘设计及直流高压试验、雷电观察、电网防雷、防污和绝缘监督等改进工作。合著《输电线路不停电检修（154kV～220kV）》等书。发表了《绝缘配合的统计算例》《关于高压输电线路绝缘水平问题的探讨》等论文。

东光烈

为了能使新研制的带电更换绝缘子工具早日在东北三省范围内推广通用，东光烈等人多次亲临吉林、辽宁、黑龙江境内的154kV～220kV线路，他的身影不时出现在松虎线、松滨线、水鞍线、鞍营线和青锦线现场。为了调查日本人遗留下的五花八门的铁塔结构和种类繁多的瓷瓶连接金具，东光烈亲自攀登几十米高的铁塔去测量部件尺寸，绘成草图，根据这些第一手资料设计试制各种类型的卡具，为成功批量生产工具打下了坚实的技术基础。

人物小传：东光烈，1916年11月生，辽宁鞍山人。1947年参加电业工作，曾任鞍山电业局助理工务员。1948年后历任辽南电业管理局工程队队长、鞍山电业局送电科副科长、沈阳电业管理局基建处技师、辽吉电业管理局中心试验所线路组组长、技师等职。他从事线路工作多年，技术全面，经验丰富，善于钻研，成果累累。为了减轻线路工人的劳动强度，提高工效，他参与试制成功了绝缘子带电扫除器、三用牵引机。20世纪50年代初参加带电作业技术试验研究工作，于1958年与王遵、刘德成等人在国内首次完成了220kV等电位带电作业试验。1965年后，参与研制成功电力设备带电作业轻便化工具和500kV JY-Ⅰ、Ⅱ、Ⅲ型均压服等。参编《输电线路不停电检修（154kV～220kV)》等。1956年被授予"全国电业先进生产者"称号，1957年获得"沈阳市先进生产者"称号。

刘德成

1958年7月15日，青年技术人员刘德成在王遵和东光烈的指挥和监护下，进行了第一次进入220kV强电场的等电位作业试验。试验设备是在沈阳中试所内户外起重架上临时架设的，在15片悬式绝缘子组成的直线串下端连接一段模拟导线，升压器的高压端连接在模拟导线上。刘德成身穿普通工作服，头戴柳条帽，站在垂直悬挂绝缘梯下端的金属框内，通过绝缘杆上的接触线夹将金属框与模拟导线连接之后，升压器产生的高电压被施加在金属框和刘德成的身上。升压器从零开始递升加压，在逐步加到接近127kV的过程中，刘德成的上身裸露部分开始出现刺痛感并逐渐加剧，反复采取一些措施均未能消除这种感觉，试验一度受阻。关键时刻，王遵提出用细铜丝解决均压问题，即在一般工作服和柳条帽外面缝上纵横交错的铜丝网格，制成了简陋的均压服。刘德成穿上这种均压服和均压帽再次进行试验，刺痛问题果然解决了，220kV等电位试验取得了成功。

人物小传：刘德成，1933年10月生，辽宁省昌图县人。1955年毕业于长春电力学校。历任东北电业管理局中心试验所技术员，沈阳电业局生产技术科副科长、试验所所长，沈阳市农电局总工程师等职。高级工程师。他积极钻研带电作业新技术。他第一个用人身直接触摸220kV带电体，之后330kV、650kV带电导体直接触摸试验也取得成功。这一成果为我国带电作业检修超高压线路开辟了新的途径。先后负责和参加了"等电位屏蔽服的试制""220kV带电组立铁塔和调整弛度"等项目的研究。发表的论文有《电力变压器故障原因和故障判断》《对导线防震措施的探讨》等。1959年荣获"辽宁省先进工作者"称号。

崔应龙

1958年2月，崔应龙在刘长庚、王鑫铨、东光烈等人协助下，编写了《输配电线路的带电检修》一书，由水利电力出版社出版，两年共发行10420册。这是国内第一部全面介绍带电作业技术的专著，在推动全国开展不停电检修工作中起到了无法替代的作用。在东北地区普及带电作业工作中，不论哪个基层单位在研究工作中遇到问题和困难，只要打个招呼，崔应龙就会及时赶到那个单位帮助解决。在历次全国性带电作业表演会中，他都充任大会总指挥总协调之职，有时亲自上场担任表演现场的主持人和项目解说人，他妙语连珠的解说词，极大地调动工人参与表演的积极性。崔应龙为中国带电作业初期的发展工作做出了不可磨灭的贡献。

人物小传：崔应龙，1922年10月出生，湖北武汉人。1947年毕业于西北工学院电机工程系。曾任沈阳电业管理局线路专责工程师。在1956年至1966

年期间，崔应龙为东北乃至全国的带电作业发展壮大做了大量组织、协调、推广工作，不遗余力地为这项新事物摇旗呐喊，在老一代带电作业同人中享有崇高的威望。

在同一时期，还有本溪供电局带电作业组组长詹忠林。他在大闹技术革命运动中开展带电作业，带领同志们一起研究改进工具和操作方法，利用废料制造30多种工具。1958年下半年到1959年9月，共进行带电作业1577次，减少停电25次，多供电达100万度。1959年荣获"辽宁省先进革新者"和"全国先进生产者"称号。

崔应龙著《输配电线路的带电检修》

以及抚顺电业局试验所技术员张永林。1960年他根据线路具体情况，研制出瓷瓶防尘涂料、线路故障指示器等重大革新项目。他自觉参加技术协作活动，攻克了许多技术难关，解决生产和技术问题35件，已投入生产的27件。此外，他还创造了爆炸压接新技术等。1960年被选为省技术革新代表，受聘为中国科学院辽宁分院特约研究员。1962年至1966年被评为抚顺市劳动模范、省先进工作者、五好职工、"双革"能手，并于1965年参加全国劳模代表会。1970年出国支援阿尔巴尼亚，荣获阿尔巴尼亚人民共和国议会主席团一级劳动勋章。

器·技篇

1958年，带电作业那些事

1958年4月12日《人民日报》
关于鞍山不停电检修的报道

在带电作业发展史上，1958年是个关键年份。

这一年的4月12日，《人民日报》以《电力工业的重大技术革新——不停电检修电力线路》为题，报道了鞍山供电局试验成功带电作业技术的新闻。报道中说：不停电检修电力线路的新方法已经在鞍山试验成功。这是我国电力工业中一项重大的技术改革。这种新的检修方法在我国各地电力线路上的有计划推行，对于保证不间断地供应工业和城市用电，有着重大的意义……不停电检修电力线路这一新方法的试验成功，打破了我国电力工业多年来停电检修的常规。新的检修线路的方法，经过鞍山供电局近两年来的实地试验，已经证明可以在各种电压（包括超高压）的线路上应用。采用不停电检修方法检修线路，比停电检修的效率高出很多。停电检修线路，要集中大批人力，在停电很短的时间内进行突击性的检修，工时利用率很低。带电检修线路，可以均衡安排力量，不受停电时间的限制，因此不必进行突击性的抢修，可按照计划工作，在少用一半人力的情况下，完成过去停电检修的任务，即使要求在最短时间带电检修线路，利用绝缘工具也完全可以完成任务。

《工人日报》《人民画报》《辽宁日报》等全国各大报刊相继发表评论、报道和专访文章。

就在这一年的3月27日，鞍山电业局向水电部上报了"关于带电检修工作的专题报告"。4月24日，辽宁省电力局就发出了《开展线路带电检修工作的通知》，通知要求辽宁省各供电局立即考虑组织带电检修小组，并与鞍山电业局洽谈加工问题，迅速开展不停电检修工作。4月29日，水电部向全国发出了《关于推广不停电检修电力线路的通知》。

这一年的5月12日，毛泽东主席视察天津时，在薄一波副总理的陪同下参观了电业工人自己制作的带电作业工具，并留下了珍贵的历史镜头。这张照片曾在全国电力系统广为流传。党和国家领导人对带电作业新技术的关怀和赞赏极大地鼓舞了全国带电作业人员，推动了带电作业向纵深发展。

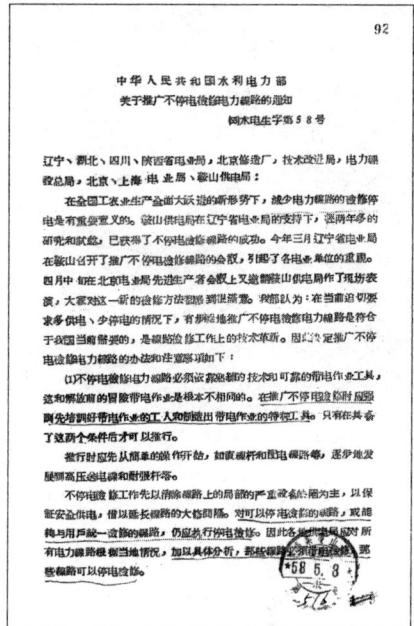

水电部《关于推广不停电检修电力线路的通知》

这一年的7月16日，沈阳中试所技术员刘德成以身体直接接触220kV导线，在国内首次成功地进行了220kV等电位带电作业试验。18日，沈阳中试所试验组在吉林电业局带电作业班的配合下，在220kV李虎线2#塔上，成功地进行了等电位更换导线线夹和补修导线的检修任务。鞍山电业局派人到沈阳中试所学习等电位作业技术，郑代雨在7月28日进行了类似的试验，8月10日在红旗堡一次变电所进行人体直接接触220kV等电位带电导体的带电作业。

1958年7月1日，第一期不停电检修电力线路培训班结业

培训与交流活动也迅即展开。5月20日，根据水电部通知的安排，鞍山电业局负责组织第一期不停电检修电力线路培训班，北京等5个省、市电业（供电）局的46人参加此次培训。6月5日《水利电力工人报》以《为全国开展带电作业培养母鸡》为题，对此进行了报道。

7月15日至8月13日，根据辽宁省电力局的安排，在鞍山举办第二期不停电检修电力线路学习班，参加学习的有大连、沈阳、本溪、抚顺、锦州5个供电局共59人。8月20日至9月19日，辽吉电业管理局委托沈阳中试所在沈阳电力干部学校内开办154kV～220kV超高压线路带电作业培训班，培训时间一个月。这一年，沈阳中试所还会同辽吉电管局生技处，对东北三省各电业局的不停电检测作业班组进行整体培训，由吉林电业局、鞍山电业局担任辅导。

这一年的11月，鞍山电业局制定的《不停电检修现场安全操作规程（特高压部分）》，以及汇编的《不停电检修变电所配电装置》一书由水利电力出版社出版发行。12月，鞍山电业局先后制定了《3.3kV～66kV送电线路带电检修暂行安全工作规程（木杆、水泥杆、铁塔）》和《3.3kV～66kV送配电线路带电检修现场操作规程》。这两本规程合并为《不停电检修现场安全工作、操作规程》，由水利电力出版社出版发行。崔应龙编著的《输配电线路的带电检修》一书也在这一年出版。

这一年，继线路成功地采用带电检修技术之后，鞍山电业局历时10个月，新开发了变电带电检修技术项目。到这年年末鞍山电业局又研制成功66kV～220kV变电所带电作业工具222件。

必须指出，次年即1959年10月21日至28日，辽吉电业管理局在鞍山召开的不停电检修技术表演定型会的重要性也不容忽视。因为这是

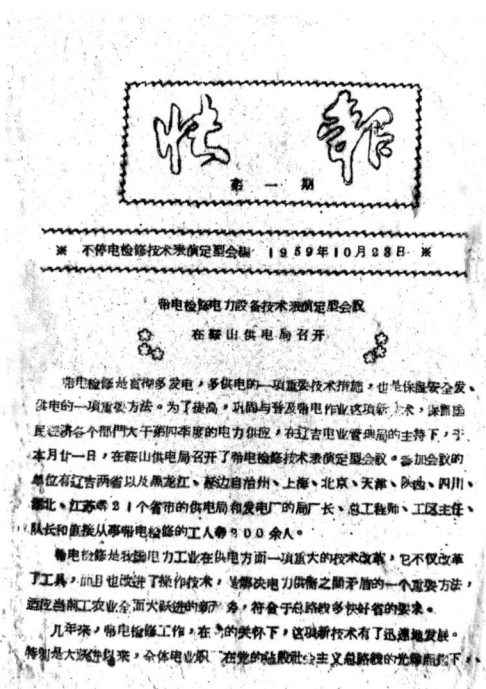

1959年10月23日，不停电检修技术表演定型会《快报》第一期

我国带电作业史上第一次大规模的表演盛会。200多名带电检修工人参加了会议，鞍山等7个供电局为大会表演17项不停电检修项目，展示不停电检修先进工具50余种。

不成功，决不罢休

随着新技术、新材料的出现和发展，带电作业工具又逐步朝着轻便化方向迈进。1963年，鞍山电业局研制成功第三代带电作业工具。这批工具的特点是大量采用尼龙绳和绝缘滑车，替代了支、拉、吊线杆等工具；利用尼龙绳和绝缘胶纸管替代笨重的绝缘直立硬梯，实现了作业工具轻便化。该批工具共计135种435件，其特点是将"多、长、重"改造为"少、短、轻"。我们仍援引鞍山电业局带电作业研究组的《坚持革命精神与科学实验相结合》一文加以形

象的说明：

　　我们在送、变、配电全面开展不停电检修以后，虽然取得了很大的成绩和很好的效果，但是在实际操作中感到工具太长、太多、太笨，上哪儿去作业都得拉一大卡车，有的时候，带电作业比停电作业需要的人还多，要是上山作业，搬运工具的时间比实际操作换一串瓶子的时间还长。当时我们有的同志风趣地说："老工具，太笨重，两个工人抬不动。"有一次全国电业工会让我们到关内去表演，装了16箱子工具。因为工具太长，要打快件，超出铁路规定的标准，没办法，只好打慢件去。工具还是头两天发出的，人是后去的，可是到武汉时，人到了工具还没到。人家什么都准备好了，就像唱戏一样，紧打家伙，就等我们出场了，急得我们紧跑火车站。后来在成都表演完了时，昆明电业局也约我们去表演，当时交通不方便，要坐汽车得7天7宿，所以打算让我们坐飞机去。可是，就是因为工具太长、太笨，飞机运不了，结果没去成。在一次座谈会上，我局党委刘书记说："咱们这套玩意儿可得研究研究，我们搞电业工作的特点，净是到处跑着干活，工具这么笨哪能行，非得改一改不可。"为了促进我们搞轻便工具好携带，临回来时，成都电业局还送给我们两个大皮包。

　　……后来，我们就研究：怎样把长工具变成短工具，怎样减轻金属部件，怎样实现"一具多用"。有一次，在小组研究会上，赵治泉老师傅说：带电作业要是来个"提包化"可不错。意思是出外作业提着提包就走，那有多轻便！这一句话给了我们很大启发。有一次刘长庚和郑代雨翻阅一本外国资料，看照片上操作杆的上部有一根绳在牵引。我们想：要把绳用在操作上，如果能够代替操作杆使用，岂不是更方便了吗？打这，把我们引到在绳子上做文章了。刘长庚到哈尔滨去搞绝缘材料，在商店无意中发现一种钓鱼线，一看是尼龙丝做的，绝缘性能可能好，他就打听售货员：机械强度怎么样？售货员不懂，告诉他钓多大的鱼都行。他哪里是想钓鱼呢！他想不管怎的，买回两盘研究研究再说。这时候，郑代雨同志到北京出差，也无意中看见北京供电局用一种尼龙绳做牵引绳使用，他想到这种绳子这么结实，搞带电作业可能行，因此也要来一条，准备回来研究。于是，我们就开始研究。经过一段不长的时间，我们研究成了用绳子代替绝缘杆，研究出"紧线拉杆"的操作方法，可以做更换瓷瓶等两个项目。这些工具真的用两个皮包就装下了。

轻便化的锁头打开了，大家劲头更足了。又有一次，我们正仿照消防队救火的梯子，搞等电位作业轻便化工具。……正在这个时候，我们看了一部外国电影，看见一个轮船遇难，用直升飞机来救人。当直升飞机来了，送下来一个软梯，把人一个一个地救走了。这件事启发了我们：用绳子做软梯岂不是更好吗？可是问题又来了，当时尼龙绳很不易买到。我们是请示纺织工业部才把绳子搞到手。搞革新盼材料，就像没吃饭盼下锅米一样，有了尼龙绳，大家实在太高兴了。鞍山市轻工业局和辽阳针织厂、麻绳厂还帮助我们加工成可用的尼龙绳索。我们的尼龙绳软梯终于制成了。软梯做成了，也好使，可是只能在塔根底下作业用，要是两塔之间的接头发生问题时用，就不行了。大家又为破这个难题动脑筋。后来刘国恒同志根据变电作业上用的吊篮的原理，提出在软梯上脑加两个滑轮，这样就可以顺着导线随便移动，解决了这个问题。

什么东西都是越研究越精。我们大家常说"天下无难事，只怕有心人"。郑代雨同志去年在安东（今丹东）看杂技团表演时，发现杂技团的软梯上有个座椅，想到我们在软梯上作业时也能有个座椅，岂不是比现在站在软梯上操作能够减轻体力劳动吗？他回来，恰好赶上沈阳杂技团来鞍山演出，他就把自己的想法跟大家说了，同志们就到杂技团去学习一次，回来，他们在地上画图就研究开了。……这时，郭成福同志又用铁线做了一个模型，刘长庚细一琢磨，也觉得确实不错，也积极研究。这样我们又在软梯的上脑，添了个座椅，干起活来更灵便得多了。现在，软梯这套轻便化作业工具，同过去用升降车操作工具比，重量由600公斤减到26公斤；做一次同样项目的活，时间由4个小时减到一个半小时；人由10个减到7个，工具也不用汽车拉了。这一套工具能做4个不同的项目。

鞍山电业局职工利用轻便化工具进行带电作业

旧工具大部分是使用支、拉、吊的方法操作，非常笨拙。就拿更换圆木横担上的瓷瓶来说，就得用支、拉、吊3套工具。我们围绕这个问题研究了一个"虎嘴卡具"，做好了拿到现场一试验，太沉，不好操作。30来天的心血白费了。经过一次又一次地想，困难重重，再也想不出什么办法来。大家真是有点灰心。有一次，党小组组长刘国恒领导我们学习《实践论》，读到了"吃一堑长一智"和"不入虎穴，焉得虎子"两句话，偏赶上我们正在做虎嘴卡具，便联想到试验没有成功这件事，大家就议论起来了，说我们上次没有成功，吃了一回亏，可是要长一番见识；搞革新，也得像抓小老虎一样，不到虎洞里，也抓不着虎崽子。我们得拿出降龙伏虎的精神，不能灰心。于是又鼓起干劲，这个也琢磨，那个也琢磨，大家都在动脑筋。有一天，刘长庚吃饭时拿起筷子，便想用它当导线，用手比量着。他猛然想到，要是下面用两个钩把导线钩住，上面用一个钩挑住导线，这样不就把导线完全可以固定住，比起用支、拉、吊3套工具，不是方便多了吗？第二天上班，他怕大家不明白，就先画了一张草图，跟大家研究。同志们很同意，终于把"双钩吊支杆"的办法搞成功了。现在"双钩吊支杆"这套轻便化工具，同过去的支、拉、吊旧工具比，重量由38公斤减到17公斤，做同一个项目的时间由30分钟减到15分钟，工具由8件减为4件。接着我们在变电方面又试制成"过引线架"的轻便化工具，扔掉了大拖车。用这些轻便工具搞检修、处理设备缺陷，比以前方便多了。比如，我们1961年协助兄弟局紧急处理缺陷，第一次上本溪局使用原来的工具，拉一卡车去；第二次上安东局用新工具，只带两个背包就完成了任务。

　　我们就是这样，由个人琢磨到大家商量，反复试验，不搞成功，决不罢休。现在，60％的项目上实现了轻便化。

第二部分

艰难发展，缓慢振兴

（20世纪60年代中期到80年代中期）

天·地篇

中国历史进程的变革给发展中的带电作业带来了深远的影响。"文革"期间，带电作业也取得过某些令人称奇的成果，中国带电作业的特色在这一时期表现得淋漓尽致，但也带来了许多负面影响，表现在：一、由于安全水准的极大降低，引发各级领导对带电作业的安全性产生怀疑甚至恐慌心理；二、基层带电作业队伍青黄不接，素质低下，人心浮动，加重了重组带电作业队伍的困难程度；三、合理规章制度被贬低和破除，导致带电作业管理工作与生产实践严重脱节；四、仍旧大量使用老旧的带电作业工具，使常规带电作业项目难以为继。重新振兴、发展带电作业的历史使命任重而道远。

面对现实中的重重困难，一些有责任感的带电作业专家、管理者、组织者，团结带领基层带电作业骨干分子，以百折不挠的顽强精神，自下而上地重新驱动带电作业的历史车轮缓步向前。以1987年在兴城召开"带电作业工作会议"为标志，带电作业第二个春天开启了。

经过梳理我们发现，在20多年的时间里，包括兴城会议在内，有4次大型的带电作业会议，是重要的带电作业标志性事件。我们可以从中触摸到那个时代给带电作业留下的深深烙印，带电作业走出了一条漫长的艰难发展、缓慢振兴之路。

1966年5月4日至13日，水电部在辽宁鞍山主持召开全国带电作业现场操作表演观摩大会。

程明升副部长在开幕词中说，电力工业的不停电作业是一项有着重大的政治意义和经济意义的新技术。电力工业自1958年在全国范围内推广鞍山电业局的不停电作业经验以来，经过几年实践、认识、再实践、再认识，现在全国有将近70%的供电单位都开展了这方面的工作，并且有了许多新的发展，鞍山电业局也有了更大的提高。在短短8年中，我们在很多方面不仅赶上而且超过了世界先进技术水平。他说："在今年工业交通工作会议上，已将不停电作业列为1966年工业交通部56项主要增产节约措施之一。停电必然会影响用户的生产，而不停电作业，就相对地减少了停电的时间。例如：鞍山电业局从1956年开始到1966年第一季度，不停电作业4263次，减少停电时间4321小时，消除设备缺陷5000多件，有效地保证了用户的安全生产。""要发扬广大群众的革命干劲，不仅在不停电作业方面通过观摩表演和交流经验，进一步开展比学赶超的群众运动，把不停电作业推向一个新的阶段，不断革新创造，从不完善到完善，从不大成龙配套，到成龙配套，全面发挥它的效益，而且还要举一反三，发扬光大，促进电业生产的全面发展提高。"

生产司司长齐明在总结发言中说，8年来，不停电作业之所以取得这样巨大的成就，我们总结了以下几条基本经验：（1）坚持群众路线，放手发动群众，发挥群众智慧，鼓励他们不断革新创造，就能推陈出新，创造出新的方法和工具。（2）发扬自力更生的精神，敢想、敢闯、敢超，学习与独创相结合，克服依赖思想，就地取材，自己搞工具，可以更快地推动不停电作业的开展。（3）革命干劲与科学态度相结合，苦练过硬的基本功，是顺利开展不停电作业的保证。（4）不断地总结经验，有所发现，有所发明，有所创造，有所前进。关于进一步开展带电作业，齐司长谈了几点意见：（1）突出政治，更好地为用户服务，为社会主义生产建设服务，认真贯彻"备战、备荒、为人民"的指示，必须大力开展不停电作业工作。（2）全面规划，加强领导，制订开展带电作业的规划，按期实现。（3）学习解放军，学大庆，扩大带电作业的队伍，苦练过硬基本功，达到"兵精、艺高、武器好"。（4）自力更生，大搞工具制造。（5）尊重科学，做好安全措施，确保人身安全。

程副部长在致闭幕词时特别指出："鞍山电业局局长辛宝善同志坚持参加劳动，并已学会了这门技术，参加空中飞车巡线表演的项目；也有很多单位的工程技术人员如郑代雨同志与工人一起研究创造，走知识分子与工农结合的道路……总之，建议各单位党委加强对这项工作的领导。要求行政领导干部要学习鞍山电业局局长辛宝善同志；工程技术人员要学习郑代雨同志。""这次表演的所有项目，从工具到操作方法，都基本上以工人为主，领导、工人、技术人员'三结合'，少数人冷冷清清是搞不出来的。""必须重视安全，做到人身安全万无一失。因此，要求思想、技术要过硬，措施要绝对安全可靠，安全距离要严格遵守。"

1973年8月1日至11日，水电部生产司在北京召开全国带电作业现场会。水电部军代表张文碧在开幕式上的讲话包括"国际形势"和"国内形势"两部分，并针对"带电作业"工作提出了原则性要求：加强团结，互相学习，认真总结经验，在操作表演过程中要十分注意安全，做到万无一失，把现场会开好。

杜星垣副部长在现场表演前发表的讲话中指出，带电作业是我国广大电业职工的一项重大技术革新，这项技术革新减少了停电作业所造成的损失，促使电力工业更好地为国民经济、为人民生活服务。广大群众坚持群众路线，坚持实践第一，坚持"洋为中用"的方针，充分发挥工人、干部、技术人员"三结合"的作用，广大群众的聪明才智得到了进一步发挥，把带电作业又大大向前推进。他说，为了使电力工业适应当前国民经济的发展，真正成为国民经济的"先行官"，除了加快基本建设、增加发电能力外，还要大力开展技术革新，挖掘生产潜力。我们应该进一步反对因循守旧思想，把电力工业技术革新运动更加生气勃勃地开展起来。

会议闭幕时，张彬副部长做了总结发言。他说："几年来我国带电作业有了可喜的发展，正如许多同志说的：安全水平提高了，作业范围扩大了，劳动强度减低了。此外，爆破压接、轻便化机械化的工具等，也开始在带电作业中得到应用，使带电作业在生产中所起的作用越来越显著。现在，我国带电作业已在世界上处于比较先进的水平，这是我国广大电业职工大力开展技术革新的成果。"

张彬副部长把表演会的收获概括为四句话，称这"是一次路线教育的会，是一次形势教育的会，是一次经验交流的会，也是一次技术革新的动员会"。

他还进一步提出，开展带电作业和技术革新，必须树立四个观点：第一是敢想、敢干革命精神和严格的科学态度，第二是群众观点，第三是实践观点，第四是有一个正确对待新生事物的态度。

张彬副部长就重视安全工作发表了意见："保证操作安全，是对工人群众的阶级感情问题，也是保护群众积极性，使带电作业顺利开展的问题。这次现场会进行了48项操作表演，没有发生任何事故，这是各单位同志平时注意思想路线教育，苦练基本功，严格贯彻规章制度的结果。这样的好作风，在今后作业中要严格贯彻。安全不安全，关键不在于是带电作业，还是停电作业。一定要有严密的措施，从人员培训、工具鉴定、操作方法、气候条件等方面都要符合安全要求。带电作业要求做到安全水平高、工具轻、用人少、时间快，但其中安全是首要的。如果在安全上不可靠，这个方法就不能采用，改好了再用。"

张彬副部长还强调，带电作业要从生产实际需要出发。他重点说明了不停电作业与带电作业的关系问题、间接作业和直接作业问题、晴天作业和雨天作业问题等。在提到关于女同志参加带电作业问题时，他说：现在有些地方成立"三八"女子带电作业班，她们和男同志一样在带电作业中做出了贡献，显示了中国妇女朝气蓬勃的战斗精神。这次到会的就有21名女同志，她们用实际成绩证明，男同志能办到的事，女同志也能办到。对于女同志参加带电作业，我们应该热情地欢迎和支持，另一方面，也要照顾她们的条件，从爱护出发，分配她们做适当的工作。

张彬副部长在结束报告时说："我们搞带电作业，是为了更好地为国民经济、为人民生活服务，是为了党的事业，不能争发明权，不能互不服气，互相瞧不起，这些东西是资产阶级的东西，对我们是有害的。"

张彬副部长的总结发言，对全国带电作业的健康发展起到了促进作用。

1982年11月23日至26日，水电部生产司在杭州召开全国带电作业工作座谈会。会议规模不算大，但从会议效果来看，这无疑是改革开放新时期一次重要的带电作业专业会议。会上，生产司领导回顾了我国带电作业的发展过程，代表们交流各地带电作业开展情况，讨论带电作业发展中存在的问题，交换如何解决问题的意见，对有关事项做出初步安排。

水电部在会后下发的《纪要》中，明确了以下几条意见。

一、目前带电作业已发展成为一项常用的检修方法。20多年来带电作业对减少停电时间，降低线路损失，提高供电连续性及电网安全供电，提高电力工业和整个国家经济效益，做出了一定的贡献。随着电力工业发展和电压等级逐步提高，线路输送容量的增大，带电作业的作用和经济效益日益显著。在保证安全的前提下，大力开展带电作业，是保证系统正常运行的重要措施之一，是电力工业发展的需要，也是国民经济发展的需要，必须予以重视。

二、带电作业发展过程也有很多曲折，有的地区带电作业发展已经过几上几下。"文革"中滋长了形式主义和不尊重科学的不良作风，规章制度受到严重破坏，在一定程度上影响了带电作业的健康发展。不少地区带电作业管理工作薄弱，组织不健全，队伍的思想建设和技术培训工作没有跟上，以致带电作业的技术力量被削弱，个别地区还出现了停滞倒退现象，这种状况必须尽快扭转。

三、为了扎扎实实地推动带电作业工作的开展，必须认真解决以下问题：

（一）统一认识，明确带电作业的方向。带电作业工作应在确保安全条件下，从设备、人员、工具条件及停电影响面和经济损失大小等实际出发，因地制宜地积极开展。

（二）加强领导，健全组织。各网省局应有一名主管生产工作的负责同志抓带电作业工作。带电作业应列为专业技术管理工作，由主管生产技术的部门负责归口。要保持带电作业工作人员的相对稳定。带电作业工作要尽量由专业班组负责进行。

（三）建立健全带电作业有关的规程制度。带电作业的安全工作规程、现场操作规程和技术管理制度是带电作业安全可靠的重要保证。对部颁《电业安全工作规程》中有关带电作业的规定，如有修改意见，请组织讨论后报部生产司，以便进行修订、补充。

（四）加强带电作业队伍建设。目前带电作业人员处于新旧交替和青黄不接阶段，这已成为开展带电作业工作亟待解决的问题。因此，要把组织人员培训作为一项十分重要的任务来抓。要抓队伍的思想建设、组织建设和技术水平的提高。

（五）加强带电作业工、机具的管理。必须建立健全工具管理、保养制度，建立带电作业工具专用库房，进行专责管理，加速带电作业工器具试验标准的编制工作。

（六）加强带电作业的劳保工作。要对劳动保护的技术问题进行研究，改善劳动条件，并应研究解决劳动保健的措施问题。

1987年9月22日至25日，水电部生产司在辽宁兴城召开全国带电作业工作会议。在与会的120多人中，既有为我国带电作业开创做出了卓越贡献的老前辈、老专家，也有一大批朝气蓬勃、热爱带电作业专业的中青年一代，他们共聚一堂，共商带电作业发展的大计。这是继1982年杭州会议之后，水电部召开的又一次有关带电作业工作的大型会议，是我国带电作业发展史上的一件大事，对推动我国带电作业发展，进一步提高带电作业技术水平有着重要意义。

　　张凤祥副部长做题为《进一步发挥带电作业在电力生产中的作用》的重要讲话。讲话中回顾了我国30多年来带电作业的发展历程，充分肯定取得的成绩，也指出当前带电作业工作中存在的主要问题，提出推动发展带电作业的具体要求。

　　张凤祥副部长在谈到成绩时说，这一新技术一经在生产中应用，立即显示出很大的优越性，东北地区使用带电作业方法加高1000余基铁塔塔头，有的220kV线路用带电作业方法保证了线路的健康水平，连续八年未因检修停过一次电。全国目前已拥有一支5000余人的队伍，每百公里送电线路约有带电作业人员1.62个。中国已走出了一条具有自己发展特色带电作业的路子，今后将在更广泛的领域中得到应用。

　　针对当前带电作业发展中存在的诸多问题，张凤祥副部长希望带电作业能进一步提高水平，他要求：（1）提高对带电作业工作的认识，这是一种提高电网供电可靠性、减少停电损失的作业方法。我国电网结构薄弱，停电十分困难，从电力工业实际情况出发，应积极应用和加快发展带电作业。（2）带电作业与停电作业的应用原则要从实际出发来确定，凡停电作业会造成生产或电能损失，而带电作业能做到安全可靠的工作，一般都要带电进行。保证安全可靠的先决条件是：人员素质符合要求，作业方法符合安全规程规定，工器具质量符合要求，有完备的技术措施。（3）统一对带电作业工作的领导，部生产司要负统一领导的责任，加强其他司局的协调工作。（4）带电作业工器具的制造要向定型化、标准化、系列化和定点生产方向发展。严格把好工器具的质量关，部带电作业工具质检中心要对各制造厂进行不定期抽查。适当引进技术和样品，使质量和工艺提高到新水平。（5）设计线路和变电所，要充分考虑带电作业的裕度和条件。（6）加强带电作业队伍建设，各市（地）供电（电业）局都要建立能完成本单位所管辖设备的常规带电作业项目的队伍。（7）带电作业人员的补贴，可暂时按每人每带电作业一天，发给1元钱的补贴，争取这部分补贴进入电力生产成本。（8）努力提高我国带电作业安全水平，从人员素质、规章制度、工器具质量管理入手，杜绝带电作业事故的发生。（9）搞好带电作业项目的开发，统一规划，分工协作，避免重复，难度大的项目要组织力量协调攻关。

会议期间，华中电管局郑代雨，鞍山电业局刘承祐等老同志做表态发言。他们纷纷表示，老一辈带电作业人虽已光荣退休，也愿为带电作业的大发展贡献余热余光。与会人员也纷纷表示要向老前辈学习，决心在带电作业发展中勇往直前，把全国带电作业推向一个更科学更有成效的水平上去，使中国带电作业开放更加灿烂的花朵，结出更加丰硕的成果。

带电作业专家方年安先生对中国带电作业发展的历史有着独到的观察和思考。15年前，他在一份未公开发表的研究成果中就提出，中国带电作业发展独具特色。他认为：

中国带电作业50年的发展史充满了浓厚的时代气息。20世纪50年代初期诞生的带电作业新事物，成为贯彻"独立自主""自力更生"方针的典范，是执行"多、快、好、省"总路线的伟大成果。60年代至70年代，特别是"文革"期间，带电作业又被视为"打破洋框框走自己工业发展道路"的成功经验，还被看作坚持"阶级斗争、生产斗争和科学实验"三项实践的生动体现。进入改革开放时期，经过思想上的拨乱反正，带电作业被重新定位为"科学是第一生产力的伟大实践"，还原了中国带电作业的历史原貌。

中国人创造的带电作业技术，充满了丰富想象力和大无畏情怀。带电作业技术与马戏团技巧相结合，产生了"软梯"和"飞车"这些具有东方色彩的带电作业工具，并由此开创了"背包化、绳索化、轻便化"工具的创新浪潮。带电作业技术与爆炸技术相结合，产生了高空"带电爆炸压接""爆炸断引"技术，并由此引发了导地线压接技术的一场新革命。带电作业技术与火工器械相结合，产生了"射绳枪""断线枪""打孔枪"和"土火箭"一系列新颖工具，促进电力生产中出现了新一轮现代化的"武器装备"。带电作业技术与备战演习相结合，产生了"夜间带电作业""雨天带电作业"和"带电作业大会战"等高难度、高风险的非常规战术。带电作业技术与妇女解放运动相结合，产生了红遍半个中国、引领潮流近10年的"三八"带电作业班的飒爽英姿。这些异彩纷呈的中国特色的带电作业技术，在西方人的带电作业辞典里是找不到的。

中国人勤劳勇敢和吃苦耐劳的精神，促使中国的带电作业项目不断挑战自我，向"大、难、繁"挑战和进军。整座铁塔可以带电移动几十米；整座杆塔可以从塔基、塔身、塔头带电升高三四米；整个耐张段导线和架空地线可以带电循环更换或调整不合格的弧度；几万千伏安容量的电力变压器可以频繁地从电网中带电切下、换上；整条线路的绝缘子或间隔棒可以成批成批地轮换更新；整条线路的污秽绝缘子能够带电清洗干净；如此等等。这些高难度带电作业项目在国外不仅是极其罕见的，也是西方人难以想象的。由此，中国带电作业震撼并征服了世界。

人 物 篇

"带电"的铁姑娘们

1

朱桂萍第一次带电作业表演是1971年，是为日中友好协会创始人西园寺公一和他的家人表演的。西园寺公一先生对中日友好关系的缔结起到很重要的作用，而让朱桂萍终生难忘的是为柬埔寨王国西哈努克的带电作业表演。

1972年4月的一天，鞍山电业局接到通知，柬埔寨王国元首西哈努克偕夫人将于5月12日观看鞍山电业局带电作业表演。这一消息令送电二班所有成员兴奋不已，任务神圣而光荣，同时一股无形的压力也向全班成员逼压过来。这一年，朱桂萍19岁，张敏也19岁，她们已经工作3年了。

5月12日，朱桂萍早早就起了床，刷牙洗脸，将一条油亮乌黑的大辫子盘起来，压在蓝色的工作帽下。用指尖优雅地从雪花膏瓶中挑出雪花膏，轻轻地搽在粉红的脸上，然后对着镜子用粉饼在脸上轻轻地扑搽着，于是满面都是盛开的桃花。

早晨8点，送电二班在班长赵程三的带领下，坐在敞篷的解放车上出发了。首山220kV变电所与鞍山市里相邻，相距20公里，因是泥土路面，车跑在上面有些颠簸。正是阳春时节，河边的柳条已泛起了鹅黄，柔软的柳条在微风中飘飘摆摆，像芭蕾舞演员的手，又像少女的腰。道路两旁的彩旗轻轻飘动，远处传来的锣鼓声时隐时现，像缥缈的山岚，又像跳动的心。车上的人谁也不吭声，就连平时爱说爱笑的几个姑娘也悄无声息。"小朱，"赵程三从驾驶室里探出头喊，"起个头儿，大伙儿唱歌，唱《团结就是力量》。"朱桂萍张口便是一地铿锵的珠玉："团结就是力量，团结就是力量，唱……"雄壮的歌声穿透了汽车的喧嚣，感染了每个人，推动了每个人，好像每个人的身体不是在车上，而是在车前阔步前进。

首山220kV变电所周围及带电表演淡绿的山坡上，到处飘舞着红色的旗帜。山下的秧歌队年轻的姑娘、小伙儿们扭着秧歌，咚咚咚的锣鼓声震天动地，吹唢呐的小伙子鼓着腮帮子憋红了脸。军乐队反复演奏着《运动员进行曲》，欢呼声口号声此起彼伏。小学生们穿着蓝色的校服，系着鲜红的红领巾手捧鲜花，脸上的笑容像山坡上的杜鹃。

那座崭新的铁塔立在山顶之上，像一个血气方刚的壮汉。送电二班到达山脚下，在班长赵程三的指挥下，搬箱子的搬箱子，背袋子的背袋子，扛飞车的扛飞车，扛瓷瓶的扛瓷瓶。几个姑娘也不甘落后，跟着男工一起搬运。赵程三首先检了潮湿度，在清除露水后，4个男工将一张巨大的隔潮防水帆布铺在地面上。赵维斌和两个男工将工具一件一件小心翼翼地摆放上去。朱桂萍、张敏早已披挂完毕，站在那里像英姿飒爽的战士。她们目光淡定，落落大方，浑身散发着青春的气浪，比喧天的锣鼓声还要响亮。人们的目光全聚焦在两个姑娘的身上，人群中喊喊喳喳议论着。

上午10时，军乐队奏响了迎宾礼曲，西哈努克偕夫人，在徐向前元帅的陪同下走进了会场。领导入座后，郑代雨对带电作业这项工作做了详细的解说，然后征求徐向前元帅意见问是否可以开始。徐向前元帅挥了挥手，下达了命令。于是，220kV带电更换张力绝缘子，现场爆破连接导线表演开始。

在赵程三的指挥下，送电二班所有作业人员各就各位，带电表演工作在紧张有序地进行着。朱桂萍、张敏穿着屏蔽服，爬上20多米高的铁塔，所有的人都翘首仰望塔尖上的姑娘。军乐队停止了演奏，锣鼓停止了敲打，天上的那一丝微风停止了吹动，就连天空那朵白云也驻足观看。群山耸立，万木秀挺，人们甚至能听到朱桂萍、张敏进入等电位区域那一瞬间放电发出的噼啪声，看见四射的火花。人群发出惊惧的低呼声，立刻又恢复了沉寂，生怕自己的声音分散了姑娘们的注意力。西哈努克和徐向前元帅指着铁塔上的姑娘们，轻轻地交谈着，轻轻点头赞赏。朱桂萍、张敏紧抿嘴唇，眼神专注，戴着手套的手指灵巧翻动，依靠精湛的技术、过硬的本领，按部就班地操作着。

朱桂萍、张敏换完张力绝缘子，将破损的绝缘子用绝缘绳送回地面，随即她们又表演了现场爆破连接导线。这项工作不比更换张力绝缘子轻松。射枪带着绝缘细绳准确地越过导线上方，将绝缘细绳搭在导线上，然后在绝缘细绳上换上粗一点的绝缘绳拉动，越过导线回到地面，用滑车往上拉，将飞车挂在导线上。两名男工戴着安全帽，戴着绝缘手套，穿着绝缘靴，将早已准备好的绝缘软梯挂在导线上。朱桂萍穿着屏蔽服顺着软梯爬上去，将飞车封门锁死，这样飞车就固定在导线上，可以自由滑动。她们对已损坏的导线进行修补，然后将炸药放在压接处，随即撤离，点燃导火索，随着砰的一声爆炸声，损坏的导线就修补好了。整个表演过程历时一个小时。西哈努克和徐向前元帅站起来鼓掌，人们震天的叫好声和山呼海啸般的掌声在山谷回荡。军乐队重新奏乐，锣鼓重新敲起，吹唢呐的小伙子重新鼓起了腮帮子，姑娘们、小伙子们重新扭起了秧歌，少先队员跑过去，把鲜花献给了朱桂萍、张敏。西哈努克走上前，接见了朱桂萍、张敏及其他带电作业人员。西哈努克满面笑容，握住朱桂萍的手。他的手暖暖的软软的，也是亲切的。他竖着大拇指，满脸都是赞赏："你们太了不起了，中国太伟大了！"并把一枚"中柬人民友谊万岁"印章送给了朱桂萍。

鞍山电业局"三八"带电作业班组建于1976年，成立于1977年，结束于1979年，历时三年，共为来自46个国家的548名外国友人现场表演48次带电作业技术。在"三八"带电作业班成立之前，还在送电二班的朱桂萍、范桂荣、张敏、

西哈努克夫妇与结束带电作业表演的朱桂萍握手交流

王平、李杰等，就为越南劳动党领导人黄文欢、柬埔寨国家元首西哈努克、后来当选为美国总统的福特等进行了多次表演，以零失误获得了外国领导人的亲切接见和外国友人的交口称赞。这群可爱的令人尊敬的无私奉献的姑娘，用青春倾洒着火热的家国情怀，为祖国的建设默默奉献，也为自己的人生书写了瑰丽的篇章。她们都有一颗闪亮的心，她们不是明星胜似明星。她们继承了老一辈带电作业人无私无畏的优良传统和高超技术，在鞍山电力史上留下一个个闪亮的名字。她们是：范桂荣、朱桂萍、张敏、王平、李杰、刘霞、章素清、毛丽华、庞秀媛、郑桂芝、吴亚凤和张金霞，其中张敏、王平后来因工作需要离开了带电作业，去了新的岗位。"三八"带电作业班成立时成员有范桂荣、朱桂萍、李杰、刘霞、章素清、毛丽华、庞秀媛、郑桂芝、吴亚凤和张金霞，共计10人。后来，刘霞和章素清也因工作需要调离了带电作业岗位，到1979年"三八"带电作业班解散，成员有范桂荣、朱桂萍、李杰、毛丽华、庞秀媛、郑桂芝、吴亚凤和张金霞，共计8人。

20世纪70年代初，女性带电作业表演在全国兴起，广州供电公司率先成立了"三八"带电作业班，接着是武汉、上海、郑州、天津等电力部门相继成立了"三八"带电作业班，来展示自己所在地区的带电作业技术。1975年12月10日至16日，在广州召开的"三八"带电作业经验交流会上，鞍山电业局送电工区送电二班朱桂萍做了题为《在三大革命实践中锻炼成长》的个人发言，引起大会的关注和高度评价。在《会议简报》中，鞍山电业局送电工区送电二班擦出了这样的"思想火花"：

有人问：外线工的厂房在哪儿？我们说：你看那千座塔，万重山，三根银线通天外。咱们的大厂房就在那万里蓝天之下，千顷绿野之上。

1976年10月20日至27日在南宁召开了中南五省（区）部分供电单位带电作业经验交流会，鞍山电业局送电工区送电二班范桂荣，做了题为《战无不胜的毛泽东思想将永远指引我们攀登带电作业的新高峰》的经验介绍，反响热烈。

鞍山电业局是带电作业的发源地，急需拥有一支"三八"带电作业班向国内外展示带电作业的风采。一项新的光荣的任务悄然向她们靠近，局领导决定，将鞍山电业局"三八"带电作业班作为窗口向全国展示，展示鞍山电业局带电人的干劲，展示鞍山电业局电力工人的新风貌。

鞍山电业局"三八"带电作业班，成立前隶属于鞍山电业局送电工区送电二班，班长是赵程三。1971年2月，朱桂萍、张敏首先来到了送电二班，一年后范桂荣、王平加入了这个集体。几年里陆续有人加入，组成了10人的"三八"带电作业班。10名女电工下定决心长革命志气，立奋斗方向，在艰苦条件中磨炼，勇于实践，争做贡献。范桂荣以工作沉着冷静、原则性强、能吃苦耐劳著称，被任命为班长。朱桂萍因思维敏捷、胆大心细、任劳任怨，被任命为副班长。

2

16岁的朱桂萍和张敏至今还记得，1969年12月18日那个寒风凛冽阳光灿烂的早晨。二人和同学们肃立在操场上，满怀好奇，这里即将公布决定他们一生命运的消息，因为他们要参加工作了。工作方向为两个单位：一个是共和国工业的骄子鞍山钢铁公司，一个是鞍山电业局。这两个单位正在招收徒工。朱桂萍此时想起，就在两天前，师傅把她单独叫到走廊，满脸严肃地问了她的家庭状况，家庭出身怎么样啊，家里都有没有什么历史问题，等等。朱桂萍认真地说，我的父亲母亲都是工人，家庭出身是工人家庭，没有问题。师傅说，组织上有一个重要任务要交给你，你能严守纪律保守秘密吗？朱桂萍的第一反应是，是不是要把我安排到邮电局当话务员？那时作为一个繁忙的话务员工作在她心中是很神秘的。她点了点头，说我接受组织上的安排，严守组织的秘密。很多人会纳闷，电业局不就是架线送电，把光明送到千家万户，把电送到工厂吗？有什么秘密可保的？其实，从新中国成立开始到现在，恪守电力机密是每个员工的职责。也就是从那一刻起，朱桂萍觉得电力工作很神圣，也爱上了电力事业，直至一生。

广播喇叭广播着，每念到一个名字就出列一个同学，很快操场上形成了鞍山钢铁公司和鞍山电业局两个队列。站在操场北侧的同学被分配到电业局，站在操场南侧的同学被分配到鞍山钢铁公司。在电业局这个行列中，女生5人男生25人，朱桂萍、张敏就在其中。同学们叽叽喳喳地说："你看你看，朱桂萍要当女电工哩。"一个男生调侃:"哟,朱桂萍,就你那点劲,小胳膊小手也能当电工?"朱桂萍笑着说:"哪里需要哪里去,我始终听从祖国的召唤。"她心里憋着一股劲,说等着瞧,你们男孩子能做到的我也能。这群同为16岁的少男少女站成一支队伍,迎着朝阳唱着歌,朝气蓬勃地走进了电业局。

范桂荣1971年从学校毕业,1972年1月进入电业局,先是被分配到修配厂,当了一名卷线工。2月份她和王平一起进入了送电二班,她们都是18岁,从此与带电作业工作结下了不解之缘。那时由于对电力认识的局限性,一直有一个谣言在广泛流传,女孩子在高压电场进行带电作业,会造成不孕不育,但这一点没有吓退姑娘们,没有阻止姑娘们的工作热情。

进入带电班的第一项工作是接受培训,第二项工作是观摩师傅们的带电作业检修和带电作业表演。培训的师傅个个知识渊博,对祖国的建设都满腔热忱,

郑代雨在向"三八"班的女工们传授带电作业技术

是当时鞍山电业局乃至全国带电作业领域旗帜性的领军人物,都是一些技术上顶呱呱的角色。他们是郑代雨、周祥全、赵程三、张仁杰和何政风等。他们讲得通俗易懂、绘声绘色、充满激情,让本就灵聪的姑娘们在理论上打下了坚实的基础,而他们的幽默感,让姑娘们一下就爱上了这个其乐融融的大家庭。

"小朱,过来,跟我登塔。"周祥全主任喊。朱桂萍笑嘻嘻跑过来说:"周主任,你说咋登吧。"周主任看着年仅18岁的朱桂萍问:"你怕吗?"朱桂萍不假思索地说:"怕?在我朱桂萍的字典里,就没有'怕'这个字。"说着戴上安全帽,系好安全带,走到塔前,望了望26米高的铁塔。那铁塔像一个巨汉一样威严,又像一个弱女子在微风中颤动。朱桂萍心想,怕不怕,登上去才知道,我不能让这个铁大个儿灭了我的威风。她攀住铁塔,一步,两步,三步……到达塔中间的时候,她下意识地向下望了一眼,顿时一片眩晕,天哪,这么高……周主任笑了笑说:"咋了?害怕了?害怕就下去。"朱桂萍脸上一阵发烧,她没有回答,要用行动来证明自己不是懦夫,而是勇敢者。两个人攀上塔顶,周主

任系好安全带，朱桂萍也系好安全带。周主任没等朱桂萍再向塔下望，就指着远方喊："小朱，你看。"朱桂萍顺着周主任的手指望去，袅袅的炊烟，翠绿的山岗，微漾的稻浪，弯曲的河流，美不胜收的自然风光尽收眼底。朱桂萍精神随之振奋，脸上洋溢着欢快的笑容，她深吸一口气，胸腔内全是原野的芳香。周主任望着远方，陶醉在美景之中，爽朗地说："小朱，从塔上看下去，是不是不一样？风景是不是很美？"朱桂萍陶醉在美景之中："美，真美，太美了，像画一样，我们的祖国真美。"然后扭头说，"主任，你刚才将了我一军。"周主任哈哈大笑："你这孩子，有灵气，很勇敢。"他又指着远方腾升的滚滚浓烟说："那里就是鞍山钢铁公司，是全国最大的钢铁基地，生产出的钢铁供给全国各行各业，是我们国家工业的顶梁柱，没有我们的电力供应，那里就会停产，就会给国家建设造成不可估量的损失。"一种庄严的使命感在朱桂萍内心鼓胀起来，她暗下决心，一定要把带电作业这一人人谈之色变的特殊工作做好。她的热情比电弧还炙热，比电流还有激情，她冲塔下的同事招手："你们看，我登上来了，我不怕，我一点也不怕，我啥也不怕。"

虽然在等电位作业前师傅们进行了一系列的培训，并讲解了原理和工作流程，在现场，师傅们已经进入了等电位作业区域，但第一次进行等电位作业，姑娘们还是比较紧张，特别是在进入等电位区域那一瞬间，头发立起来了，鼻尖像有电流在流动，眉毛根根竖起，全身汗毛耸立，手指接触到放电区域发出刺耳的噼啪声，姑娘们惊得都张开了嘴。师傅为了安慰姑娘们，微笑示意，还用手握住导线。"一下就握住它，不要犹豫，否则会扎你的手。"姑娘们就安静下来，勇敢地伸手握住导线，随即也面露微笑。有了第一次带电作业经历，第二次的时候姑娘们就毫无畏惧了，最后进行带电作业和表演时，就像进商店购买商品那么轻松。

这是一个团结的集体，这是一个其乐融融的大家庭，是一个始终把带电作业工

朱桂萍在作业

作放在首位的战斗团队。这种无比强大的精神，一旦达到了燃点，他们就会尽情燃烧，光芒四射，就会把任何困难踩在脚下，无坚不摧。

3

1975年2月4日（农历腊月二十四）19时36分，海城发生里氏7.3级强烈地震，鞍山市内震感强烈。范桂荣从单位回家，还没吃完晚饭，房屋左右摇晃，地面上下颠簸。就在几天前，地震局通过广播反复播送让人惶恐的消息，近期海城、营口地区可能会发生里氏5到6级地震。范桂荣在第一波地震过后，便穿上棉衣戴上帽子直奔单位而去。临走前她对父亲说，发生这么大的地震，线路肯定有损坏的地方，肯定得抢修，我得去单位。父亲撵上来喊："闺女，你当心点，这是第一波地震，还有余震呢。"范桂荣脚步不停地说："你和俺妈照顾好自己，在院子里搭个棚子，别进屋住。"

大街上全是人，惊恐地打听哪里是震中。范桂荣进入班长赵程三的办公室，屋子里已经站满了人，朱桂萍、李杰也在。赵程三告诉大家，刚刚接到通知，地震震中在海城县城，上级要求我们立即赶赴灾区进行电力抢修。

送电二班全体成员进入海城县城内时已是后半夜1点，因为道路已经损坏，车辆无法通行，他们只能绕道徒步挺进。电线杆歪歪斜斜，有的已经倾倒，街道上到处都是惊恐的呼喊，到处都是奔跑的人群。城内只有极少数供电线路在供电，星星点点，影影绰绰，四周黑漆漆的，他们只能靠手电筒摸索着进行巡线。解放军在他们到来之前就已进驻，人民子弟兵，我们最可爱的人，他们总是在人民最危难的时刻挺身而出。他们搬着砖瓦石块，清除震倒的民房楼房。为了不伤及被掩埋的受伤群众，他们徒手刨挖着泥土碎石，手套磨破了，就裸手刨挖。我们的子弟兵，我们的英雄，手磨破了全然不顾，手指肚磨没了，露出了骨头全然不顾。时间就是生命，他们在和死亡争夺时间。天亮了，人们看见了惊心动魄的惨状，街道上裂开了大口子，楼房倒塌，即使没有倒塌的也已经倾斜，桥梁断折，铁轨扭曲，街道两侧摆放着伤员，有的已经盖上了白布，那是已经遇难的群众。范桂荣哭了，朱桂萍哭了，全体抢修的电力工人都哭了。赵程三瞪着血红的眼睛喊："同志们，不能哭，咱们得把损坏的线路修好，让海城亮起来。"抢修一个又一个被损毁的设备，竖起一个又一个倒下的电线杆，修复一条又一条线路，架线，架临时线，对于无法修复的线路，只有架临时线路。海城宾馆那时北侧已经塌了一半，成了歪斜的危楼，那里的电线杆和变压器台已经倾斜，但没有人后退，全都抢着攀上倾斜的高压电线杆，带电处理损毁的线路和绝缘子。为了保证安全，小伙子们用绳子拽住电线杆，范桂荣、朱桂萍、李杰身体比较轻，由她们上去作业。3个姑娘好样的，面对危险毫无畏惧，平时练就的带电作业本领，在此时得到了淋漓尽致的发挥。一家一家亮起来了，抢救伤员的手术室亮起来了，海城亮起来了。赵程三的父母妻子儿女都在海城城内，有人建议他回去看看，他只是往家的方向望了一眼，然后继续坚持在抢修的最前线。他知道身上的重任，此刻他不能离开，因为他是一班之长，他是共产党员。共产党员的高风亮节，就是在人民危难时冲锋在前，置个人的安危于不顾，甚至包括自己的家庭和至亲至爱的人。

这个话语不多的老班长，总是无微不至地关怀着刚刚接触带电作业的姑娘们，照顾着姑娘们的工作和日常生活。他胆大心细，技术精湛，身先士卒，又有大局观。他带领送电二班出现场作业，登杆爬梯，率领范桂荣、朱桂萍、张敏、王平制作绝缘工具，不厌其烦地讲解制作工艺。姑娘们娇嫩的手磨出了血泡，但谁也不吭声。她们的努力固然令他欣慰，但又心疼不已。于是，他的工具包里多了一瓶红药水和两卷纱布，每当看见姑娘们受伤，就会拿出红药水和纱布进行擦拭包裹。姑娘们什么活都干，和男同志一样，背瓷瓶串，登杆清扫绝缘子，他心疼她们，就像心疼自己的女儿，不想让她们干，但不干又不行，他只得一边偷偷流泪，一边给她们捡着深陷在稻田淤泥里的鞋子。

深秋季节，正是瓜果梨枣成熟的季节，送电二班进山里检修线路，经常途经苹果园和梨树园。红红的苹果沉醉了脸，大大的苹果梨甜香四溢，看得小伙子们姑娘们直咽口水，闻得小伙子们姑娘们迈不动腿。他们可都是20来岁的年轻人哪，遇上这些新鲜玩意儿别说他们，就是老工人也眼红。赵程三说："大家伙儿谁也不准动，一个都不能动，要记住咱们的纪律，等下山了我给你们买。"他让朱桂萍起头，唱着《三大纪律八项注意》进山作业。他则去找来果农，自己掏腰包买来了苹果和苹果梨。待作业完毕，工人们走下山，就会看见一堆鲜艳的苹果和喷香的苹果梨堆在那里，供他们享用。

1976年4月下旬，范桂荣接到组织上安排的一项艰苦而光荣的任务，参加国内最高级别的超高压——500kV带电作业试验，采用的方式是等电位软梯作业法，这在国内当时尚属首次。

党委对这次带电作业非常重视，在4月24日召开了常委扩大会，会议开了大半宿，对500kV带电作业试验进行了认真的讨论，并做出了细致的安排。和以往一样，在进行500kV人体带电作业前，科技人员已经多次对该项目进行了动物模拟试验，其中就有对一只山羊的试验，经过一次又一次加压，山羊安然无恙地回到了地面。人群在欢呼、在拥抱、在流泪，有人上去抚摸山羊，还给它两瓢黄豆吃。模拟试验的成功，证明了500kV带电作业的可行性，但仅仅只是可行而已。要证明带电人员能够在500kV线路或设备上工作，就必须进行人体试验，感受在500kV超高压强电场中作业，人体有没有不适的感觉。经过鞍山电业局领导班子的筛选，送电二班班长、共产党员赵程三和业务骨干、共产党员范桂荣被列为"第一个吃螃蟹"的人。赵程三忠诚有胆气，经验丰富且技术过硬，经历过各种带电作业工作，有"带电作业急先锋"的美誉。范桂荣虽然也经历过66kV和220kV带电作业，但毕竟年轻，更何况500kV带电作业尚属首次，心里还是有些紧张。赵程三看到了这一点，他对范桂荣说："小范，不用担心，我先上，有啥异常，我会发出警示。"其实，这样的超高压试验没有不紧张的，毕竟关乎生命，稍有差池，电弧瞬间会将试验人员化为灰烬，哪还容你发出一点声响。试验前，赵程三、范桂荣都写下了遗书，而他们的家人对试验之事一无所知。这是秘密，属于电力行业的高级机密，除了少数参与者知道外，没有人知道赵程三、范桂荣即将进行的中国首次500kV超高压试验。头天下午，组织上给范桂荣放了半天假。母亲很奇怪女儿这么早回家，问她怎么这么早就回来了。她说明天出差，去沈阳培训。父亲看了她一眼没吭声，继续忙着手上的活计。

500kV带电作业试验设在沈阳变压器厂，试验项目是更换张力绝缘子，科研人员已经将试验前的准备工作做得很充分。赵程三穿好屏蔽服，沿着事先确定好的路线，从瓷瓶自由进入到等电位作业区。地面上东北电管局、东电试研院及鞍山电业局的领导紧张地注视着赵程三的一举一动，科研人员则不停地提示赵程三，而范桂荣已经披挂整齐，站在那里像一个斗士。在赵程三就位后，范桂荣立即顺着软梯往上爬，这个23岁的姑娘此时什么也不怕，心无旁骛，5米，3米，1米，在刺啦啦的放电火花声中，进入了等电位作业区。竖起来的头发掀起了她的工作帽，眉毛直立，汗毛竖起，仿佛有一股又一股电流呈正弦波在身体里扭曲串动。但她淡定从容，有条不紊地协助赵程三进行张力绝缘子更换。与此同时，范桂荣家来了几个熟人，她们都是鞍山电业局领导经过精心挑选的、平时和范桂荣的母亲谈得来的街坊邻居。她们的任务是陪范桂荣母亲唠嗑，目的是一旦范桂荣的母亲得知范桂荣进行500kV试验，能好好地安抚她的情绪。事后，范桂荣的母亲从报纸上得知女儿那天是在做500kV带电作业试验，才恍然大悟："他爹，我说那天咋一拨儿又一拨儿人到咱家陪我聊天呢，原来咱闺女在做这么危险的事呢。"父亲说："危险的，也是光荣的，我早就知道了，我不知道她干啥，但我知道她有大事要做，不然，就咱闺女那脾气，那天能那么早下班？"这位面硬心软的父亲哆嗦着嘴唇，情感无法自抑，哽咽着说，"咱闺女可是第一个做这样的试验哪，哪能没有危险？"旋即他又竖起大拇指，大声说："好样的，咱闺女是这个。"

赵程三和范桂荣顺利完成了500kV带电作业试验，顺利回到地面，在场的所有人都欢呼起来，他们的眼里都噙满了泪花，那是带电人的泪花，是用生命和汗水换来的劳动成果。这也是范桂荣一生最难忘最骄傲的一件事。她理当骄傲，因为她有一颗无私的心，她有一种为了带电作业事业发展的献身精神，她有一颗高尚的爱国之心。当她从沈阳回到家中，屋子里挤满了人，人们都想亲眼看一下这个长相清秀、始终面带微笑的姑娘，是怎样制服电老虎的。母亲则上前摸着女儿的身体，上下左右看来看去，眼睛里充满了无比关切的目光。

4

如果把"三八"带电作业班当作只是表演的花瓶，那就太片面了，也是大错特错的。因为除了带电作业表演之外，她们和男班一样，跋山涉水，攀杆登塔，完成了一个又一个抢修任务，同时分担管辖线路的日常维护、检修和设备改造。

"三八"带电作业班共管辖两条线路——一条是220kV魏东线，一条是66kV鞍腾线。这两条线路长度都是20多公里，架设在崇山峻岭和苞米地、高粱地、稻田之间，那里道路崎岖、密林丛生，野兽蛇虫经常出没，因交通不便，只能徒步，但这些在姑娘们的眼里确实算不上什么困难。因为这是一支团结的队伍，是一支能啃硬骨头的队伍，是一支让男工们折服的队伍，也是一支生机勃勃能征善战的队伍。

带电水冲洗是保证绝缘子绝缘良好的重要手段，因为鞍山是重工业城市，鞍山钢铁公司不停地生产，扬起的灰尘很快就会在线路的绝缘子上形成一层灰垢，如果不及时清除，就会造成绝缘子闪络，开关跳闸，从而影响线路的正常供电。按照带电水冲洗的规定，风力不应大于4级，必须在晴朗天气进行，而且在技术上也有严格要求，比如冲洗的角度及冲洗的顺序等都有明确规定。

解放车在公路上停下后，姑娘们跳下车，争先恐后地去抢高压泵。所有的工具中，高压泵是最重的，是铁的，重达80斤。抢不到高压泵的就去抢水箱，水箱重达50斤，抢不到水箱的只能背着水管子和高压水枪。姑娘们背着水箱，背着水管，扛着高压水枪，扛着高压泵，要穿越苞米地、高粱地、稻田，才能到杆塔下。完全无路可寻，又不能踩倒庄稼，只能一步一步探索着前进。汗水在脸上横流，顺着脖颈向下流，湿透了厚厚的棉质的工作服。正是苞米、高粱授粉季节，苞米花、高粱花在行走的撞击下纷纷扬扬，迷了姑娘们的眼倒在其次，落在脖颈上，随着汗水流进后背前胸又黏又痒，而苞米、高粱锯齿般的叶子，剐割着姑娘们的脸和裸露的手臂，横一道子竖一道子，到了晚上睡觉的时候，火烧火燎地难受，令人苦不堪言。遇有稻田里的杆塔，她们也毫不避让，穿着鞋子就下了烂泥洼的稻田。她们一步一挪，每走一步都要使出全身力气，而肩上的高压泵、水箱和冲洗工具仿佛就会沉上一成，沉重的工具把她们的肩头都磨烂了。她们的鞋子陷在烂泥里，她们全然不顾，继续前行。技术顾问张仁杰、安全顾问何政凤也像当初赵程三师傅一样，一个一个从泥洼中默默地拔出姑娘们的鞋子，让姑娘们穿上。特别

铁姑娘们在作业结束后的合影

是洪水泛滥后，河水暴涨，无法按照预定的路线进入作业现场，她们只能扛着、背着笨重的工具，走上三五公里，绕过湍急的河流，才能抵达目的地。河床上的鹅卵石，将姑娘们的脚底都磨出了血泡，可姑娘们干完活就唱歌，令两位师傅哭笑不得："你看你看，累这样还唱上了。"于是，姑娘们嘻嘻哈哈大笑起来。朱桂萍干脆把新学来的歌教给大家，连两位师傅也跟着学、跟着唱、跟着笑。她们的工作是艰苦的，生活是快乐的，精神是充实的。

那时线路停电作业经常会战。所谓"会战"，就是把几个班组集中到一起，在停电线路上进行作业，以加快检修进度。各个班组都分配到固定的工作任务，"三八"带电作业班没有因为性别而分的任务比男班少，但工作起来总是最先完成验收。班长范桂荣在布置任务时就强调，咱们不能让男班瞧不起，咱得加把劲，让他们瞧瞧，咱们干起活来不比他们差。姑娘们铆足了劲，她们谁也不说话，擦拭瓷瓶，更换瓷瓶，更换导线，修补断股导线，干得干净麻利，又稳又快。男班班长早看出姑娘们的心思，对男班成员喊，弟兄们，加油哇，一帮大老爷儿们，要是被那帮丫头比下去，可就丢人丢到姥姥家去了，加油哇！小伙子们也铆足了劲，工作效率立即提高起来。从某些程度上讲，姑娘们的工作热情，也带动了小伙子们的工作热情。

绝缘瓷瓶零值检测是带电班组的一项极其重要的工作，是保证绝缘子绝缘良好的重要手段，是保障线路安全运行的必要措施。这项工作每年一次，工作量巨大。姑娘们起早贪黑，和水冲洗一样，她们背着测试仪器翻山越岭钻苞米地、高粱地、过水稻田。测试仪器她们都叫叉子，需要爬上30米高的铁塔或18米高的杆塔，通过绝缘绳吊上去，然后身体需要尽力伸展探出去进行一片一片测试，发现缺陷的瓷瓶，还要回到地面穿上屏蔽服，进行带电更换。由于常年检测时尽力探出腰身，她们都患上各种各样的腰疾，这些腰疾一直延续到老年，一有阴雨天就隐隐作痛。

1978年，44kV鞍腾线进行升级为66kV更新改造，要把原来的绝缘子由瓷瓶换成玻璃瓶。66kV鞍腾线全长21公里，共104基，绝大部分线路杆塔虽然都在平坦地带，但杆塔距离道路很远，所有工具和设备都得靠人背肩扛。姑娘们早晨从仓库里搬出一串一串玻璃瓶，装上车，坐着敞篷解放车，104基杆塔上的瓷瓶，姑娘们硬是用磨得红肿的柔弱肩膀，将一串串玻璃瓶扛着背着来到作业现场。每串三四十斤，一个背篓里一串，一次背两串，背在身上可就是六七十斤，要走上半里路一里路或者更远，然后再将换下来的瓷瓶背到路边，装上车，到了仓库再卸下来，搬进仓库。瓷瓶比玻璃瓶重得多，姑娘们来回几次才能将更换下来的瓷瓶搬运到路边。这样重体力的搬运与上杆更换瓷瓶相比，简直不值一提。

66kV鞍腾线更换瓷瓶工程，为了不中断对用户供电，全部采用带电更换。姑娘们不怕带电作业，因为她们早已掌握了带电作业技术，但她们怕没有登杆用的脚扣子。那时因为登杆工具少，有的人只能分到一只脚扣子，要是能分到两只，都会高兴一天。那么，分到一只脚扣子的就可以作为不登杆作业的借口吗？不，她们从来都没有这么想过，因为她们都想，自己多干点，姐妹们就会少干点。谁也不肯落后，落后了都会难过得哭起来。

登杆时，需要整个身子蹿出去，借助冲力，像猿猴一样灵巧地爬上去。可她们毕竟都是女孩子，只有登杆时才显出作为女性的劣势。男工都是小伙子，浑身是劲，臂力大，冲过去攀住电线杆，几下就爬了上去。姑娘们臂力小，蹬力弱，若不能发挥好第一步，接下来一步都登不上去，如果再遇到掉钉子的杆塔，根本就别想上塔作业。"三八"带电作业班几乎每个人都遇到过这样的情况，别人在干活，自己因为上不去杆站在杆塔下，望着杆塔哭。她们是急哭的，别的姐妹都在干活，而自己却在杆下什么也不干，多愧疚哇，多丢人哪！苦干实干抢着干是"三八"带电作业班自然形成的工作作风。姑娘们都抢着登最不好登的杆塔，都抢着去换有张力绝缘子的杆塔，那里的瓷瓶多，工作量大。"这可咋办？都抢着苦活累活干，抢不到都不乐意，闹情绪。"范桂荣对张仁杰、何政凤两位顾问说。"能咋办？我们也没有办法，你还说她们，你和小朱不也这样，总抢着苦活累活干，这还不是你们带出来的？"朱桂萍就笑，范桂荣也笑。确实如此，正副班长冲锋在前，班员岂能落后？何政凤说："得了，你们也别抢了，谁也别抢，以后你们排成一排，从第一个杆开始，往前排，谁遇见啥杆就登啥杆，省得抢来抢去。"10个姑娘10座山，10个姑娘10条奔腾的河流。每个姑娘都情绪饱满，每个姑娘都奋勇争先，她们的身上都布满了瘀血乌青的瘢痕，那是登杆时塔身的撞击和钉子的碰撞造成的，她们不管。她们的工作鞋内侧很快就会有一个磨损的大洞，每个人的双脚内侧都磨出了老茧，那是她们登杆时脚扣子制造的杰作，她们不顾。1个月下来，每个人都磨穿了两三双工作鞋，她们谁也不说，她们只会闷着头干活。

"三八"带电作业班，几乎每个成员都有胃病，这和她们的工作性质有着直接的关系。抢修，为了在计划内完成送电任务，她们经常加班加点工作，往往不吃早饭就出发，错过午饭，工作到深夜，已把工作渐渐变成了生活习惯，倒把吃饭的事不当事了。长期的饮食不规律，使她们很多人都落下了胃病。一次紧急抢修中，姑娘们凌晨3点开始工作，根本顾不上吃早饭，翻山越岭，直至完成抢修，已是中午时分，紧张的工作使她们忘记了饥饿。当结束工作时，才觉得饥渴难耐，她们彼此看着对方的腹部，竟然能看出肚皮贴着脊梁骨前腔贴后腔的形状。她们则笑着互相调侃，说你看你看，这下苗条了，太苗条了，像模特，真好看。于是，姑娘们在返回抢修车的途中，全走着猫步。她们脚下像踩着棉花，但却走得豪气万丈。姑娘们总是这样，总是能把辛劳变成快乐，总是能把艰苦的工作环境变成人间仙境。她们柔弱的身上拥有着强大的力量，那就是至高无上的爱国热情。

刷漆是防止设备锈蚀的日常维护工作。风吹日晒冰冻雨淋，会造成油漆老化和爆皮，影响设备的寿命和美观。因为工作繁忙，刷漆工作只能用周日义务劳动来完成，牺牲休息时间她们从无怨言。她们赶到工作现场，戴好安全帽，拿出工具袋里的刷子，爬上铁塔，系好安全带，扯着绳子吊上油漆桶，便开始从一侧到另一侧、从上至下的刷漆工作。刷漆必须在晴天干燥时进行，因为潮湿会影响设备上漆质量。春秋时节气候宜人，刷漆是姑娘们最喜欢干的工作，刷着漆唱着歌，偶尔俯瞰大地风光，仰望蓝天白云，心情愉悦，心口就像开了一扇小窗，嗖嗖嗖地向外飞着快乐。遇有酷暑可就苦了姑娘们，铁塔滚烫，接触身体简直就像在受炮烙之刑。汗水横流，顺着脸和脖子，湿透了肥厚的衣裤，往往一个铁塔刷完，姑娘全变成了水人。她们的脸被晒黑了，被晒爆皮了，戴着手套的手也被灼热的铁塔和汗水的盐渍硬是剥去了一层皮。遇有大风天，油漆随风飞溅，弄得姑娘们满脸横一道竖一道，她们浑然不觉，完成刷漆工作，下塔后互相指着笑成一团。"你看你看，她脸咋成这样式了？""哎呀妈呀，笑死我了，这咋成唱京剧的花脸了。""你还笑，你看你自己，也这样。"于是，姑娘们掏出小镜子照，挤在一起指着镜子品评，然后又笑成一团。

1978年初冬的一天夜里，魏东线线路由于山里采石爆破，飞溅的石头碎块造成了瓷瓶碎裂，需要立即更换。"三八"带电作业班接到抢修通知，范桂荣、朱桂萍等8位姑娘，立即赶赴作业现场处理。车开到距故障点还有1公里的地方，由于山路陡峭狭窄，加上雪后路滑夜间视线不好，车辆已无法通行。姑娘们不得不背着沉重的瓷瓶向山里进发。通往故障点的线路位于山顶，根本无路可寻，她们只得靠着手电筒在布满荆棘的密林中艰难地摸索前行。荆棘刺破了她们的手掌，树枝划破了她们娇嫩的面门，乱石磕破了她们的膝盖，摔倒了，爬起来，再摔倒，就再爬起来，继续前行。到达山顶时已是午夜时分，姑娘们已经大汗淋漓瘫倒在地。山风撕扯着山林，掠过树梢，发出呼呼的风啸，雄壮而恐怖。范桂荣宣读了工作票，和朱桂萍系好安全带，穿上屏蔽服，做好安全措施，登塔作业。其他成员也各就各位，监护的监护，照明的照明，递工具的递工具，吊串的吊串。瓷瓶上积雪已化成冰，踩上去比走在冰面上还要滑上百倍，更何况是高空带电作业，真是令人不寒而栗。但平时练就的过硬本领，掌握的高超技术，以及工作中总结的经验，让两个人沉着冷静，有条不紊地工作着。她们灵巧的动作，哪里是穿着笨重屏蔽服的女电工，分明就是两只凌空飞舞的燕子。更换瓷瓶完毕两个人下塔后，冻得都不会走路了。姑娘们背起工具一步一滑地向山下走去时，已是凌晨3点。山风更大更猛烈了，风鞭狂舞，像利刃剃刮着姑娘们的脸。山坡上、山沟里、丛林中、森林里，呼啸的山风中夹杂着野兽粗犷的嚎叫和鸟儿凄厉的鸣叫，愈加增添了荒郊野岭的诡秘。一个姑娘瞪着惊恐的眼睛，扯住班长范桂荣的衣襟说："姐，我怕。"另一个姑娘扯着副班长朱桂萍的手说："姐，我也怕。"两个班长异口同声说："不怕，有姐呢，咱不怕，啥也不怕。"其实，两个年轻的班长，心里也害怕，她们可都是女孩呀！朱桂萍哈哈笑了起来，清了一下嗓子说："姐妹们，我们唱支歌吧。"于是，8个姑娘站成一排，班长范桂荣打先锋，副班长朱桂萍断后，朱桂萍起头："五星红旗迎风飘扬，唱。"歌声震荡了山谷，就连狂妄的山风，也在纷纷给姑娘们让路。

走在这样的一支团结的队伍中，唱着雄壮的歌，是什么气势？往小里说是去改造抢修线路，往大里说那是在为中国的经济建设添砖加瓦。这是一种什么精神？是一种公而忘私的精神，是一种高尚的牺牲精神，是一种爱国主义精神。她们的青春是无悔的，她们的青春是闪亮的，她们的青春是高贵的，她们的青春也是幸福的。她们继承了老一辈带电人的吃苦耐劳精神，传承了老一辈带电人强硬的工作作风，发扬了老一辈带电人敢打硬仗不怕死的优良传统。老一辈带电人应该是欣慰的，因为他们的精神在"三八"带电作业班这里得到了有效的传承和发扬光大。

铁姑娘们在作业结束后跟男同事合影

3年来，鞍山电业局"三八"带电作业班凭着她们的干劲，赢得了同行的尊重，赢得了社会的广泛赞誉，赢得了外国友人的交口称赞，为鞍山电业局争了光，为中国电力争了光，也为我们的祖国争了光。3年来，她们获得了无数的荣誉，班组每年都被评为先进班组，多名成员都曾被评为先进工作者。范桂荣一直深爱着一对枕巾，用了很多年也舍不得丢弃，那是她被评为先进工作者时获得的奖品。那上面绣着一对牡丹花，一对怒放的牡丹，那是青春的怒放，那是生命的怒放，那是高贵的怒放。

5

1979年2月，一个不容忽视的问题摆在局里领导面前，姑娘们都到了该成家立业结婚生子的年龄了，她们该组建家庭，该有自己的生活，"三八"带电作业班成员必须面对解散的痛苦。领导考虑到了姑娘们的感受，决定在解散前，让姑娘们出去见见外面的世界，同时也和其他兄弟局进行一次带电作业学术上的交流。她们从大连乘船，去上海，转长沙。她们头戴草帽，穿着鸭蛋青的确良上衣、蓝色的裤子、青色的板鞋，站在码头上叽叽喳喳，她们的青春热情就像一群翱翔在大海上的海鸥，搏击在汹涌澎湃的海洋上。姑娘们都是第一次乘船远行，兴奋地说着笑着跑着，从甲板的这边跑到那边，又从那边跑到这边，很快就成了船上的一道活力四射的风景。船上拥挤不堪，那些乘船人有的扛着大包小裹，有的携家带口，有的横冲直撞，有性格急躁粗俗的人已经开始叫骂，船员们极力地维护秩序，但无济于事。姑娘们是按照排序最先上船的，她们看在眼里急在心头，可又无能为力。范桂荣说，咱们别光顾着看风景，咱们为旅客们唱歌吧。一句话提醒了姑娘们，大家伙儿都喊："好哇好哇，好主意好主意！"姑娘们站成一排，朱桂萍站在排前指挥，起头唱："我爱这蓝色的海洋，祖国的海疆壮丽宽广……"姑娘们优美的歌声、美丽的笑脸、动人的微笑、落落大方的身姿，一下子就感染了旅客，船上立即安静下来，接着有人跟着哼唱起来，船员跟着唱了起来，所有人都跟着唱了起来。船长是个中年汉子，他望着姑娘们，一轮初升的红日映红了姑娘们的笑脸，她们的心比初升的太阳还红。随即姑娘们有的帮着维持秩序，有的帮妇女抱小孩，有的搀扶年迈的老人，有的帮着拿包裹。一个人带动一群人，8个姑娘带动了一船人。船上欢声笑语，所有人都互相谦让，所有人都互致问候，所有人都像熟人一样亲切交谈，任何不文明的动作和粗俗的话语，他们都觉得是对自己的羞辱，也是对美丽姑娘们的不敬。姑娘们忙完旅客的安顿工作，正是午饭时分，她们又帮助工作人员维持餐厅秩序。吃完饭，她们又帮助船员们擦拭桌椅、清扫甲板。她们拿出在铁塔上的带电作业精神，拿出不怕苦、不怕累、不怕死的劲头，干得无怨无悔，干得满头大汗，将偌大的甲板打扫得泛着幽青的亮光。姑娘们干完活，又像一群翻舞的蝴蝶，从甲板这边飞到甲板那边，嘻嘻哈哈，又变成了一群嬉闹的孩子。这就是我们"三八"带电作业班姑娘们，走到哪里，哪里就是温暖的春天；走到哪里，哪里就是阳光一片；走到哪里，哪里就是欢乐的海洋。

船长深深地被姑娘们感动了，他让船员打开浴室，让姑娘们冲个凉洗个澡，驱除疲惫，让她们好好休息一下，美美地睡上一觉。这可是至高无上的奖赏，因为这条船的浴室还从来没有对旅客开放过。姑娘们洗完澡，回到船舱就进入晕晕乎乎状态，因为姑娘们都晕船。她们吐得一塌糊涂，船上服务人员跑前跑后，端上热水，拿来了晕船药让姑娘们服下。这时，广播里传出了船长的声音："旅客同志们，旅客同志们，大家好，刚才帮助我们维持秩序、帮助你们拎包抱孩子的姑娘们，她们是沈阳农业大学的大学生，在此我代表全船工作人员，对她们表示衷心的感谢，谢谢她们的雷锋精神，谢谢她们的助人为乐精神。"姑娘们哭笑不得，船长搞错了，她们是鞍山电业局"三八"带电作业班的女电工，不是什么沈阳农业大学的大学生。随即她们看着草帽才哑然失笑，船长肯定是看见草帽上有"农业"字样，凭着猜测才搞错的。

到外地交流后回到鞍山的姑娘们，得知就要离开"三八"带电作业班，离开挚爱的带电作业工作，离开朝夕相处的姐妹了，她们不舍，姑娘们先是错愕，接着抱在一起放声大哭。好在"三八"带电作业班的优良传统得到良好的传承，因为在鞍山电业局从来就不缺乏勇敢的探索者，从来就不缺乏刻苦钻研的创新者，从来就不缺乏默默奉献的实干家。

"三八"带电作业班解散之后，范桂荣、朱桂萍、李杰和张金霞被分配到调度所；范桂荣和张金霞在继电组工作；朱桂萍和李杰在励磁组工作；毛丽华、庞秀媛、郑桂芝和吴亚凤被分配到电度表室，做电度表维护测试工作。后来范桂荣调到鞍山电业局财务部门做出纳和审核工作，朱桂萍调到鞍山电业局农电部办公室做人事管理兼任工会主席。虽然离开了"三八"带电作业班，但她们人人都知道，她们的心依然在一起，带电作业精神之血依然流淌在她们的血管里、胸腔里、身体里。她们彼此加油鼓劲，"三八"带电作业班的工作作风不能改变，铁姑娘的干劲不能丢，带电精神必须在新的岗位上闪出金光。她们拿出带电作业的劲头，干得无怨无悔。她们又是谦虚的，每当人们谈起她们的光辉岁月，那些足以让人炫耀一生的荣誉，她们却总是微笑着传播先辈们的带电精神。

6

2019年5月30日，在鞍山供电公司党委的组织下，她们穿着工装来到了曾经战斗过的铁塔银线下，重温青春岁月，回忆让这些年过花甲的"带电奶奶"热泪涌流。她们像小姑娘一样跳着唱着笑着，摸着铁塔，望着银线，拍照留念，热爱之情溢于言表。她们还像在"三八"带电作业班那样，按照当年在铁塔下工作的顺位依次站成一排，还是朱桂萍起头，唱起了《我和我的祖国》。歌

同样的站位，同样的精神

声依然嘹亮，歌声掠过树梢、震荡山谷、直冲云霄，岁月的流逝无法改变她们的青春激情，无法改变她们的爱国热情。随后，鞍山供电公司党委组织了一场别开生面的"传承带电精神，再创鞍电辉煌——听带电奶奶讲'三八'带电班的故事"座谈会。与会者有输电配电等领域的佼佼者和一些青年代表，可谓老中青带电人欢聚一堂。"三八"带电作业班的范桂荣、朱桂萍、李杰、毛丽华、庞秀媛、郑桂芝、吴亚凤和张金霞，就带电作业和带电精神，分享了她们的故事和感想。气氛轻松愉快，与会者备受鼓舞。

"带电奶奶"们无疑是鞍山供电公司的英雄，是鞍山供电公司最美丽的人，是鞍山供电公司带电作业的杰出代表。她们技术好、品德佳、作风硬，拥有不怕苦、不怕累、不怕死的干劲和崇高的爱国主义精神，为鞍山供电公司积累了宝贵的精神财富。她们的青春是无悔的，她们奋斗的昂扬激情必将鼓舞一代又一代带电人。带电作业从落后到学习，再到赶超，乃至现在的领先和超越，都是一辈又一辈带电人奋斗的结果。我们都应该好好学习她们的带电精神，用这种带电精神激励我们自己，鼓舞我们后代。历史不会忘记带电人，也不能忘记我们可敬可佩的"带电奶奶"，更不能忘记那些为了电力事业奋斗的带电作业奉

40年后再聚首，鲜花送给"带电奶奶"

献者。65年来，一大批毕生献身带电作业事业的老领导、老专家、老工人相继退休；而一大批后来者，接过老前辈的枪，高擎传承的火炬，继续阔步前行。我们要向他们致敬。

会场奏起了礼乐，"带电奶奶"们接受了青年一代献上的花束，这些花束不仅仅是献给"三八"带电作业班，也是献给整个鞍山供电公司所有带电人，甚至是献给国网辽宁电力过去和现在的所有带电人。

群 英 谱

辛宝善

1966年5月10日，全国带电作业现场观摩表演会议《简报》第9期上刊发一篇短文，内容如下：

党的好干部　工人的好领导

鞍山电业局局长辛宝善同志，是党培养教育出来的党的好干部，群众的好领导。他坚持常年参加劳动，放下了局长的架子，从当学徒做起，虚心向工人学习，不怕脏和累，不怕苦和难，在现场和工人一样干。在共同劳动中，和工人建立了深厚的阶级感情。工人们亲切地叫他"老辛"，热情地教他实际操作技能。现在他已经基本上掌握了好几种技术，不仅能在送、配电线路上独立操作，也能在变电设备上独立进行检修作业。工人们说他已具有三四级工的送电电工水平。

他带头参加工人、干部、技术人员三结合的技术革新活动。"飞车巡线"这项新技术的试验成功，就是通过三结合的群众性的工作方法，和工人一起搞出来的。

辛宝善参加带电作业

今天他又和工人们一起参加了"飞车巡线"的汇报表演。从他塔上工作的欢快劲，可以看出他练就了一手过硬的本领……

（大会秘书处供稿）

在同期《简报》上，还刊登了四平电业局总工程师陈溶年同志的诗《带电观摩在钢都》，选录几节如下：

飞车巡线在高空，微小缺陷入眼中。
谷深河宽难不住，电业工人多威风。
宝善巡线坐飞车，代雨作业软梯斜。
主席著作学用好，干部劳动才到家。

主席思想放光芒，革命精神大发扬。

带电作业新花朵，开遍东南西北方。

诗中对带电作业，对辛宝善、郑代雨的热情赞誉跃然纸上。

人物小传：辛宝善，1929年5月生于山东海阳。1945年3月参加解放军，先后在胶东军区、东北野战军四纵队司令部、安东军区担任首长警卫和干事工作。1949年2月转业到鞍山电业局，历任人事股股长、辽阳营业所所长、承装部主任、秘书主任、副局长、局长、革委会主任。

辛宝善参加带电作业

作为行政主要领导，他对带电作业的发展给予了不遗余力的支持，还多次同工友们一起登塔作业。自1968年12月起任鞍山市革委会生产组副组长，市革委会副主任，市委常委、革委会副主任兼建委主任，市重点工程指挥部总指挥等职。

多年以后，辛宝善回首往昔，感慨良多："挖过地道、埋过地雷、打过鬼子，登过铁塔、摸过220kV电压，我这辈子无憾了！"

赵程三

1968年国庆节，赵程三代表鞍山电业工人去北京参加了国庆观礼，见到了伟大领袖毛主席。这是一件"电业工人世世代代永远不能忘记的大喜事"！赵程三激动得再也控制不住自己的滚滚热泪，他一遍遍高呼："毛主席万岁！"连嗓子都喊哑了。

……从北京回来后，他总觉得自己过去工作做得太少了，今后应当做的事情很多，就是把自己浑身的劲都使出来，也觉得不够用。他家住海城，来回通勤，早上坐头班车来，晚上坐末班车走，本来蛮好的，但他考虑这样跑把时间都白白丢在道上了，还怎么能为革命多做些工作呢？所以他干脆不通勤了，自己一个人在班里住，在班里吃，做一次饭吃了几天，吃时用热水烫一烫就行了，他就这样利用早晚省下的时间来研究带电技术革新。这几年我们搞成这些项革新，哪项都有他的心血。

……就在这个时候（指研制带电消弧接引枪的关键时刻），老班长的胃病和关节炎突然犯了，痛得他饭吃不下、觉睡不着，有时甚至腰都直不起来，但他没有说过一声疼，怀里揣着诊断书，胸口顶在凳子上，猫着腰还坚持和我们一起干。班里同志见他一天比一天瘦，眼窝都塌下去了，大家都关心地劝他回家休息休息，他说什么也不走，毫不在意地说："这是老病啦，没有什么，挺一挺就会好的！"大家看到老班长这般情景，深深地被这种一心为革命的精神所感动，心里暗暗地佩服他说："我们的老班长真像王铁人哪！"

以上两段文字，均选自《有铁人式的带头人，才能带出铁人式的工人队伍》一文。

人物小传：赵程三，1924年2月出生于辽宁海城。1950年入鞍山电业局当

赵程三在交代带电作业注意事项

配电工人，后任带电作业班班长、送电工区副主任等职。在任带电作业班班长期间，组织小组成员研制成功带电整体移塔、带电加高塔头和在交叉跨越线路上作业不搭脚手架的革新方法。1976年4月27日，在沈阳变压器厂实验室，与范桂荣一起参加首次沿瓷瓶串进入强电场更换500kV瓷瓶的试验工作。1977年，赵程三在辽宁省电力战线落实"鞍钢宪法"学大庆经验交流会上被评为先进个人，由他任班长的鞍山电业局送电工区送电二班被评为先进集体。同年，他还被评为辽宁省先进科技工作者。

赵程三对全体班组成员，特别是对"三八"带电班成员的关心，是一种长辈的、发自肺腑的关心。他经常说，我的人一个都不能掉队，早上带出来几个人，晚上就要带回来几个人。你们8个女孩子，如果少了一个，我怎么向你们的家长交代呀？他再一次落泪，是在许多年后谈及他的那些女徒弟时。他说："我担心哪，带电作业危险哪，谁家孩子都一样。在红旗变，春天，外头刚化冻，地上都是泥，咱们脚上穿的都是普通的布鞋，踩在泥地里连鞋带袜子都掉出来了。我就在后面给她们捡鞋，哎呀，光个脚站在泥地里，作业太不好做了……"他几度哽咽拭泪，对女徒弟们的那份疼惜之情溢于言表。

方年安

2017年7月，年满80周岁的方年安先生做出了一个艰难而无奈的决定：他将倾注了无数心血著成的《中国带电作业述评——五十年史料大全》的书稿，自己排版，打印成书，仅此一册，留给后世。他在"自序"中说，出于历史责任感，作者下定决心要利用自己退休后的最后时光，书写一部有关带电作业史料方面的正规出版物，让它能够堂堂正正地进入北京国家图书馆留存于世，让我们的子孙后代，特别是那些有心研究中国带电作业历史的后来人，能够从这部著述中了解到：他们的前辈是如何在中国这块土地上，为中国特色的带电作业技术的发展奋斗过、

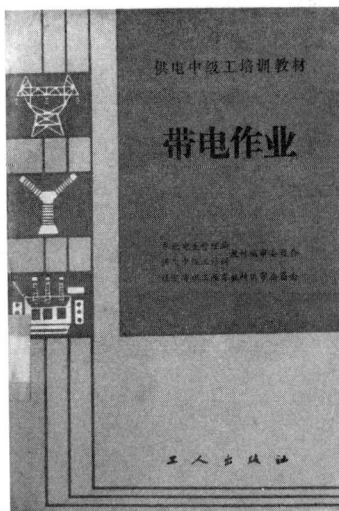

方年安主编的《带电作业》培训教材

辉煌过。他说:"写好这部著述,是我这一生中的最后的意愿。我为它已经付出了12年的艰辛。我把我手中值得保存的,特别是鲜为人知的资料和史料尽可能多地在书中保留下来,以便手头积累的全部资料和史料在完成著述之后,可以安心地丢弃或销毁了。"

人物小传: 方年安,1938年7月出生于江苏六合(今南京市六合区)。1957年毕业于南京电力学校发电厂、电力网及电力系统专业,1966年毕业于北京业余动力学院。历任锦州电业局带电作业专责技术员、工程师、试验所所长、科技科副科长,锦州市电机工程学会副理事长等职。高级工程师。系中国带电作业技术中心专家组成员、中国电机工程学会带电作业专委会委员。对中国带电作业历史颇多研究。研制成功自爬式绝缘子监测器、飞车、链轨式更换绝缘子工具等。主持编写东北地区《带电作业操作导则》,与人合编《中国带电作业四十年纪事》,主编中级工培训教材《带电作业》,并著有《带电作业技术300问》一书。发表《把带电作业技术管理工作落到实处》《关于带电作业组合间隙的研究》等论文多篇。1982年获"辽宁省先进生产者"称号。

太史瑞昌

虽然资料有限,但"太史瑞昌"这个闪亮的名字必须留在这个群英谱系中。

人物小传: 太史瑞昌,1933年6月27生于吉林省梨树县,1952年毕业于长春电机高职(东北电力学院前身),先后就职于东北电业管理局基建处、生技处,送电专责,教授级高级工程师,1993年退休。

在这个谱系中,还必须为李洪仁留个位置。

孙洪仁

最让孙洪仁引以为傲的,应该是他的两大发明。为了把工人从繁重的体力劳动中解放出来,他克服重重困难,经过两年的刻苦钻研,于1977年研制成功全液压系统操控的DG1-6.3液压电力工程车,并通过了国家鉴定,实现了机械挖坑、立杆一条龙机械化施工,提高工效16倍多。又于1978年至1980年设计研制出10kV～220kV、DG1-6.3H高架机带电作业斗臂车,荣获1978年全国科技大会的奖励。他还在220kV青营线水泥杆更换铁塔工作中，提出带电换塔方案，完成26基铁塔带电更换，直接创造经济效益96万元。

人物小传： 孙洪仁，1936年9月出生于辽宁营口。曾在国营营口联合厂电气承装部当学徒工，1953年12月起先后在鞍山电业局承装部营口分驻所、鞍山电业局营口工段送配电保线站、营口电业局电业所从事安装、设计、送配电运行管理、计划管理及技术改造等工作，1981年后任营口电业局大修厂厂长、生技处带电作业专责工程师、首届全国带电作业专家组成员。曾研制成功液压电力工程车和高架机带电作业斗臂车等。1979年被辽宁省革委会评为技术革新技术革命积极分子；多次被东北电业管理局授予优秀科技工作者、技术改造工作先进个人、东电安全生产标兵等荣誉称号。1990年《220kV青营线带电更换直线塔》一文获中国电机工程学会带电作业专委会优秀论文评选一等奖。1993年还被辽宁省总工会等部门评为自学成才先进个人。

鞍山电业局的第一套屏蔽服，就是郑代雨和孙洪仁两个人共同研究的。孙洪仁找到营口针织二厂，在厂里盯了一个多月，经过反复试验改进，终于织成了屏蔽布，屏蔽效应达标了，初期的屏蔽服终于研制成功了。为了答谢营口针织二厂，鞍山电业局组织了文艺队，去营口针织二厂进行了精彩的慰问演出，能歌善舞的朱桂萍就是当时的文艺队队员之一。

孙洪仁还说，刘长庚是他的师傅。刘长庚那个人非常好。刚开始在承装部工作的时候，他就给刘长庚打下手。刘长庚很有冒险精神，凡事好琢磨。

跟他的师傅刘长庚一样，孙洪仁在带电作业早期的发展历程中，也做出了突出贡献。

刘士一

1974年4月，鞍山电业局刘士一、韩北京两位同志研制成功了220kV输电线间接带电更换直线单片绝缘子自动封门卡具，并于同年8月辽宁省电机工程学会在抚顺召开的技术革新、技术革命"双革"会议上做了现场操作表演。朱世红、柏木两位同志使用绝缘操作杆更换一片绝缘子只用了7分钟，受到与会人员的好评。

人物小传： 刘士一，1940年10月出生于吉林省九台市。1963年8月毕业于吉林电力学院。长期在鞍山电业局工作，主要从事输变电超特高压带电作业技术项目开发、带电作业工器具研制配套工作等，20世纪70年代初至80年代担任接待外宾参观带电作业的技术负责人及表演解说。担任带电更换500kV直线串作业项目和工具开发负责人。1989年9月调东北电力科学研究院（中国带电作业技术中心）工作，负责带电作业理论授课及实操培训，编写"带电作业"专辑等。研究成果和论文多次获奖，《带电更换500kV线路直线绝缘子工具的研究》和《带电更换500kV线路XP-30型绝缘子卡具》获东北电管局二等奖，《带电更换500kV直线整串绝缘子工具》获东北电管局三等奖。曾起草《带电作业技术管理制度》，参编中级工培训教材《带电作业》。高级工程师。曾任国际电工委员会（IEC）国内工作组成员，中国电机工程学会带电作业专委会委员，全国带电作业标准化技术委员会委员，全国带电作业组织协调小组带电作业专家组成员，全国电力系统送电专业运行工作网带电作业专家工作组副组长。

阎明纯

阎明纯对鞍山带电作业的历史颇为熟稔。他认为带电作业之所以能在鞍山兴起，是"天时""地利""人和"三个要素综合作用的结果。他特别提到，伪满时日本人也曾逼迫、诱使中国人进行过所谓"带电作业"，通常是用开口的卷筒胶皮往带电的线上缠，未采取任何防护措施，工人常常因此丧命。日本人只给中国人一点可怜的大米或白面作为"危险手当"（津贴）。

人物小传： 阎明纯，1942年12月出生于辽宁海城。中专文化，工程师。1962年8月参加工作，历任鞍山电业局送电工区见习技术员、试验所技术员、大修队工人；贵州遵义供电所技术员（1965年9月至1967年3月）；鞍山电业局大修队、修造厂技术员，生技科配电负责人，配电工区副主任，科研所副所长，送电工区主任，工程队队长，带电研究所所长，供电工程总公司工程师等职。1990年，"500kV带电更换ZM型直线塔瓷瓶工具"项目获东北电业管理局技术改进三等奖。

器·技篇

一座新的里程碑：500kV带电作业

1976年1月和4月，鞍山电业局党委召开了两次常委会会议，听取带电作业工作汇报，研究带电作业试验工作。这两次常委会会议，都涉及500kV带电作业。

在1月12日召开的常委会上，会议内容之一就是听取"三八"带电班参加广州会汇报，刘士一、朱桂萍、李杰（小）参加汇报。

刘士一汇报：参加广州"三八"带电作业会，会期共8天，进行了汇报表演，学到了好作风，为革命驯"电老虎"的精神，还有党和毛主席对中国妇女的支持。这是一次现场经验交流会，也是批判男尊女卑会，更是抓革命促生产工作大会。

刘士一还传达了郑代雨副部长指示：1. 学习马列主义，理论结合实际；2. 向老师傅学习；3. 谦虚谨慎；4. 革新；5. 安全；6. 要求送电工区搞个50万伏线路试验。送电二班20年无事故，可以成立"三八"班，或者青年班。

朱桂萍汇报：来自祖国各地的电业儿女，以战斗的精神进行了现场表演，交流了经验，并发出了《倡议书》。

这是已调任水电部副部长的郑代雨，仍然关心着鞍山电业局的带电作业发展，他首倡鞍山电业局要做500kV带电作业试验。

经过3个月的充分酝酿、准备，50万伏线路带电试验方案基本成熟。4月24

日，鞍山电业局党委召开常委扩大会议。李玉茂、卜士新、马连云、吴忠令、许祥佑、李杰、谷万春、李德涵、刘国恒等常委悉数到会，还有送电、生技、工会、宣传、修配、行政、安全、办公室等部门负责人参加。会议由党委书记、革委会主任李玉茂主持。据说这个会议开到了后半夜，议题只有一个：研究50万伏超高压线路的带电试验方案。

送电工区主任周祥全详细介绍了试验方案，包括组织领导、试验人员确定、试验项目、试验程序、安全措施，以及报道、技术指导、接待工作、医务人员等。与会同志纷纷发言，就整个试验的每一个细节进行补充和完善，力求试验成功。

李书记最后总结道：送电工区关于50万伏试验方案很好，大家又提出了很好的意见。我讲几点要求。一、保证胜利完成试验，试验人员一定要认清这次试验的重大意义，做好动员，树立必胜信心，闯出一条路子，总结成功经验。二、注意走群众路线，把方案交给群众讨论，可以进一步熟悉，可以补充，帮助审查。三、事先做好培训，做好技措、安措程序，练兵，做模拟试验，也是重要环节。四、为了安全可靠，这个会后，祥佑、炳文协助调整方案，最后，少数内行同志审查，做到万无一失。总之要战略上藐视，战术上重视。局里各科室要大力支持，让前方的同志集中精力搞试验，后勤工作配合好。

3天后，也就是4月27日，鞍山电业局在沈阳变压器厂高压试验大厅进行500kV带电作业试验，取得了初步成功。该项试验主要由老工人赵程三、青年女工范桂荣完成。关于这次试验，在鞍山电业局次年1月份报送上级机关的《500kV超高压带电作业的试验》报告中，有过比较清晰严谨的表述。

> 根据国家"五五"计划的安排，为加速我国电力工业建设步伐，以适应国民经济飞速发展对电力增产的迫切需要，我省将新建元—辽—海500kV超高压电网，从而把大量的电力从我省西北部的坑口电站送到东南部的钢铁基地，这是一项鼓舞人心的宏伟建设计划，预计明年即将开工。

> 为适应形势发展的需要，在局党委的领导下，以送电工区为主，组织局内有关单位参加，组成三结合的攻关组，于1976年开始，摸索研究500kV超高压线路的带电作业。我们在水电部、东北电业管理局

和市委的亲切关怀下，在省市技术协作委员会以及辽宁省电力局技改局和沈阳电业局等兄弟单位的大力支持下，特别是在沈阳变压器厂的通力协作下，终于在1976年4月27日在沈变高压试验大厅进行500kV带电作业试验获得了初步成功。现将试验的工作情况汇报如下。

一、试验前的工作

500kV带电作业是一项新技术，我局以往没有接触过，困难是多的。遵照伟大领袖毛主席关于"世上无难事，只要肯登攀"的教导，继续发扬"独立自主、自力更生"的革命精神，学习国内的先进经验，同时总结我局20多年来的实践经验，由老工人、干部、工程技术人员组成的三结合小组，反复研究了试验方案。最后做好试验的一切准备工作。经党委批准，由老工人共产党员赵程三同志、青年女电工范桂荣同志担任这一光荣的试验任务。为我国带电作业技术的进一步发展，做出了新贡献。

（一）主要试验项目

带电作业的基本方法有两种：一种是间接操作（使用绝缘杆），一种是直接操作（等电位和自由作业）。鉴于500kV超高压，线间距离大，瓷瓶串长，因此直接操作必然成为500kV带电检修的主要方向。这次试验我们有针对性地选择了如下项目：

（1）人身等电位升压和进入强电场等电位；

（2）自由进入强电场和自由作业；

（3）场强测量。

（二）试验工作的技术条件和设备条件

（1）设备条件：（略）

（2）模拟线段及其技术数据：（略）

（3）均压环：（略）

（三）试验前的准备工作和有关的技术问题

为了顺利完成试验任务，做了如下几个方面的准备工作：

（1）模拟线耐压试验：……

（2）绝缘工具试验：……

（3）组合空气间隙的校验：……

（4）瓷瓶分布电压的测量：……

（5）短路部分瓷瓶时电压分布的测量：……

（6）短路前7片瓷瓶的试验：……

（7）金属接触绳的试验：……

（8）均压服的试验：……

（9）动物进入的试验：在人体进入前，用羊做了试验。羊穿均压服一套，羊头全屏蔽，按照人体进入的相似方法自由进入强电场和进行等电位试验，效果良好。

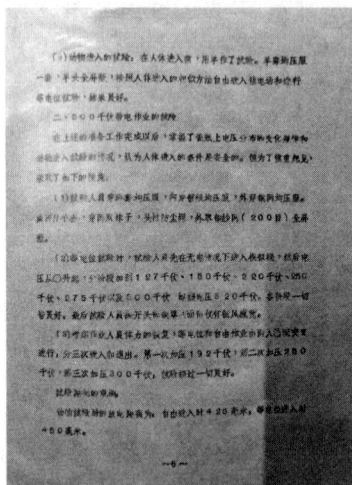

《500kV超高压带电作业的试验》报告

二、500kV带电作业的试验

在上述的准备工作完成以后，掌握了瓷瓶上电压分布的变化规律和动物进入试验的情况，认为人体进入的条件是安全的。但为了慎重起见，采取了如下的措施：

（1）试验人员穿两套均压服，内穿镀银均压服，外穿铜网均压服。戴两副手套，穿两双袜子，头戴防尘帽，外罩铜纱网（200目）全屏蔽。

（2）……

三、电场强度测量

伴随这次试验，进行了电场强度测量。所用仪器系借用辽宁省电力局技改局仪器"场强表"，并在技改局的指导下做了300kV电压下的场强测量。……

四、500kV带电作业试验几个问题的分析

（1）关于短路瓷瓶后电压分布的变化问题：……

（2）关于安装均压环的利弊问题：……

（3）人体与导线等电位的方法问题：……

（4）关于均压服和屏蔽问题：……

这次试验的成功是共产主义大协作的凯歌，但试验工作仅仅是尝试性质的，试验项目还不全，对某些问题的认识还有待在进一步的实

践中去提高。

东北电管局有关部门密切关注着500kV带电作业的发展趋势，适时组织相关座谈、规划、鉴定、审查等活动，为辽宁500kV带电作业研究起到了重要的支撑和引领作用。1979年1月20日，东北电管局下发《关于下达1979年电力工业基本建设计划的通知》。《通知》指出，要集中力量搞好锦州电厂和元锦辽海送变电两个重点工程的建设。当年11月，500kV元（元宝山）—锦（锦州）—辽（辽阳）—海（海城）超高压输电工程开始建设。1979年3月5日至6日，东北电管局生技处在沈阳召开500kV线路维护座谈会，鞍山、锦州、辽阳3个电业局和东电技改局的10位技术人员参加会议。会议主持人太史瑞昌指出：从现在起，我们必须把500kV线路维护方法和维修工具的研发工作纳入日程。他还指出，将来500kV线路检修维护工作将大部分依赖于带电作业完成，因此我们研发工作无疑将以500kV带电作业项目和工具为主。

鞍山电业局研究500kV带电作业技术的脚步始终没有停滞。借着500kV元—锦—辽—海超高压输电工程建设的东风，更是超前开展了500kV带电作业新技术的研究工作。为此成立了科学研究所，在科研所内设立了带电作业研究

工人们在进行500kV带电作业

工人们在进行500kV带电作业

班，由刘士一任班长。

1980年7月，鞍山电业局丁大千与沈阳790工厂合作，试制两种500kV自走式不良瓷瓶检测器样机。1982年，鞍山电业局基本完成了带电更换500kV线路耐张单片绝缘子，带电更换500kV线路耐张整串绝缘子，带电更换500kV线路直线整串绝缘子，带电更换500kV双串绝缘子以及导线上的检修工作。1984年12月20日，东电生技处和科技处在鞍山组织召开会议，对鞍山电业局刘士一、张仁杰、葛元昌等人完成的5项带电作业方法和工具进行鉴定，锦州、营口、辽阳、朝阳电业局等8个单位17名代表参加会议。通过审查技术报告和在500kV董辽线上现场操作表演，与会人员认为作业方法可行，同意投产使用。1985年9月28日，这5项500kV带电作业工具取得国家专利局"实用新型"专利权。这一年500kV董辽线全压运行，鞍山电业局利用500kV线路带电作业科研成果，在董辽线上带电更换单绞式间隔棒2100组，处理导线损伤33处，更换不良绝缘子500余片，为500kV线路的安全运行提供了保证。

另一家取得500kV带电作业研究重大成果的，便是东电技改局。自从研制第二代带电作业工具开始，辽宁的带电作业研究兵分两路，主要由鞍山电业局和沈阳中试所（东电技改局前身）承担。在日后的漫长岁月中花开两朵，各自芬芳，呈现出硕果累累、相映成趣的大好局面。

1980年，东电技改局开始研制500kV线路带电作业屏蔽服。1981年7月20日，东电技改局在沈阳进行500kV均压服模拟试穿测试工作。至1983年，研制成功用直径0.03毫米蒙乃尔合金丝与柞蚕丝合股布料制成的屏蔽服，同时通过东北电管局和辽宁省丝绸公司主持的技术鉴定，并在500kV线路带电作业中推广使用。这项成果先后获得东北电管局、辽宁省和水电部的奖励。1983年7月14日，东电技改局完成的"500kVJY-Ⅰ、Ⅱ、Ⅲ型均压服制造技术"获辽宁省重大科技成果三等奖。1982年10月，东电技改局会同鞍山电业局、锦州电业局在沈阳虎石台进行500kV带电作业安全距离试验研究工作。8月6日，东电技改局在沈阳召开500kV线路第二代铁塔讨论会。9月，由东电技改局主持，鞍山电业局、两锦电业局派人参加，在虎石台高压试验场对500kV、ZLv型直线塔和沿耐张绝缘子串等电位进出强电场的安全距离和组合间隙进行试验研究，取得了宝贵的科学数据。1985年至1988年，东电试研院又对ZM1型塔进行相关研究。同时还完成了500kV大型水冲洗水柱安全距离的试验研究。1987年3月20日至22日，东电试研院在四平线路器材厂召开500kV输电线路带电作业座谈会。

工人们在进行500kV带电作业

　　整个20世纪80年代，锦州电业局带电作业科研也取得丰硕成果，其研制的500kV带电作业导线飞车获东电技术改进三等奖；研制的ZP-1型绝缘子检除器、ZZ-1型绝缘子检测器以及NDY-1型绝缘子更换器分别获东电技术改进二等奖；研制的链轨式更换500kV耐张整串绝缘子工具获东电技术改进三等奖及辽宁省发明奖。

还是独门绝技：带电自由作业

　　话说1956年的某一天，鞍山郊区河沿大队有个精神病患者，赤着脚爬上了220kV水鞍线的一基耐张塔上，他沿着耐张绝缘子串一步一步爬到带电导线一端。精神病患者在绝缘子爬行过程中没有发生任何放电，更没有从高空坠落。鞍山电业局亮甲屯巡线站工人于恩德和董儒君得知消息后立即赶到现场，于恩德登上铁塔，在横担侧召唤在导线侧嬉耍的精神病患者，让他赶紧爬过来。在于恩德的引导下，精神病患者又一步一步慢慢返回铁塔，并安全下塔。这件事在当时被当成一个笑话、一个奇迹。

事隔10多年后的1968年9月，鞍山电业局的工人们对带电作业的热情愈加高涨，想方设法要有所突破。送电工区的工人周祥全等人突然想起这件往事，他们从这次偶然事件中似乎受到了某种启示，提出人体可以借助耐张绝缘子串直接进入强电场的想法。鞍山电业局革委会非常重视这个大胆设想，专门召开了常委会，详细研究了工人提出的建议，并组成了一个以老工人赵程三、李德涵、周祥全和技术人员郑代雨等11名同志参加的"三结合"研究小组。鞍山电业局革委会在其《高举毛泽东思想伟大红旗，攀登带电作业技术新高峰》的经验材料中，这样写道：

> 三结合小组反复地学习了毛主席关于"人类的历史，就是一个不断地从必然王国向自由王国发展的历史"的伟大教导，详细分析了"电老虎"的脾气，认识到：唯物主义者认为电能过死人，但只要掌握它的规律，它又不能过死人。因此，"电老虎"也是纸老虎。大家决心闯入"禁区"，降伏"电老虎"，"克服自然和改造自然，从自然里得到自由"。

> 直接进入超高压"禁区"，进行带电自由作业试验，是从来没有过的事，一旦出问题，就有危险。但是，革命工人和革命技术人员一不怕苦，二不怕死。他们说："为革命，刀山敢上，火海敢闯！"1968年正式试验这一天，大家心情格外激动，都争着要第一个登上高压铁塔进行亲身试验。有的说："我是共产党员，让我先上！"有的说："我是毛主席领导的工人，让我先上！"有的说："我是知识分子，应该让我先上，这是考验和磨炼思想的最好机会。"根据大家的申请，革委会批准了郑代雨同志第一个上塔试验。

> 老工人、共产党员赵程三同志担任了这场试验的总指挥，他指挥郑代雨同志登上了30多米高的铁塔，向22万伏高压电的"禁区"迈进，之间他手上和腿上放出噼噼啪啪的火花，越往前进，电压越大，火花也越大。我们分析了这种现象，是正常现象，继续让郑代雨同志向"禁区"前进。郑代雨同志高呼："忠于毛主席，一切为人民，坚决完成任务！"他坚定沉着地抓住了高压导线，终于制服了"电老虎"，打破了电学理论上的"禁区"。

> 我局广大革命工人和革命技术人员提出了"进一步发展带电自由

作业，攀登带电自由作业技术新高峰"的豪迈誓言。根据特高压输电设备结构复杂、距离狭窄的特点，研究出利用绝缘衣进行带电自由作业的新方法。打破了在电力设备上不能动火的老框框，实现了带电焊接、带电钻眼，在带电的设备上进行机械加工，使带电自由作业技术不断向广度和深度发展。

9月18日的模拟试验取得成功后，在3天后的9月21日，鞍山电业局在首山一次变电所外的山岗上，召开了"现场革命大批判大会"，会上表演了"220kV带电更换耐张单片绝缘子"项目。解说词是这么说的：这种新技术打破了"分布电压禁区"，开创了崭新的"带电自由作业"新天地。"带电自由作业"新技术从此诞生了。

一年以后，在"全国电力工业增产节约会议"上，鞍山电业局郑代雨等人进行了"带电自由作业"表演，周总理对这项带电作业新技术印象深刻，并给予高度评价。会后，水电部自上而下组织起鞍山带电作业小分队，先后到无锡、上海、合肥、西安、成都、贵阳、昆明、乌鲁木齐、呼和浩特、广州等地

鞍山电业局

带电自由作业

水利电力出版社

前　言

鞍山电业局的工人和工程技术人员，在毛主席无产阶级革命路线的光辉指引下，经过多次科学实验与反复实践，终于试验成功了带电自由作业新技术，为超高压系统带电作业提出了一个新的途径。

在超高压电力线路不停电检修中采用这种新带电作业方法可以大大地简化带电作业工具并减轻工人的笨重体力劳动。工人同志们以十分喜悦的心情，把这种新方法叫做"带电自由作业"。但这里所指的"自由"并不意味着带电作业上不受任何约束的操作自由，而是指人体处于自由电位中进行的作业。现在人们把进入强电场的作业方法，通俗地统称为"带电作业方法"，其中也包括等电位作业方法。这种叫法是否确切，有待进一步讨论。本书主要是介绍进入强电场的作业方法方面的经验。

几年来，我局电业工人和工程技术人员，在各兄弟单位先进经验的启发下，认真总结了带电自由作业的实践经验，进一步研究利用绝缘服进行带电自由作业的新技术。还打破了在带电设备上不能动火的老框框，试验成功了带电打眼、焊接等新技术，为在带电设备上进行机械加工，开创了新的道路。在生产实践中，还根据炸药爆炸的原理，研究成功了带电爆破断接引的新方法。

《带电自由作业》封面及前言

传授这项新技术，很快，"带电自由作业"新方法与新工具被广为传播。

1972年，郑代雨在总结鞍山电业局"带电自由作业"经验的基础上，组织撰写了《带电自由作业》一书，并以"鞍山电业局"名义在水利电力出版社出版。该书的"前言"开宗明义写道：

> 在超高压电力线路不停电检修中采用这种新带电作业方法可以大大地简化带电作业工具并减轻工人的笨重体力劳动。工人同志们怀着十分喜悦的心情，把这种新方法叫作"带电自由作业"。但这里所指的"自由"并不意味着带电作业上不受任何约束的操作自由，而是指人体处于自由电位中进行的作业。现在人们把进入强电场的作业方法，通俗地统称为"带电自由作业方法"，其中也包括等电位作业方法。这种叫法是否确切，有待进一步讨论。

郑代雨后来常说："带电不带电，自由不自由。"这既体现了他对"带电自由作业"的深刻理解，也诠释了他带电人生的哲学意蕴。

其 他 篇

葛元昌的笔记本

我们几经周折，终于看到了葛元昌的笔记本。这本是一个蓝皮的"试验记录"，让葛元昌用作资料笔记了，也有些像日记。很明显有一些是当时记录的，有些是后来补记的，个别处还有涂改。从时间顺序上判断，是从笔记本的两头向中间记录的。所以，要想辨别出全貌，得通过时间脉络来分析才行。有些地方跟实际情况是有出入的，但人的记忆难免出现偏差，这无碍大局大势。我们想说的是，我们要感谢细心的葛元昌师傅，为我们留下了这些珍贵的记录。

这里选取若干小段，可作为带电作业若干史实的佐证或参考。文字中的若干错漏之处，亦未做任何修改，皆据实照录。

——带电研究组人员变动情况

是自成立研究组后的记录，包括姓名、

葛元昌笔记本中的记载

进带电班时间、转出带电班时间等。因笔迹有些潦草和重描，多处无法辨认。

——1958年7月18日

在天津技术革新表演会，鞍山电业局带电作业操作表演后，毛泽东主席在展览馆接见我们小分队同志并观看带电作业工具。

——1964年9月11日

东北三省带电经验交流会

地点：鞍山

参加单位：东北三省

主持人：崔应龙工程师（总指挥：蔡总工程师，副总指挥东电生技处关处长、许局长）

线路：在水鞍线直线35号，220kV；水鞍线耐张34号，220kV；鞍营线直线39号，220kV；八相线直线126号，44kV；八相线耐张123号，44kV。

参加作业人员：郑代雨、刘长庚、沈维兰、郭成福、何树声、李德涵、张殿臣、葛元昌、阎明纯、刘国恒

我们鞍山局和锦州局录取为去全国参加表演单位。

变电更换油开关项目在红一变（首山—红一变）进行。

鞍山第一名，锦州第二名，吉林第三名，沈阳第四名，营口第五名，哈尔滨第六名。

——1964年11月28日

全国第一次带电经验交流会

地点：天津，住河北宾馆

参加人员：全国各电业局带电作业人员

鞍山局出席：郑代雨、刘长庚、何树声、郭成福、阎明纯、张殿臣、李德涵、葛元昌、刘国恒、刘大今。外借送电三名：赵程三、何政凤、周品山

表演项目：

1. 220kV更换耐张瓶，在110kV线路上代替；

2. 220kV更换直线瓷瓶，在110kV线路上代替；

3. 在35kV线路上更换直线瓷瓶；

4. 在35kV线路上更换耐张瓷瓶；

5. 在变电所更换油开关，110kV。

日期：1964年11月20日至11月28日

——1966年5月

全国带电作业现场观摩表演会议

地点：鞍山国防俱乐部，首山、红旗堡变电所

时间：1966.5.4—5.15

会议主持人：余恩瀛、毛明伦、安育铮、辛宝善、许祥祐

秘书长：刘大今

表演组：崔应龙、宋恒嘉

交流组：马凤超

电影组：马凤超

总务组：李廉

参加单位：159个单位

参加人员：在册人员964人

注：辽阳、营口、沈阳、本溪、大连都住在本市，自找旅社，人数约300名。

我局参加人员：郑代雨、刘长庚、何树声、郭成福、张殿臣、李德涵、孟宪荣、刘国恒、葛元昌、阎明纯。外借：张岐峰、周品山、赵程三、高井尧、李福林、辛宝善

表演项目：总计59个项目（详细略）

我局表演项目及用时情况（计6个项目）：

1. 带电切换220kV变压器（用时62′28″）；

2. 带电断接10kV引线（用时9′21″）；

3. 飞车巡线（用时58′6″）；

4. 带电更换220kV母线瓷瓶（用时18′27″）；

5. 带电更换220kV直线串瓷瓶（用时12′51″）；

6. 带电更换220kV刀闸立瓶（用时21′52″）。

在现场，由局长辛宝善同志参加了飞车巡线，及高井尧等同志火箭带绳。

我局在以上6个项目表演中，均都受到各单位好评。在这次表演中，变电部分迈出了一大步。

──1968年9月12日

主持单位：东电革命领导小组

参加单位：全国各兄弟单位

地点：首山

参加人员：送电工区带电人员，全局有关单位

新工具、旧工具同时表演，对比式。会上向各单位公开由郑代雨等人做的表演"自由作业"。

这次会议是骑自行车去，当时还有困难，号召骑自行车去。

──1970年6月18日

水电部军管会全国电力工业增产节约会议

这次会议，我局有郑代雨、赵程三二人先去京。

在6月14日，又派出以下人员随同工具前往北京参加汇报表演。

1. 带队：张庆祥；军代表：郝庆福

2. 队员：何树声、何政凤、刘士一、陈显旺、周品山、单志君、丁其源、张岐峰、刘元仁、葛元昌

3. 东电管局革命领导小组李树仁

为首长表演。

…………

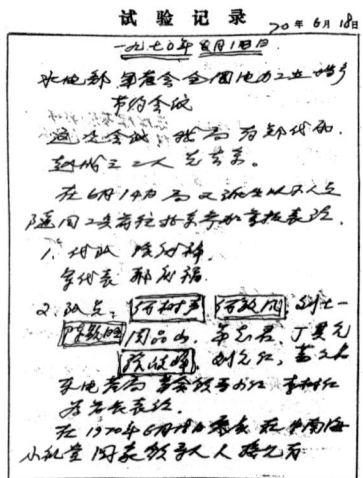

葛元昌笔记本中的记载

──1973年7月24日

全国第二次在北京召开的带电作业经验交流会

地点：北京供电局南苑变电所外

主持单位：水电部生产司和北京供电局

参加人数：600多人

我局参加人员：刘国恒（带队）、赵程三、刘士一、周品山、葛元昌、张敏、朱桂萍、郑代雨

项目：48个项目，16个省市31个单位140人参加表演

我局参加项目：

1. 带电更换220kV单片瓷瓶，（自由作业）进入电场。当时由张敏做，时间慢，葛元昌做，5分钟工作完成。2. 等电位处理导线联板螺丝，由3个"三八"班同时做，由我在塔上做监护人，南线广州队，中线上海队，北线是鞍山队——朱桂萍。

鞍山局代表在会上做了介绍，张敏在会上讲话。

——从1971年5月12日开始接待外宾、内宾

（至1975年4月，共202条记录，摘要如下）

（1）71.5.12接待美国友好人士斯诺，在红东线表演；

（9）71.7.19接待中央首长；

（11）71.8.11为美国《纽约时报》总编辑赖斯顿夫妇一行表演；

（13）71.8.23为日本友好人士西园寺公一夫妇、女儿表演，为印度尼西亚察柯多夫妇表演；

（14）71.8.25为法国共产党第一书记表演；

（17）71.9.3为朝鲜访华代表团表演；

（18）71.9.8为中央首长表演；

（19）71.9.18为朝鲜留学生、几内亚华侨表演；

（20）71.9.22为罗马尼亚军官代表团表演；

（21）71.9.23为美国苏尔曼二人表演；

（24）71.10.4上午为朝鲜平安北道5人表演，下午为朝鲜铁道部6人表演；

（26）71.10.5为罗马尼亚新闻代表团表演；

（30）71.10.9为古巴工人代表团11人表演；

（31）71.10.11为日本访华代表团表演，同日为送电职工家属60余人表演；

（34）71.11.9上午为阿尔巴尼亚4人表演，下午为越南留学生17人表演；

（36）71.11.10为法国《世界报》朱丽安夫妇表演；

（39）72.1.2为越南黄文欢等表演；

（41）72.1.16为澳大利亚访华代表团20人表演；

（48）72.2.18为秘鲁代表团表演；

（50）72.3.8为鞍山市各界妇女代表300余人表演；

（51）72.3.9为日本访华青年代表团21人表演；

（52）72.3.21为日本新闻代表团表演，同日还为水电部10人表演；

（55）72.3.23为香港教育界9人表演；

（57）72.4.1为美国大学生关心亚洲委员会15人表演；

（59）72.4.8为瑞典新闻工作者3人表演；

（60）72.4.19为新西兰、英国、荷兰、美国华侨代表25人表演；

（61）72.4.20为日本华侨17人表演；

（62）72.4.25—5.9为西哈努克表演练习、准备；

（71）72.5.21为柬埔寨国家元首西哈努克和宾努首相夫人一行表演，午后16：47到现场，电业局职工、各中学和文工团等，欢迎队伍1000多人；

（75）72.6.15为阿尔巴尼亚访华考察团15人表演，同日为电台、学校300余

葛元昌笔记本中的记载

112

人表演；

（117）72.10.21为日本工人、职员访华代表团58人表演；

（120）72.10.28为数学家华罗庚5人（小分队）表演；

（121）72.10.30为挪威访华代表团21人表演；

（123）72.11.3为中央办公厅表演；

注：1972年接待外宾79次，799人次；接待内宾78次，69个单位8025人次。

（145）73.3.14—3.30为中央新闻电影制片厂郭守春拍科教片；

（146）73.3.29为外交部、公安部80余人表演；

（150）73.4.13为第二批44个国家驻华大使馆武官等84人表演；

（151）73.4.23为水电部领导张文碧等21人表演；

（155）73.5.21为第三批外交使团44个国家83人表演；

（197）74.8.7为法国工人代表团25人表演；

…………

接待外宾存档照片均为葛元昌摄制，在齐文圣手中。

缺点：74.7.31，在接待朝鲜访华代表团时，由于事先工具检查不周，在骑

为外宾表演带电作业后合影

为外宾表演带电作业后合影

飞车时，中间链断，造成了影响。主动做检查。交给工区，工区当面撕碎检查。

——1960年后的带电作业情况

（1）220kV带电更换塔头塔身改造及换塔材；

（2）220kV铁塔带电整体原位加高；

（3）220kV铁塔带电倾斜扶正；

（4）220kV铁塔带电移位加高；

（5）220kV等电位软梯爆破断引；

（6）220kV带电用金属绳导线断引；

（7）220kV带电涨力更换架空避雷器；

（8）220kV等电位处理不合格联板；

（9）带电骑飞车作业；

（10）220kV带电装拆阻波器；

（11）44kV~66kV带电杆头改造；

（12）44kV～66kV带电塔头塔身改造换塔材；

（13）44kV～66kV铁塔原位加高；

（14）44kV～66kV铁塔移位加高；

（15）44kV～66kV杆塔倾斜扶正；

（16）44kV～66kV杆塔导线横担上升或下降；

（17）44kV～66kV带电更换水泥杆、横担；

（18）44kV～66kV带电更换铁塔横担；

（19）44kV～66kV涨力架设避雷线；

（20）44kV～66kV更换架空线路（以旧换新）；

（21）44kV～66kV更换水泥杆、铁塔。

以上21项属于大型作业。

——500kV模拟试验

工程名称：500kV模拟试验

1979年7月4日，丁其源红一变模拟线路设计，刘总决定由我来设计。7月30日，由局组成技术领导小组，有生技科戴凤枝、刘国恒、沈维兰、赵升吉等，吴振铨去红一变讨论设计方案，丁广荣也参加。11月16日，去营口购绝缘材料。

1980年8月11日，开始收集资料。8月18日，开始研究。9月11日，开始由电力安装公司高井尧同志负责在1980年2月完工。

工程总价：21139.56元

工程完毕后，领导没提出任何意见。还利用废旧物代替节约7000多元，局给予三等功。（有设计图纸和塔图）

——无标题

1980年10月12日，开始着手去元锦辽线路勘查设备测尺寸。11月18日，开始着手加工带电作业500kV绝缘用吊钩。塔上测尺寸葛元昌、郭成福。12月20日，再次去线路。元锦辽。

1981年1月8日，开始准备工具。1月24日，正式写出500kV带电更换串单个瓷瓶操作方法试演方案（经局总工程师刘承祐批准，人员已改，刘总改）。

——1982年10月27日

（1）赴武汉平武线500kV瓷瓶测试；（2）带电作业考察。

带队：葛元昌；副带队：丁大千

时间：1982.11.27—12.27

任务：

1. 在500kV平武线路上进行自走式不良瓷瓶测试；

2. 在500kV平武线路上进行火花间隙测试；

3. 学习超高压局维护带电作业新经验及工具。

参观学习单位：北京供电局、武汉供电局、苏州供电局、南京供电局、上海供电局（有汇报材料）。

——时间：1985.1.25

今日由科研所带研组正式调入送电工区。由1958年8月开始从事带电作业研究，至今已经26年多。在这段工作中，每年搞带电作业展览会，加一起有1年多，组织上关怀，调入七二一脱产学习2年。

在带电作业工作上，接待国际友人和各国代表团和各国领导人，主要知名人士有：福特、西哈努克、西园寺公一、黄文欢等。1972年又光荣地在中南海见到敬爱的周总理。在会上总理和我讲了话，在座有李先念等首长。我局共参加7次技术比赛，都在前3名。在科研所期间，……我在大家的共同努力下，起到了一定的作用。后期又试制成功角钢打孔枪，在线路上使用方便，并协助去天津、锦州等地打眼。

这次工作调动没有办法……

（接下来的大段文字多次提及对当年带电作业老人的评价，在此隐去）

——1987.9.8

去锦州学习500kV带电作业工具。

时间：1987.9.1—9.4

地点：锦州电业局试验所带电班

任务：1. 加强团结，提高技术，交流经验。2. 学习500kV自走式瓷瓶剪除器。

参加人员：葛元昌、张殿臣、管祖元、代兴海、张海波学习经验：1. 500kV 带电自走式瓷瓶测试器。2. 500kV XP-Z1 卡具，可以加垫换玻璃瓷瓶。3. 室内红外线灯泡可以考虑安装定时器。

这次去外地，是带电作业第一次外出学习。

锦州局活动地点：和郑州7名同志一起去笔架山半天。

——1988年1月28日

鞍灵线带电更换瓷瓶操作程序不当，违反规程，在26号掉线，给局带来影响。

——我由1959年8月到1995年10月

从事带电研究、加工、设计制造。如工具改造，做了如下：

1. 架空地线自动除锈刷油自动走除锈刷油机一台；

2. 角钢打孔枪一台；

3. 设计44-220kV-500kV模拟线路二条，在红一变；

4. 爆破断引枪一支（220kV用）；

5. 220kV导线骑车（自行车）修补导线（沈阳自行车厂制）；

6. 沈阳，辽宁工业展览馆电力馆，设计220kV模拟等电位自动台（3次）；

7. 500kV更换直线瓷瓶工具一套；

8. 500kV更换耐张整串工具一套；

9. 500kV更换直线单个瓷瓶一套；

…………

7、8、9有国家专利证书

——我所去过的地方

哈尔滨、长春、铁岭、沈阳、本溪、丹东、辽阳、阜新、四平、营口、普兰店、金州、大连、锦州、兴城、山海关、天津塘沽、北京、济南……清原、盘（磐）石、卡伦、三亚、海口。

从直辖市到县城乡镇，罗列了约80个。我们知道，这些地方，都是葛元昌因为工作而留下的足迹。

笔记本中还记载着葛元昌整理的家谱图，另有结婚纪念日、父母忌日、前妻去世日期、再娶日期等私密内容，不予披露。开始我们还有些不解，葛元昌何以将两种不同性质的内容放在一起，后来我们渐渐明白了——我们猜测，与其说带电作业在葛元昌心目中占据了重要地位，不如说在葛元昌的潜意识中，他可能是把带电作业工作跟自己的生活生命紧紧融合到了一起。

最后，我们再引用《走大庆道路，学铁人精神，不断攀登带电作业技术新高峰》中的一段材料，以此向葛元昌表达敬意：

这天，我们局革委会主任郑代雨同志也赶到了现场，临作业前，郑师傅把安全措施又详细审查了一遍，并嘱咐葛师傅说："现场条件很不好，作业时千万要沉着呀！"葛元昌老师傅坚定地回答说："请领导上放心，我坚决完成任务！"这时，这个贫农出身的老工人，站在80多摄氏度的高温变压器上，双脚烫得直闹心。在他头顶上的导线，有电；在他脚下边的导线也有电；在他旁边的导线，还有电，他被电包围着！在这样的环境下，进行带电作业，我们还是头一回。如果作业人员一不小心，碰上任何一根导线，都会出现像打雷那样响声，产生几千度的弧光，不仅变电所的设备要烧毁，就是现场的人员也要烧成灰。但是面对这样的关头，你根本看不到哪个人露出半点迟疑，只看到，用毛泽东思想武装起来的电业工人，凭着勇敢和智慧，把一根根引线修补好，把一个个险情排除。

沈承宙的来信

1

鞍山供电公司创作组：

你们好！朱桂萍，你好！我非常高兴，能得到郑代雨老师的信息，并实现了去看望他老人家的夙愿。看到郑代雨老师依然健康，十分欣喜。

不久前，朱桂萍到武汉来，我因到敦煌采风，到成都参加音乐剧的活动，没有能见面，十分遗憾。

朱桂萍把你们希望得到的往事回忆，都告诉我了。从外地回到武汉，我翻箱倒柜地清理一遍我的资料，"文革"时期的东西已经都没有了，十分可惜。不过，我可以把记忆中的一些情况告诉你们。

大约是1974年秋冬之交，我当时在武汉歌舞剧院创作组做编剧，"文革"后期，抓革命促生产，开始可以做一些专业工作了，我们也开始寻找创作素材。从报刊上看到，我国的带电作业非常先进，知道了郑代雨这位冒着极大风险勇闯难关的工业战线的英雄，钦佩至极。还有一群女孩子居然能在22万伏高压线路上带电作业，这该是一个多么精彩的歌剧题材呀！我把我的想法告诉了另一位编剧李元龙（比我小两岁，已经去世了），他也十分赞成。我们向剧院领导申报了这个歌剧创作的选题。领导批准后，我们俩先到武汉供电局去了解情况。那时候，许多单位工作状态都不正常，没有主要领导顾得上接待我们，是武汉供电局工会主席余大喜同志接待我们的，他热情地向我们介绍了郑代雨老师带领大家攻关的先进事迹。余大喜建议我们先到汉口工区高压带电作业组去深入生活。

汉口工区李汉生副主任接待我们。有一位我们在武汉歌舞剧院的同事的弟弟也在汉口工区，所以我们深入生活的要求一路绿灯，安排得很顺畅。

除了我和李元龙两位编剧外，剧院领导还安排作曲家李曦和导演苏先劭参加我们的创作组。李曦同志是老一辈无产阶级革命家李维汉的女儿，是李铁映的姐姐，当时已经60岁左右了。女导演苏先劭也已经接近50岁了。我是创作组组长。创作组组成后，我们开始到汉口工区跟班劳动。

汉口工区大门口的左右两侧，有两排平房，里面住着一些因工伤残疾的工人，有一些伤残得很厉害。这使我们充分了解电业工作的巨大风险，我们对这个行业肃然起敬。

我们每天和班里的工人师傅一起上班、出去巡线。快到年底了，一天下午，班里要到22万伏阳逻过江铁塔去检修。我们随班坐车到铁塔时已经下午4点了，师傅们上塔检修，换瓷瓶，工作结束，师傅们在地面做总结，填写检修报告。我们4个在这个时候想爬爬铁塔，体验体验。李元龙最年轻，一马当先冲在前头。我要保护两位大姐。爬到10米左右，我护送李曦同志先下去；到20米左右，我护送苏先劤导演也下去。然后，我再一直爬上去。

武汉过江塔

阳逻过江铁塔，塔基120米高，羊角8米高，总高128米。全部是角钢焊接起来的。当我爬到120米的时候，李元龙已经从128米最高点下来了。我们在塔基和羊角接合部会合。冬天，天黑得早，这时已经很昏暗了。李元龙说，你别上去了，我们一起下去吧。我怎么甘心，120米都上来了，还有8米，不到长城非好汉，怎么也得上到顶！我说，我快上快下。天很昏暗，用角钢焊接的铁塔看上去模模糊糊，我心急，没有看清那个让人上下的方孔，一脚踩空，出溜一下，我腾空了！

真得感谢当歌剧学员时天天练功，手脚还算麻利。说时迟那时快，我伸出右手，一把抓住了一根角铁，整个人荡过去，撞在铁塔上，只觉得右脚穷骨头（武汉方言，一般指小腿胫骨下1/3处）一阵剧痛！李元龙赶过来一把把我拦腰抱住。很快，我们又折回到了120米的塔基平台。李元龙吓坏了，说别上去了。我说不行，大难不死，我还得上去。于是，我爬上羊角，在那个尖尖上坐了几秒钟，心满意足地往下爬。

爬到地面，天几乎全黑了，师傅们已经完成他们的工作，我们一起上车往回走。在车上，我伸手摸了摸我的腿，呀，湿乎乎的，是血。我和李元龙都不敢说。因为年底了，我要是说了，就是这个班的事故，全班的年终奖就全没了！这件事，以后也没有告诉过工区师傅们。

从阳逻到汉口，开车要好久的。车到了汉口三民路孙中山铜像附近，我们随大部分师傅一起下车。那里有一家甜食店，我们准备去吃晚餐。在店里，我撩起裤脚一看，棉毛裤和毛线裤都被血粘在一起了，伤口开了个大口子。到附近卫生院缝了好几针。

我心想，我还算是个比较细心的人，怎么到节骨眼儿上就这么粗心呢？！带电作业的时候，有极为严格的作业程序，两个工人之间传递工具都需极为谨慎。这件事，让我对带电作业的风险有了更深刻的认识。我会记得一辈子。

过了年，1975年春天，我们随带电作业班从汉口步行巡线到洪湖县皂市镇（好像现在划归天门市了。那时候，不知道从汉口到皂市有多远，现在查了一下，百多公里呢）。

湖北的河汉多，巡线到河边，为了不走大圈子，就要过"便桥"。这个"便桥"，就在河两岸，竖上两根水泥桩子，桩子上有两根钢索，工人们脚踩下面的钢索，手抓上面的钢索，横着一步一步跨过去。我们也跟着工人师傅这么过，起先，站在上面直晃荡，两只手紧紧地抓住上面那根钢索，越紧张越晃荡。慢慢地，找到了规律，还觉得挺好玩。一走就是一整天。检修班有固定的歇脚点，在那个农民家里吃、洗、住，第二天早晨继续赶路，走一趟好几天。当然，这样的体验生活，两位大姐就不去了，就我和李元龙两个去。

体验带电作业的生活，不去鞍山，不去见郑代雨，走多少趟汉口皂市都不算。更何况，汉口工区没有女子带电作业！

说什么我们也得去鞍山！去见见郑代雨，去见见女子带电作业的飒爽英姿！

2

鞍山供电公司创作组：

你们好！朱桂萍，你好！第一部分写好后，我外出参加了一个活动，回来后，电脑又出了问题，所以不能在上次文字的后面续写下去，只好另行起头续写，十分抱歉。

剧院领导批准了我们到鞍山电业局体验生活的申请，决定我和李元龙一起去；两位大姐都上了年纪，就不去了。武汉市供电局帮助我们和鞍山电业局联系。那时的通信哪有现在这么快捷，几度信件往返，得到鞍山电业局同意接待的信息时已到初夏。

从武汉到鞍山怎么走，可让我们费脑筋了。一个方案是，从武汉坐火车到北京，再转车从北京到沈阳，再从沈阳转车到鞍山。那时坐火车，从武汉到北京，傍晚动身，一个通宵，第二天中午才到北京。我和李元龙是普通的创作人员，级别不够，不能坐卧铺。一路坐过去，两天两宿，恐怕顶不住。第二个方案是我们的导演苏大姐提出的，从武汉坐火车到天津，再坐船渡过渤海湾到大连，他的哥哥在大连接我们，在他哥哥家里住一晚，第二天再坐火车去鞍山。我们是按照第二个方案从武汉长途跋涉到鞍山的。

我找到了一张照片，是我和李元龙在大连火车站，准备上火车去

沈承宙（左）与李元龙合影

122

鞍山的时候，苏大姐的哥哥给我们照的。那时候，有照相机的人很少的。

从这张照片上，我回忆起，第一是季节，看我们的穿着，那是大连的初夏，六月初；第二，我穿的是山寨版的军装，这是标准的"文革"装束，身边灯柱上，还有没撕干净的"文革"标语；三是我们俩都背着大背包，那时体验生活，床上垫的盖的都要自己带的。

我们俩肩背手提着行李，一路找到了鞍山电业局。接待我们的同志直接把我们带到了郑代雨的办公室。郑代雨非常热情地接待了我们。他给我的第一印象是热情、干练，对我们十分亲切，但一听他的口音，就知道他不是北方人。他让接待人员先安排我们住下，安置好了，第二天和我们交谈。

我们被带到了一所日式建筑，房间里没有床，只有榻榻米。我们在那里，一住就是近3个月。

第二天下午，郑代雨在他的办公室和我们交谈。我们知道了他是福建人，毕业后服从分配来到鞍山。他详细讲解了带电作业创研的过程。至今我还记得，他告诉我们这是法拉第笼子的原理。上高中时，物理的电学部分，有法拉第笼子的知识，我记得的，就是让电流从金属笼子的表面通过，而笼子里的动物安然无恙。于是我们很容易就理解了带电作业工作服的构造原理。把金属丝织进布料以及植入鞋帮、鞋底、帽子里，再把帽子、衣服、鞋子串联起来，装备起来的作业者，就像在一个法拉第笼子里，是安全的。

经过反复试验，这套工作服在理论上是可以进行带电作业的。可是，谁去做第一个试验者呢?！毕竟，11万伏，22万伏，这么高的电压，听听都吓掉魂！联想起我们在汉口工区大门两旁的平房里看到的那些因工伤事故而残疾的工人，这个带电作业的风险太大了！我们对郑代雨第一个上高压线带电作业的壮举，佩服得五体投地。啊？还有女孩子带电作业，我们当时的惊讶，怎么形容都不过分！

正因为危险，所以制定了非常严格的操作规程；连两位带电作业者在高压线上传递工具，都有严格的程序，绝对不能违反。而且，我还记得，郑代雨告诉我们，电流对人的危害，比电压更严重。

郑代雨和我们的畅谈有三四次。隔了40多年了，我的这些回忆不知道还对不对。

到鞍山的第三天，我们就到了赵程三师傅的作业班。记得，当时班里正在开班会。从此，我们跟着作业班东奔西走，巡线检修。

在鞍山电业局体验生活，比在汉口工区深入得多。因为在汉口工区，每天下班可以回家，在家里住。在鞍山，从上班到下班，都在这个环境里，思想上、生活上是连续的、不断线的。

过去40多年了，班里的许多同志至今记忆犹新。

赵程三师傅这个班长，言语不多，心中有数，老成持重，质朴沉稳。在高压线上作业，我们在地面都能听到刺刺啦啦放电的声响，如此高危高难的技术工种，一群从事如此高危高难作业的技术工人，多么需要一位时时刻刻头脑清醒、时时处处有担当的值得大家信赖的长者当这个班长啊！赵师傅高大的身躯，镇得住电老虎！

记得有一次，我跟着一位师傅去巡线，走着走着，我们在林子里迷路了，天快黑了，心里好紧张。要是找不到大伙儿，我们可要在林子里过夜了！那可不是闹着玩的。还好，我们找到大家了。

不过，总的来说，我们在班里和大家相处得很快乐。用今天的话说，男女搭配，干活不累，哈哈，有一群活蹦乱跳的女孩子，还能在22万伏高压线上带电作业，别说你们，我和李元龙觉得和你们在一起都很自豪。

记得有一次，张敏和朱桂萍一起上铁塔，合作检修。有一个镜头，在我的脑子里定格了：朱桂萍伸出手臂，给张敏传递一件工具；张敏张开手臂，接过这件工具……站在地面的我，看到两个带电作业女孩，张开双臂，像鹰一样，搏击在长空。瞬间，毛主席诗词中的一个词句跃入脑海——鹰击长空。

"鹰击长空"，后来成为我执笔的歌剧剧本的剧名。

当然，在这个剧本中，男一号的原型是郑代雨，剧中的名字是"闪鹰"（电的速度，每秒30万公里，一闪而过。只有雄鹰，才能驾驭一闪而过的高压电）。赵师傅、张敏、朱桂萍，也都是我们剧中角色的原型。还有一个是韩北京，这个名字，小伙子的形象和性格，给我们留下了深刻的印象。韩北京现在也是快70岁的老伙计了吧。

当年鞍山的生活，我也印象深刻。比武汉艰苦多了。那时全国各省市的食油供应，都是每月每人半斤（5两），唯有辽宁省是每月每人只有3两。有这事吧？食堂供应的都是高粱米，几乎没有白米。吃得最好的就是大白菜炖肉了；大白菜里找不到几块肉。每星期六早餐，每人可以买一根油条。有一次和李元龙到馆子里去吃饺子，服务员告诉我们饺子馅里的肉是罐头肉。

大概到8月初，我们一半时间跟班，一半时间在家里讨论歌剧剧本的结构，到8月中旬，结构提纲基本完成。我趴在榻榻米的小木桌上，把这个提纲写成文字。我们带着剧本提纲到局里去向郑代雨汇报，不巧，郑代雨那天接到通知要赶往北京，匆匆说了几句话，就握手告别了。后来听说，他调到北京工作去了。

我们依依不舍地辞别了带电作业班的师傅们，从鞍山出发到大庆。写工业题材，应该到大庆去感受感受。

3个月的体验生活结束了。回到武汉，大约用两个月的时间，我执笔完成了剧本初稿。

剧院组织讨论我们的剧稿，提出了修改意见。我们带着初稿和大家的修改意见，再一次深入生活。1976年春天，到上海供电局高压工区，跟着带电作业班，从上海徒步巡线到浙江余姚，走了好几天。

工业题材的歌剧不好写，改了一稿，还是不满意。

不久，"文革"结束，我们的歌剧剧本暂时放下。1977年，是毛主席创办武昌农民运动讲习所50周年，领导让我们投入这个题材的创作。

一个新的时代开始了，有许多新的工作。带电作业题材的歌剧，放下后就没有再启动，可惜。更可惜的是，当时的初稿，可能交到剧院了，再也找不着了，只留下了那张在大连火车站的照片，以及上述这些回忆。

鞍山、武汉、上海，3次体验带电作业生活，还有一个收获是：每逢看到高压线路，我都会抬起头来，看看那一串串瓷瓶，我会告诉同行者，这是多少万伏的线路。同行者会惊讶地看着我，心里在说，嘿，这家伙连这都知道！

　　这是我能回忆起来的点点滴滴，记录下来，发给你们。

　　　　　　　　　　　　　　　　　　　　沈承宙于2019.7.1

第三部分

赶超与提升

（20世纪80年代末至今）

天·地篇

　　我们需要把这个时期置于改革开放40年的大背景下加以观察。

　　电力供应的突出矛盾严重掣肘了改革开放初期的经济发展。为了解决电力短缺的瓶颈问题，电力行业一直走在体制改革的前列，前后大致经历了三个阶段。第一个阶段，以省为实体，集资办电。为了缓解电源投资不足的问题，国家出台了多渠道、多层次、多形式集资办电政策，核心是引进外国资本、鼓励民间资本投资建设电源。此举打破了国家独家办电的局面，调动了各方面的积极性，有力地促进了电力特别是电源的发展。第二个阶段，政企分开，厂网分离，竞价上网。随着国家电力公司成立、电力部撤销，截至2000年年底，大多数省市电力工业完成政企分开。2002年，原国家电力公司一分为七，成立国网和南网两大电网公司和五家发电集团，基本形成了我国电力竞价上网的格局。第三个阶段，配售分开，改革深化。2015年3月，中共中央、国务院下发了《关于进一步深化电力体制改革的若干意见》，电力体制改革进一步深化，打破了电网企业的售电专营权，向社会放开配售电业务，推进建立了相对独立规范运行的交易机构；同时，还在增量配电网领域，积极引入社会化资本投资，最终形成了"管住中间、放开两头"的体制架构，促进了电力发、输、配、用各环节效率提升。

　　2018年10月15日，纪念改革开放40周年电力行业高峰会在北京国际展览中心隆重举行。会议主旨发言中提到，改革开放40年以来，中国电力工业秉承"人民电业为人民"的宗旨，遵循安全发展、可持续发展的理念，把握电力市场化改革的方向，实施创新驱动的战略，实现了跨越式发展，为经济社会发展提供了坚强保障，取得了举世瞩目的伟大成就。到2017年年底，我国发电装机容量17.7亿千瓦、发电量6.4万亿千瓦时、人均用电量4600千瓦时，分别是1978年的31倍、21倍和18倍；全国35kV及以上电压等级输电线路长度达到182.6万千米，变电设备容量66.3亿千伏安，分别是1978年的7.9倍和52.6倍。建成了世界上规模最大的特高压交直流混合电网，跨区跨省输电能力达到2.3亿千瓦，实现除台湾以外的全国联网和户户通电；供电能力和服务质量持续提升，电网始终保持安全稳定运行，没有发生大面积停电，保障了经济社会用电需求，有力支撑了年均9.5%的经济增长。

电力工业取得辉煌成就的原因之一，就在于点燃了创新发展的科技引擎。超超临界机组实现自主研发，百万千瓦空冷发电机组、大型循环流化床发电技术世界领先；"华龙一号"三代核电技术实现"弯道超车"；大容量风电机组、光伏发电组件技术和产能居世界前列；水电规划、设计、施工、设备制造全面领先；特高压1000kV交流和±800kV、±1100kV直流输电技术实现全面突破，掌握了具有自主知识产权的特高压核心技术和全套装备制造能力。"特高压交流输电关键技术、成套设备及工程应用"和"特高压±800kV直流输电工程"先后获得国家科技进步特等奖。智能电网、大电网控制等技术取得显著进步，电网的总体装备和运维水平处于国际引领地位。截至2017年年底，电力行业获得国家科技进步特等奖4项、一等奖19项、二等奖123项，制定国家和行业标准3000余项，主导编制国际标准60余项，实现了从追赶跟随到引领世界的转变。

除了科学技术的因素，还有人的因素。中国电力行业坚持以人为本，培养和打造了作风硬、素质高、能力强的员工队伍。广大电力干部员工自觉服务党和国家工作大局，立足电力本职工作，在重大工程建设、重大科技攻关、重大活动保电、抗击自然灾害、供电服务保障、海外市场拓展等各项工作中勇于担当、攻坚克难，涌现出一大批先进事迹、先进人物，展现了中国电力人拼搏进取、创新奉献、追求卓越的精神风貌，推动中国电力工业实现了持续快速健康发展。

带电作业技术的发展脉络，与中国电力工业总体发展格局基本是一致的，同步的，二者之间存在着最基本的相辅相成关系。我们想通过迄今已经开展的"1+3"次带电作业纪念活动，来考察这一阶段的带电作业。

这个"1"次，专指鞍山电业局组织的带电作业35周年系列纪念活动。

1989年5月，鞍山电业局为了适应电力企业生产向生产经营型转换新趋势，寻求带电作业可持续发展的道路，设在送电工区院内的鞍山电业局带电作业工具研制厂宣告成立，这是国内首家由电力系统投资建立的带电作业工具制造厂，其办厂宗旨是：为发展带电作业事业筹集资金；更深更广提高带电作业技术水平；根据用户需要紧密结合生产，做到科研为生产服务。初期经营项目为：10kV～500kV带电作业工具的开发、设计、加工和带电作业检修人员的培训。据不完全统计，1989年至1999年10年间，鞍山电业局带电作业工具研制厂共研制、改进带电作业工具200余件，加工带电作业工具10850件。后来该厂也陷入长期的经营低迷状态，勉强维持运行。2019年，在国家电网公司集体企业"健身瘦体"工作中，该厂被注销、清算，相关业务并入其他公司，30岁的带电作业工具研制厂正式走进了历史。

同月，鞍山市电气技术经济开发公司联合鞍山电业局带电作业工具厂，共同编辑、出版了一本《回顾历史，开拓前进——纪念带电作业创始三十五周年》小册子，刊登文章简叙35年来鞍山电业局发展带电作业的重要历史事件（史料性内容摘录于《鞍山电业局志·第一卷》），附有鞍山电业局实现各种带电检修方法一览表。此时，已退休的刘承祐被聘为鞍山市电气技术经济开发公司经理。

1989年6月，在局办刊物《技术消息》1989年第3期上，以"带电作业专辑"的形式推出了《纪念鞍山电业局带电作业兴起35周年》专刊。扉页上发表了罗国英、孙景明两位领导的题词手迹。时任局长刘奎光在序言中号召全局职工发扬"团结、务实、创先、奉献"的企业精神，把带电作业技术推向一个新的发展阶段。刘承祐撰写"刊头词"，他还代表老同志表达了"愿为带电作业大发展而献出余光余热"的决心，他坚信"一个新的发展带电作业的高潮必将到来"。局内5位职工为专刊撰写了纪念文章，分别是：《光辉的征程　历史的篇章》（刘士一）、《承先启后　开拓带电作业新局面》（阎明纯）、《回顾过去　展望未来》（沈维兰）、《为开展带电作业继续努力》（邹潜）、《带电作业永放光彩》（张仁杰）。

显然，这个带电作业35周年的纪念活动基本上限于鞍山电业局范围内。因为此时，尚无权威部门对带电作业创始年份做出明确界定，何况国人有着"逢十"大庆的传统，"逢五"庆的效果就稍稍打了折扣。不过，从带电作业发祥地鞍山发出的声音，逐渐让更多的电力媒体、专家、领导机关听到了。

这就要说到另外"3"次全国性的，具有标志性、阶段性、总结性意义的带电作业纪念活动，其历史意义不容低估。

1994年12月16日，中国带电作业开展四十周年纪念大会在大连召开。包括辽宁的沈阳、鞍山、两锦、大连、朝阳、营口电业局和中国带电作业技术中心在内，共102个单位191人参加了大会。电力部总工程师周小谦做大会主题报告，东北电管局等6个单位做大会发言。

周小谦在报告中回顾了带电作业发展历程，在肯定了应用带电作业取得的成就后，谈到了中国带电作业的特色，他指出：回顾我国带电作业40年的历程，可以看到它是从无到有、从小到大，自力更生，集中群众智慧不断发展壮大起来的。我国的带电作业走的是一条从生产实际出发，经过不断研究完善和提高而又应用于生产实际的具有中国特色的发展路子。我国带电作业发展速度之快、开展项目之多、推广范围之广、作业难度之大、方法之灵活、工具之多样，确实已经跨入了世界的前列。这是我国广大电业职工几代人不懈努力的结果。

在总结40年带电作业工作经验时，他认为，"各级领导的重视与关怀""广

中国带电作业开展四十周年纪念大会

大工人、技术人员和管理干部对带电作业事业的执着追求""生产部门与科研单位、大专院校的紧密协作和通力配合""虚心学习国外经验，积极参与国际活动"这四个方面，是我国带电作业做出巨大成绩的主要原因。

周小谦还对各单位今后开展带电作业提出了七条具体要求：

1. 要不断提高人员素质，严格规章制度，确保作业安全。

2. 要严格带电作业工器具的质量监督。

3. 深化改革，为促进带电作业的发展探索新路。

4. 进一步研究开发拓宽带电作业应用领域，充分发挥带电作业在输、变、配整体设备上的经济效益。

5. 生产部门必须与大专院校、科研单位广泛开展合作、相互协调，集中力量解决带电作业中的关键问题。

6. 遵循市场经济规律，实行带电作业有偿服务。

7. 加强国际合作与交流。

会议期间，带电作业专委会举办学术报告会，评出1992年以来的优秀论文25篇并给予奖励，其中一等论文4篇，二等论文8篇，三等论文13篇。会上还播放录像片14部，展出工器具119种387件。在纪念会的闭幕式上，电力部领导对全国1800多名从事带电作业20年以上的工人、技术人员、领导干部及老前辈颁发了荣誉证书。

这一年，在纪念大会召开之前开展的其他纪念活动还有——

4月12日，电力部部长史大桢为纪念中国带电作业40周年题词："应用发展带电作业技术，减少对用户间断供电的几率。"手迹刊登在次年出版的《中国带电作业四十年纪事》扉页上。

5月12日，《中国电力报》在头版头条位置发表社论，题为《科技是第一生产力的伟大实践——纪念中国带电作业诞生四十周年》，同时刊登"中国带电作业四十年纪事概要"48条。社论在回顾中国带电作业发生、发展进程后指出：中国带电作业技术经过40年的发展已日臻完善，已成为保证供电设备安全可靠运行，提高电网经济效益和为用户服务质量的一个重要检修手段。社论高度评价中国带电作业在方法灵活性和工具多样性上已处于世界先进水平。社论号召电业部门干部、技术人员和工人进一步发扬电业职工艰苦创业，勇攀科技高峰的献身精神，把带电作业推向科学化、标准化、系列化的新阶段，为中国国民经济的腾飞和人民生活水平的提高做出更大的贡献。

5月14日，《东北电力报》在第二版开辟《纪念带电作业四十年》专栏。编者按语说："带电作业走过了闪光的40年。为了纪念这电业史上的光辉乐章，我们编发了这组文章，读者可以从中了解到：带电作业的产生、发展和完善过程就是广大电业职工充分发挥聪明才智、勇于探索的过程，是东北电网对中国电力工业贡献的过程。"专栏内组发的5篇纪念文章是：《确保电网可靠运行的必要手段》（太史瑞昌）、《中国电力史上的辉煌乐章》（署名鞍山电业局）、《带电作业40年》（孙俊伍）、《勇于探索的四十年》（王庆乃）、《面对历史，面对未来——纪念带电作业四十年》（赵作利）。

6月23日，《中国电业》编辑部特邀从事带电作业多年的老工程技术人员方年安、柏克寒撰写纪念文章。方年安的《愿中华带电作业奇葩流光溢彩》，柏克寒的《加强宏观管理，把带电作业推向市场》，均发表在《中国电业》1994年第6期。

7月11日，电力部下发《关于召开中国带电作业开展四十周年纪念活动有关事项的通知》。通知明确在年内进行以下5项带电作业纪念活动：委托中国电机工程学会举办带电作业学术研讨会；编写《中国带电作业四十年纪事》；举办带电作业工器具展示会；拟对从事带电作业工作20年及以上人员颁发荣誉证书和奖章；举办《500kV带电作业》录像片展播演示。

7月20日，中国东北电力集团总公司总经理，东北电管局局长、党组书记黄金凯，为纪念带电作业创始40周年的题词"纪念带电作业四十年"，发表在《东北电力技术》1994年第7期"带电作业专刊"扉页上。

10月24日至25日，电力部国家电力调度通信中心在西安召开中国带电作业40年纪念活动预备会，会议商定40周年纪念活动议程，讨论《中国带电作业四十年纪事》编审工作，确定论文评审、学术交流、录像片展播及工器具展览的具体要求。

还得重点说一说《中国带电作业四十年纪事》。当年7月，电力部通过安生技〔1994〕64号文件正式成立《中国带电作业四十年纪事》编委会，电力部总工程师周小谦任主任委员，主编由方年安、柏克寒担任，主审由崔江流、太史瑞昌担任。明确《纪事》的编撰事务交由锦州市电机工程学会经办。1995年11月，《中国带电作业四十年纪事》以电力部安全监察及生产协调司和国家电力调度通信中心名义出版、发行（内部），共印制1350册，分别以"合订本"和"单行本"两种形式装订。

2004年9月24日，由中国电力企业联合会、中国电机工程学会联合举办的庆祝中国带电作业50周年大会在沈阳紫薇仙庄召开。国家电监会副主席宋密、国网东北公司总经理刘忱、中国电机工程学会副理事长张贵行、中国南网安全监察与生产技术部主任唐斯庆在开幕式上讲话，国家电网公司生产运营部主任张丽英做大会主题报告。5家单位做专题发言，其中东北电科院肖坤的发言主题是"500kV同塔双回带电作业技术研究"。现场表演项目有"10kV带电立水泥杆""10kV更换柱上油开关""10kV更换跌落式开关"等，鞍山供电公司应邀参加了表演操作。

张丽英在题为《大力推广应用带电作业技术，保障电网安全可靠供电》的主题报告中说："今天我们在这里隆重聚会，纪念中国带电作业50周年。半个世纪前的1954年，首先在鞍山电业局兴起的带电作业技术，经过50年的推广、普及、应用和提高，已在全国电力系统中得到了广泛的应用。带电作业技术对

中国带电作业50周年演示现场

于保证电网安全可靠运行，减少电能损失以及不间断供电，对于提高供电可靠性和电网经济效益都发挥着极为重要的作用。它已成为供电设备检修、测试、改造的一个不可缺少的重要手段。"

主题报告在谈到带电作业50年来的成绩时说，回顾带电作业的50年，可以看到我国带电作业的发展是从无到有，从低电压等级发展到高电压等级，从普通型线路发展到紧凑型线路，从单回线路发展到同塔多回线路，从交流发展到直流，从线路发展到变电。这是中国带电作业工人、工程技术人员、领导干部相结合的伟大创举，是科技是第一生产力的伟大实践，是中国几代电业职工勇于探索、不懈努力的结果。

张丽英在主题报告中对我国今后带电作业工作提出了两点要求：

一、各级领导要进一步提高对开展带电作业重要性的认识，高度重视带电作业给本企业带来直接和间接的经济效益，要对本单位开展带电作业工作中存在的问题予以充分关心并认真解决，要把带电作业工作作为本单位正常的生产活动列入工作议程而常抓不懈。

二、要认真执行带电作业有关的规程和标准。特别是《电业安全工作规程（带电作业部分）》，它是我国带电作业50年的经验总结，是广大工人、工程技术人员智慧的结晶，各供电企业必须认真贯彻执行。

张丽英最后说："中国带电作业50年，显示了中国电业职工不畏艰险、勇攀高峰的献身精神，显示了他们的聪明和才智。当前我国严峻的电力供需形势对电力的发展提出了迫切的要求。党的十六大提出的全面建设小康社会的奋斗目标，更需我们加倍努力，实现电力工业全面、协调和可持续发展。同时，我们必须坚持以科学发展观为指导，大力推进科技创新，大力推进带电作业建设的标准化、系列化、科学化，使带电作业建设在今天的电力工业持续、快速、健康的大发展中，为电网的安全可靠运行，为提高电网经济效益做出更大贡献。"

会议中还印发了《带电作业论文集》。《论文集》共收录27篇论文，其中，"回顾过去展望未来"方面有8篇，"管理经验与模式的探索"方面有8篇，"试验研究"方面有5篇，"工具与方法"方面有6篇。

2014年11月6日至7日，在湖南长沙召开的"中国带电作业技术会议——

回顾与发展"，实际上就是纪念带电作业60年的会议。

国家能源局安监司副司长苑舜致辞时指出，带电作业对检修工作做出了巨大贡献，解决了不间断供电难以解决的一些非常困扰的问题。他强调，带电作业工作发展应注意以下几点：一是围绕中心目的来开展带电作业，技术创新应根据带电作业最真切的需要，不能脱离实际；二是带电作业不是一般的行业，要让有志愿、有精神的人来做。

会上，滕乐天代表国家电网公司做了题为《积极探索，锐意创新，再创中国带电作业新辉煌》的报告。崔江流代表全国输配电技术协作网做了题为《峥嵘岁月60年》的报告。王文杰、肖坤代表中国电机工程学会带电作业专委会，陆宠惠代表中电联标准管理中心对60年来带电工作进行了回顾与展望。

全国带电作业领域老、中、青三代带电人齐聚一堂，一起重温了全国带电作业60年来的光荣历史和"三八"带电作业班纪录片，接受思想启迪和精神洗礼，引领开创新形势下带电作业工作创新发展的新局面。

11月6日下午，中国带电作业技术会议——配电带电作业论坛和输变电带电作业论坛分别举行。国网鞍山供电公司丁涛参加输变电带电作业论坛，并分享了变电带电作业方面的经验。

6日晚上，中国带电作业60周年优秀论文颁奖暨"青特"杯摄影作品展播隆重举行。颁奖大会由辽宁电科院主任肖坤主持。这次带电作业60周年优秀论文表彰活动暨"青特"杯摄影作品展播，对引导和支持创新要素向企业集聚，促进科技成果向现实生产力转化，提高我国带电作业建设自主创新能力，具有积极的意义。

11月7日，中国带电作业技术演示在国网湖南带电作业中心进行。第一个表演项目是由国网湖南带电作业中心演示的"变电站绝缘子带电水冲洗"。随后，美国阿尔泰公司、广州供

《回顾与发展——中国带电作业六十年》封面

电局有限公司、山东临沂供电公司、北京市电力公司、浙江省电力公司等单位也分别进行了操作表演。

会议期间，还举办了《回顾与发展——中国带电作业六十年》一书的首发式。该书是对我国带电作业发展60年的回顾与展望，分为历史发展、技术发展、企业发展三个部分。历史发展部分主要讲述了我国自1954年至今的带电作业发展历程，经历了开端、积累、发展、创新、成熟、突破六个历史时期；技术发展部分包括输电带电作业发展、变电带电作业发展、配电线路带电作业发展、带电作业技术标准化发展、带电作业工器具发展等五个发展方向；企业发展部分囊括了近30个供电公司的带电作业发展情况。整本书从时间跨度、技术跨度以及企业自身发展三个方面详细回顾了我国带电作业的发展情况以及取得的辉煌成就。

人 物 篇

电力铁人——肖平

雄鹰的身姿，冷峻如铁，双手如钩，干练的动作，娴熟的技术，在完成220kV凤岩线第215号塔等电位更换绝缘子工作后，肖平回到了地面。班员们都拥了上去，有的摸摸屏蔽服，有的握住班长的手，此时他们才知道，心里一直在为班长牵肠挂肚。有的问："班长，进入电场有啥感觉？"肖平说："啥感觉？头发丝直立起来，脸上像有冷风飕飕刮过，那是电场作用，早就知道了。""你真不害怕？"肖平说："说不害怕是假，还是有点紧张，不过那都是心理作用，迈过这道坎，就没啥了。把屏蔽服穿好，安全措施做好，地面上又有监护人呼叫，你没听见汪世福在呼叫？""听见了，他喊快抓紧导线，小步前进，进入电场，结束时，他又喊，快速离开电场……"肖平说："对了，要果断要有胆量，进入电场时要蠕动前行，然后手一把抓住导线，要使劲抓，大胆抓，别放手，别管放电声和火花，整个身体进入电场后，就等电位了，就可以工作啦。脱离电场时，要快，也是别管放电声和放电火花，尽快离开。"有的又问："班长，你现在还紧张吗？"肖平哈哈大笑说："紧张啥？我都打败了电老虎，还有啥紧张的？""那你现在心情很爽呗！"肖平说："那还用说？心情舒畅，咱是送电工，一生不干干带电作业，那还叫啥送电工？咱们的前辈早就做了第一个吃螃蟹的人，总结出了科学的带电作业经验，懂了带电作业的原理，就没啥怕的。"

就在一个小时前，班员们还在畏畏缩缩，谁也不敢登塔进行220kV等电位作业。虽然在登塔前已经做了系统的培训，详细地讲解了等电位作业的原理，但到了作业现场，这些平时愣头虎眼的线路工还是打起了退堂鼓。手下人打退堂鼓，作为班长（当时肖平的职务是工区主任兼线路班班长）的肖平，挺身而出。"看我的，我去吃这只螃蟹，我去摸摸老虎的屁股，"肖平不失豪迈地说，"我去给你们来个等电位作业表演。"他说得轻松，还把等电位更换绝缘子说成表演，这是他第二次接触220kV等电位作业，距第一次等电位作业时间已经过去10年了。

早在1988年，在丹东电业局岫岩供电局工作刚刚3年的肖平，就已经接触到了等电位作业。那时他去东北电业管理局培训中心培训，有幸观看了鞍山电业局柏木师傅进行的220kV等电位作业。他看见柏师傅从容地进入等电位区域，不慌不忙地进行绝缘子的更换，他的内心就有一种激情鼓胀起来，那是深深的敬佩之情，也向往着有一天自己能够在银线上从容地完成等电位作业。他没想到，1989年，就让他第一次真正接触到了220kV等电位，但让他感觉不过瘾的是，那只相当于一次教学式的体验，他上去只摸了一下，然后就退出电场，而这次不同，这次是实打实的220kV更换绝缘子的等电位作业。

他穿上屏蔽服，戴好帽子，攀着爬梯像猿猴一样灵巧，转眼间就爬上了30米高的导线，当他伸手抓住导线时，放电声刺啦啦地响，电弧像银蛇一样扭动，首次观看等电位带电作业的职工们，有的表情紧张，有的攥紧拳头，有的低头不敢观看，也有的发出低呼。肖平一只手抓紧导线，一只手握成拳头向下轻轻挥了挥手，脸上露出笑容。所有职工都仰头观看，有的喊："嘿！你瞧，他胆子真大，一把就抓住了导线。"有的喊喊喳喳说："哦，真没事哩，你瞧咱班长还笑。""咱得相信科学。""咱们鞍山电业局是带电作业的发源地，老一辈带电人早就试验过了。"有的说："就是，说过了没事，有事也不能让咱上。""谁说老虎的屁股摸不得？""都是事后诸葛亮，刚才你咋不上？""谁不敢上了？你等着，下次我上，我就治治你这张嘴。"不久，220kV岩庄线又有带电作业任务，排除心魔的职工们争抢起来。肖平笑了，考虑到有些人的技术还未达到娴熟，他选用了技术好心理素质强的人员进行带电作业，而他则在地面做监护人，渐渐地全班都把带电作业当成了习以为常的工作。他就是用这样务实的工作态度，带出了像汪世福、卢宏亮、马文友等一批人，后来被称为"岫岩电力带电作业的骨干力量"，至今他们依然战斗在铁塔银线上。

1985年，肖半高中毕业后即参加了岫岩供电局的招工考试，被录取分配到线路班工作。3年前的1982年，岫岩供电局线路班有一个工人在进行线路作业时，感电身亡，在社会上造成了极其恶劣的影响。那时供电局家属集中住在一趟平房的院子里，在得知有人感电身亡，哭喊着跑向供电局打听感电者身份。在1里多地的路上，女人和孩子们哭声震天，其景象极其凄惨。因此，没有人愿意去线路工作，尤其是职工家属，他们对亲人去线路工作心有余悸。肖平父亲说，我是党员，你是党员的儿子，艰苦的地方咱不能躲，越是危险的地方就越要去，只要遵守规程，处处把安全放在第一位，就能避免事故的发生。肖平记住了父亲的话。他进入线路班的第一项任务就是熟悉规程，对《电力安全工作规程》进行了细心的研读，不懂就请教，请教完就做详细的记录，最后达到倒背如流、融会贯通的地步，为以后的工作打下了坚实的基础。即使是现在，所有的规程他也记得清清楚楚，甚至哪一条在哪一页第几行，他都能一点不差地说出来。线路班工作包括送电运行、送电检修、配电运行和电缆敷设等，从220V的低压到220kV的高压线路，都是线路班的工作范围。活又多又累又脏，专业性强，尤其是要求安全意识要强。肖平凭借自己的韧劲，凭借不服输的钉子精神，凭借勤学好问的刻苦精神，很快掌握了本专业的业务知识，及至烂熟于胸，并很快成了班里的业务骨干。

1989年，肖平考上了东北电力职工大学，脱产学了3年，取得了大专学历。回到单位，干了3年的变电站值班员，又干了3年的变电专工，然后又回到了他热爱的线路岗位上，担任线路班班长这一重要职务。变电专工是管理岗位，线路班班长是工人岗位。管理岗活轻体面，而新的岗位艰苦不说，挣的钱也比原来的少。领导对他说，线路班是个乱摊子，班子经过反复研究，觉得你去能挑起这个担子。肖平说，只要领导信任，到哪儿去我都没意见。

这不仅是一个乱摊子，还是一个烂摊子。开会抽烟乌烟瘴气，大声喧哗，迟到早退成了家常便饭，工作时吊儿郎当，简直就是一盘散沙。上任这天，班里有的起哄，有的成心要看新班长的笑话，也有人觉得肖平老实，要欺负欺负，然后让他趁早走人。他们都错了，他们低估了一个实实在在的人的忍耐程度，他们把肖平的宽容大度当成了软弱无能。是的，平日里，肖平除了工作干净利落外，他确是个很随和的人，说话轻声轻语，脸上时刻露着和善的笑容。可就是这样的人，往往内心蕴含着巨大的能量，这种能量一旦爆发，能摧毁任何阻碍工作的绊脚石。怎样才能把这支队伍带好，怎样才能调动大家的积极性，这是肖平上任来时刻思考的问题。他在吃饭的时候，问题仿佛就出现在饭碗里；睡觉时，问题就出现在他的梦里；走路时，问题就在他的脚步声中。

　　3天后，一个新的管理方案骤然形成。他召开了全班会议。像往常一样，有的人在抽烟，有的人在唠嗑，有人在嬉笑，有的人则粗着嗓子大声喧哗。肖平说了两句"安静，开会了"，没人理睬。肖平突然提高声音说："这是开会不是放羊，我在上面讲，你们在下面吵，你们应有最起码的礼貌，难道你们连小学生都赶不上？"会场立即安静下来，因为谁都不想连个孩子都赶不上。肖平面沉似水，双眼炯炯有神，从头到尾扫视着每个人的脸，直到那些平日里懒散成性牢骚满腹的人低下头，他才宣读了深思熟虑的新的管理方案。方案细致到工作的每个角落，总的原则是，赏罚分明，公正透明。"我不能让多干活的人吃亏，多劳多得，少劳少得，不劳不得。"肖平说，"如果我不公正，大家伙儿把我轰出线路班，我没有怨言。"有的人不干了，因为他们好吃懒做吃大锅饭早已习惯了，他们想不干活还要端着饭碗大口大口吃肉。"这不行，你这是自作主张。"有人说。肖平说："有不同意见可以当面提，咱们把事都摆到桌面上谈，啥都可以商量，只要你的建议正确，你的意见大家能够接受，我就采用你的意见。""我上不去杆，我晕高。""你的理由不充分，"肖平说，"上不去杆就少拿绩效，你晕高，去找领导谈，调离岗位，我立马放人。我的班里，不需要晕高的人，送电专业也不适合晕高的人干。"那人心说，好，我等着，少拿？我看你敢少给一分钱！

　　新的管理方案调动了班员的工作热情，那些平时不言不语肯干的人担起了班里的重任。他们跟在肖平的身后，完成了一项又一项工作任务，同时他们也为肖平担心，这个新的管理方案能执行下去吗？因为那几个成心要和肖平对着干的人，在作业时根本不干活。到了月底，绩效考核时，新的管理方案被坚决地执行了。那些肯干的，拿了最高绩效奖，而最辛苦的肖平，自己只是拿了中等绩效。"为啥我的少？"有人问。"因为你干活少。"肖平。那人说："你说我干活少我就干活少？这不公平。"肖平说："公不公平不是你说了算，你自己看看你这个月都干了啥？"肖平一边说一边把一个月的工作明细表贴在了培训板上。所有人都围着培训板看，有的心里叫好，有的心里不是滋味。"你们干工作不是为我干的，是为你们自己干的，是为你们的家庭干的，你们记住了，你们的身后，是你们的父母妻儿，他们等着你养家糊口，你得像个男人负起责任。"肖平说。那人被噎在原地。肖平接着说："当然，我们是对事不对人，只要工作积极，我们都会公正对待。"有人看不下去了，插话说："兄弟，你没看咱班长这个月工作量最大，只拿了中等绩效哇！"那人蹲在地上抽烟，闷声闷气地说："得了班长，你这么做我服你，你都抱着枪冲在前面，咱咋了？咱不冲，咱还是站着撒尿的人吗？"对肖平来说，自担任班长起，他早就将个人的得失置之度外，他要把一把沙子攥在手心里，凝聚成一块石头，自己牺牲点，又算什么？

重新回到线路班，带着32个人的团队，他深感责任的重大。离开的9年间，又进来了很多新人，无论技术还是个人素质，都急需提高。他给技术不过硬的班员定制了培训计划，亲自给他们讲课，亲自现场示范，让他们自己去模拟操作。他亲自监督，直到一个又一个班员按规范操作合格通过。他每周都给班员们上一次政治课，播放模范人物先进事迹录像片，并请老师傅宣讲他们创业时艰苦工作的故事。不久，班组的技术和素质都得到了显著的提高。身为班长，只要线路出现故障，只要出现场作业，他总是冲在最前面，总是挑最累最脏最危险的活干。榜样的力量是巨大的，在他的带动下，班组的干劲高涨，相处融洽。这正是他想要的，也是与他倡导的快乐工作相吻合的。

肖平原则性强，用他的话说，生活中我们都是好哥儿们，但工作中就得丁是丁卯是卯，工作要认真仔细，谁也不准存侥幸心理进行违章作业，谁违章就处理谁，绝不姑息，绝不手软，要是迁就他们，就是害他们。他还经常拿出参加工作时师傅跟他说的话来与班员共勉。师傅说，你生活在大山里，要像牛一样不知疲倦地工作，你要学钉子精神，扎扎实实地钉在这个行业中。肖平谨记着师傅的教诲，把这种钉子精神用到了实际工作中去。

岫岩地区自建了220kV变电站，结束了66kV凤岫线单一向岫岩地区的供电任务。他没有因为是班长而放弃巡线工作，而220kV凤岩线是当时线路最长地势最险要的输电线，他把这段线路分给了自己和班里的一个刚毕业的大学生，这个大学生也是他的徒弟。

2000年，台风"达维"来了。狂风大作，风裹挟着雨，山洪暴发，河水咆哮，大树被连根拔起，电线杆东倒西歪，输电线落在地上扭曲摆动，广告牌饭店招牌这个牌那个牌在街道上滚动，山城一片狼藉，到处都是触目惊心的景象。虽然事先做了各种各样的防控预案，但人类在自然灾害面前显得是多么渺小。台风"达维"，高棉语意为"大象"，这头失控的大象横冲直撞，瞬间造成11条输电线路跳闸，半个岫岩地区电力处于瘫痪状态。抢修，抢修，再抢修，抢修完这条线路，就去抢修那条线路。奋战，奋战，接着奋战，白天黑夜不停地奋战。调度电话一个接着一个，用户的电话一个接着一个，领导的电话一个接着一个。抢修单满天飞。他们已经一天一夜没合眼，一天一夜只吃了一顿饭，没时间吃饭，没时间睡觉，忘我的工作已经使他们忘记了疲劳。身材消瘦的肖平，面色冷峻，雨水汗水在脸上横流，汗水已经浸透了他的工作服，他全然不顾。巡线，找故障点，做安全措施，消除故障点，他猿猴般灵巧，攀上了一根又一根电线杆，攀上一座又一座铁塔。系好安全带，凭借过硬的技术，排除了一个又一个故障，给市民送去光明，送去温暖。

又是一场暴风雨，只不过这次暴风雨事发突然。白天还艳阳高照，傍晚时分突然狂风怒号，大雨倾盆。肖平正陪着父母吃饭，灯瞬间闪了一下。他知道这是线路故障重合成功，线路出现故障需要马上巡线。他放下饭碗，披上雨衣就往外走。妻子赶到门口说，你还没吃饭，去街上买几个面包带上。他答应的声音还没落，家里的灯熄灭了。屋子里一片漆黑，他磕磕绊绊跑向客厅的窗户向外张望，外边见不到一点光亮。他想，坏了，不会是全县大停电吧？这时，家里的电话响了起来。电话是调度打来的，说岩庄线跳闸重合不良，凤岩线跳闸，重合良好后，又跳了，且重合不良，让他赶快组织人力巡线。他赶到班里没过10分钟，班里的人员都赶了过来。这是电力人长期养成的习惯，遇有恶劣天气停电，他们都会尽快赶到单位，等候巡线和处理事故。肖平点了班里人员，一个不少，他的心里涌起一丝感动，多么好的同事呀，多么好的兄弟呀！岂不知，这一切，都与他接手的精细化管理分不开。他紧张有序地做了分配，雨停之后便和徒弟上路巡线。

两个人刚爬上山坡，倾盆大雨再次降临，雨越下越大，狂风摇摆树木，山涧的洪水声犹如猛兽在咆哮。肖平走在前面探路，他怕没有经验的徒弟失足跌入50多米的深沟里，那里已经成了一条泛滥的河流。突然徒弟在身后惊叫起来，并蹿上来一把抱住了他。他还寻思徒弟看见了啥动物，因为在山里巡线，经常遇见野猪山鸡和狼等动物。肖平回身抱住徒弟说："不怕，不怕，啥东西都怕人，我在山里啥都遇见过，它们都怕人。"徒弟满脸惊恐，指着不远处的山坡喊，师父，你看那是啥？鬼，有鬼。肖平陡然听见"鬼"这个字，头顿时大了好几倍，头皮沙沙沙地麻酥酥的，身上的汗毛也立了起来。肖平顺着徒弟的手指方向看去，只见不远处的山坡上，一团一团绿色阴森森的或明或暗的萤火在闪动，并不断向他们靠近。徒弟啊的一声，说是鬼火，拔腿就要跑。肖平扯住徒弟，将手电筒对准了鬼火，笑了起来："说啥鬼？啥鬼火，那是一片墓地，年久露出的棺材板发出的磷火。"徒弟拍着胸口说："我的妈呀，吓死我了。"肖平拍着徒弟像拍着自己的孩子似的说："不怕不怕，有师傅呢！"

　　肖平凭借以往对山势的熟悉，依靠强光手电筒的照射，很快到达了事故测距路段。两个人虽然穿着雨衣，但单薄的雨衣已经不能抵挡风雨，他们全身都湿透了，最后两人索性脱掉雨衣拿在手中。他们一步一滑走在泥泞的山坡上，穿梭在树林中，一个小时之后找到了故障点。徒弟累瘫了，坐在山坡上，此时心里才抱怨起班长来。这么大的雨，这么大的风，又涨了山洪，就不会等到天亮再巡线哪，黑灯瞎火的，吓死人了。可他看见班长正拿出照相机拍照，心里又佩服起来。自己才20多岁，班长都快40岁了，自己的体力居然赶不上班长。他彻底折服了，有这种体力和岁数无关，那需要一天一天长期的磨炼，那需要有一颗高度的责任心。不错，这一点班里所有人都承认，自肖平担任班长一职，他巡遍了所有线路，做到了对每条线路都了如指掌。他走起山路如履平地，总是走在最前面，就像他平时干活一样。上山容易下山难，两个人在完成事故点的确定后，没有停留，随即下山。说来也怪，此时风也停了，雨也停了，只留下狂风暴雨肆虐后，狼藉的山坡、森林，还有山涧洪流的喧响。徒弟很兴奋，觉得很好玩，说这是大自然在考验咱们哩。肖平则提醒他要注意安全。果不其然，徒弟在跳过一道溪流的时候，扭伤了脚。他疼得龇牙咧嘴，不停地呻吟，已经无法站立。肖平查看了伤势，背起了徒弟。徒弟说："弄个棍子我拄着就行，你背着我，离山下还有七八里路呢。"肖平说："都肿了，再活动，伤势加重可就麻烦了。"徒弟后来说："咱们班长看起来瘦削，我没想到力气这么大，七八里山路，又滑又陡，硬是没打停把132斤的我背下山来，真是个铁打的汉子。""铁人"这个名号就叫开了。肖平把徒弟安顿好之后，立即召集班里人员进行了抢修。完成送电后，他又参与了岩庄线抢修。待到回到家中，已是两天后的傍晚，他两天两宿没睡觉，眼球血红，嗓子也哑了。班里有的职工开玩笑说，咱们班长啥都好，就是使人太狠，像使驴一样。

2003年7月1日，肖平光荣地加入了中国共产党。他站在党旗前，望着鲜艳的党旗，庄严和自豪在内心升腾，他暗下决心，一定要用实际行动来回报组织的信任，用苦干实干带头干精神，来发扬共产党员的优良传统。是的，他是这样想的，也是这样做的。铁人的称号绝不是喊出来的，是一锛子一斧子脚踏实地干出来的。在线路工作几十年如一日，无论酷夏寒冬，还是节日假日，肖平每天都提前一个小时上班，每天都晚一个小时下班，从不间断。他早晨到了班上就把当天作业时的准备工作做好，检查安全工器具是否良好，工作票安全措施是否正确完备，操作票是否完全正确，还要列出作业现场的危险点，如何防范，等等，事无巨细。待到上班时间到来，工作班成员到了作业现场，他又会召开现场会，始终把安全放在第一位。他对班组成员说："你们人身安全保护不好，出了事故，给公司脸上抹黑不说，就是你们家庭都没法交代。你忍心你的父母失去儿子痛不欲生？你忍心你的爱人失去丈夫而痛哭流涕？你忍心你的儿女失去父亲成为孤儿？保证安全是我们电力工人的首要问题，没有了安全，什么都无从谈起。"对于那些懒散班员，他耐心地说服，说干啥像啥，干一样爱一样，干出名堂，干出水平，干出精神。班员们记得，一向以好脾气著称的班长，在作业现场发了一次大火。一个老工人，也是他平日里的好朋友，因为上杆没系安全带，当即被他喊了下来，当着所有工人的面训了一顿。他说："你是个有着十几年工龄的老工人，连起码的安全都意识不到，犯如此低级的错误，你怎么给你的徒弟和青工们做榜样，怎么起到表率作用？你想想，要是有个闪失，高空坠落怎么办？"那个老工人是个偏人，脸上有些挂不住，顶嘴说："掉下来不关你事，摔我没摔你，你担哪门子心？"肖平说："那可是人身伤害呀！是人命关天的大事，组织上让我当这个头儿，我就有权力对你的违章行为进行监督和制止，你的问题很严重，你必须做安全自查。"他回到班里就开安全会，让这个工人写出检讨，让每个人都进行自查，直到那个老工人意识到自己的错误为止。而他把这个老工人的违章行为上报给了公司，并做出处罚。最终这个老工人待岗3个月，学习《电力安全工作规程》，享受生活费的工资待遇。有人来给讲情，说他是你的朋友，平时关系这么好，他已经意识到了错误，你这样做太不近人情，他会少开不少钱，会冷了他的心。他说，冷了心总比他受伤害好，生命比钱重要，关乎安全问题，就是要"严"字当头，这和朋友不朋友没有关系，工作就是工作，咱得守规矩。后来，他又主动找这位老工人谈心，两个人的关系恢复了正常，甚至好过从前。

班里的和谐气氛固然可喜，但也存在一些问题，这一点肖平看得很清楚。班里有几个人性子懒散，不按照巡视路线进行巡线，这就给线路维护留下隐患。怎样才能有一个好办法监督他们巡线的质量呢？这个问题一直在他的脑海中萦绕盘旋。盛夏里的一天中午，他巡线走到大营子镇清凉山，吃着面包喝着从山里打来的泉水，坐在树林里乘凉，看着高耸的铁塔，这个问题又跳了出来，要是有一种能记录班员们巡没巡塔，巡没巡线的方法就好了，那样就可以对巡线做很好的监督。突然灵光一闪，他想到了英文字母。对了，用每个巡视周期随机确定一个英文字母进行编码，让每个巡线人员写在巡视过的铁塔的根部，就能证明巡没巡视过。这就是他的责任心，他反复琢磨出的方法，后来被命名为"字令制"。他一旦确定这个办法可以实施，便立即用到了实践中，结果良好。他知道这么做会引起班员的非议，什么不信任啦，什么认死理啦，等等，但总比线路出现故障半夜三更顶风冒雨出去好，把事故消灭在萌芽状态，有什么不好？这是电力行业向来提倡和重视的。

说归说，做归做，虽然心里不舒服，但班员们看见班长走在旷野山林中，走在崇山峻岭中，顶风雨，冒严寒，以身作则，一个不漏地检查每座塔下的字母，走的巡线路程，是他们的三倍五倍，便悄无声息地接受了肖平的监督，认真地巡视维护线路。"字令制"的实施，大大地提高了线路的维护质量，消除了事故隐患，降低了事故的发生率。

肖平就是这样用极其严谨的工作态度和高度的责任感，征服了班员，赢得了所有人的尊重。他像一个冲锋在前的战士，总是第一个冲出战壕，第一个冲进敌群，第一个将军旗插在敌人的阵地上。他从不计较个人得失，在他的人生字典里，没有抱怨，只有奋斗，只有责任，只有奉献。

大年三十吃完晚饭看春节联欢晚会，已成了中国人的习惯。亲人团聚欢度佳节，推杯换盏喜气洋洋，再饱食一顿内容丰富的精神大餐，更能增加节日的喜庆热度。肖平和两个值班员坐在值班室里，守着抢修电话。桌子上是他和两个值班员从家里拿来的饺子，3个人早就定好了，一个拿芹菜馅的，一个拿酸菜馅的，一个拿韭菜馅的，那样吃起来能尝到各种不同的味道。3个人一边吃饺子一边看电视，窗外的鞭炮声不绝于耳，明亮的礼花将天空渲染得绚丽多彩。肖平吃了5个饺子就不吃了。两个值班员问他怎么才吃这点，肖平说吃饱了。一个值班员说，你才吃几个就饱了，再来几个。另一个把饭盒推过去说："我这酸菜馅的，是俺妈亲手拌的馅，好吃。"肖平拿起一个塞在嘴里，拿起身边的手电筒就往外走。一个值班员问："肖主任你干啥?"肖平说："你俩在这儿守着电话，有事给我打电话。我得出去看看，放炮的别把线崩坏了，大过年的，不能让人家摸黑过年。"一个值班员笑着说："肖主任，你还是不放心线路，平时你一顿能吃一盒饺子，我都吃不过你。"

天空飘着雪花，纷纷扬扬，像柳絮，挤挤挨挨的，又像情人的絮语。好雪，瑞雪兆丰年! 肖平在心里大声说。他一边走一边对放鞭炮燃放礼花的人说上几句，啥离线路远点，别在线路下面燃放，啥要注意安全，别伤着人，等等。人们和他都很熟，亲近地打着招呼，有几个老人还拉着他去家里暖和暖和，因为他们家里电损坏时，他们不打报修电话，而是直接打给他，他们觉得肖主任给修理，他们更放心。有的年轻人则大声说："放心吧肖大哥，就凭你这热乎劲，看着都舒服，你大过年的还值班保供电，为谁? 为俺们，为俺们能过个亮堂年。"有的则说："肖主任，今年又值班哪? 这都连着几年了?"

路过自家楼下的时候，他抬头望了一眼，灯光照在窗花上，没准年迈的母亲正向楼下看呢。是呀，10年，有10年春节没回去过年了，时间真快。他不敢停留，他亏欠父母妻子和女儿的太多了。天空的雪大了起来，在路灯的照射下，大片大片地飞舞着。马路上的人稀稀落落，都行色匆匆，肯定是急着回家吃晚饭或者是急着回家看春节联欢晚会。肖平的电话响了。电话是维护班一个老师傅打来的，他说医药公司小区断电了，他们怎么查也查不出原因，让他赶快过去。肖平挂了电话，看了一下时间，心里咯噔一声。时间是18时50分，再有70分钟春节联欢晚会就要开始了。好在他距离医药公司小区不远，他三步并作两步，5分钟后到达了现场。现场漆黑一片，挤满了人，有的打手电筒乱照，有的大声抱怨，有性子急躁的，已经骂骂咧咧。肖平拨开人群问："停多长时间了?"那老师傅说："半个多小时，俺们寻思保险熔断了，换上就好了，可换上就断，换上就断，这都3次了，俺们又查了其他地方，也没发现问题。"肖平想了想，巡视了一下进户线，然后对老师傅喊："让他们都后退，用遮拦绳拦住，谁也不准靠前。"人群见肖主任到了，都很自觉地向后退。有的还大声喊："都后退，后退，肖主任来了，肯定没问题。"有的喊："都回家等着，电马上就到家里了，肖主任到场，手到病除。"肖平查看了一下后，指着电缆下线处说：
"挖，从这儿一直挖到楼角。"说着他先拿起镐头挖了起来。维护班几个人跟着
班长挖了起来。因为天寒地冻，一镐头下去，像在大地上弹了下脑壳，维护班
几个人挖着挖着就失去了信心。有人担心，说这么挖不行，要是毛病没在这
里，咱们岂不是白费力了。肖平说，毛病在没在这里，挖开才能知道，其他地
方没有问题，问题肯定在电缆上。有人建议，是不是雇个挖掘机来挖。肖平
说，大过年的，哪来挖掘机，挖，就是用嘴啃，也得挖过去。他摘下棉帽，甩
掉大衣，继续挖起来。班员们看班长决心这么大，又这么肯干，也摘下棉帽，
甩掉大衣，跟着一起干。雪越下越大，不一会儿地面就覆盖了一层积雪，汗水
和雪水湿透了他们的衬衣，他们浑然不觉，手打了血泡，他们也无暇顾及。终
于在楼角处，发现电缆已经烧焦粘连。肖平立即着手对旧电缆进行修复。旧电
缆修复完好后，送电良好，整个医药公司小区灯火通明，那时距春节联欢晚会
开播还有5分钟。肖平和维护班的同志们，不多不少整整用了1个小时，即完成

2008年7月18日，肖平参加北京2008奥林匹克火炬接力

了故障电缆的修复工作。大年初一早晨，人们在供电公司的墙壁上，看到用大红纸写的一封感谢信，落款是"医药公司小区全体居民"。

2008年是奥运年，全国到处洋溢着奥运的喜庆气氛，身为国家电网公司劳模的肖平很荣幸地被选为奥运火炬手，这也是他一生中最引以为傲的事情。那天鞍山地区碧空万里，大街小巷彩旗飘飘，热闹非凡。人们欢声笑语，喜气洋洋，都要亲眼看到奥运火炬传递的盛事。是呀，就在100多年前，我们还被列强羞辱为"东亚病夫"，现在我们的祖国不仅站起来了，而且还昂首屹立于世界强者之林。自豪，骄傲，强烈的民族自豪感在肖平的胸中激荡。他身着以白色为主色调的运动服，那是他深爱的母亲，那是他深爱的祖国。他表情肃穆，点燃火炬，像一匹骏马健步奔跑在祖国的大地上。

2009年2月，鞍山供电公司成立送电二工区，管理海城市和岫岩满族自治县的送电线路，肖平被任命为工区副主任，分管安全生产和线路检修，办公地点在海城市，从此他和家人过起了两地分居的生活。他的女儿此时正面临高考，他无暇顾及，把精力都扑在线路上。他一个月就走遍了所有管辖内的线路，排查线路隐患，并用不到半年的时间清理了线路保护区内13000多棵违章树木。也就在这段时间，他率领海城送电班进行了220kV线路66kV线路更换绝缘子等电位作业。他给他们讲解带电作业原理和进行培训，并把自己带电作业经验传授给他们。还给他们讲解鞍山电业局带电作业历史，让工人们知道，鞍山是带电作业发源地，增强了工人们的自豪感，增强了工人们的奉献激情。他说："我们的前辈，像郑代雨、刘长庚、赵程三以及'三八'带电作业班，他们为了带电事业敢为天下先，发扬一不怕苦二不怕死的精神，为带电作业事业蹚出了一条路，我们没有理由不继续把带电作业事业发展下去，没有理由不把他们的精神传承下去。"那些送电工很有责任感，很快就涌现出像王斌、张晓、熊志群、陈承家和赵家树等一批海城带电作业中坚力量。

辽宁地区每年都会出现几次冻雨天气，都会对线路造成不同程度的损坏。他带领线路工人走在镜子一样的路面上，攀爬在一步一滑的山坡上，登铁塔清除线路的覆冰，带电作业清1米多长的冰溜子，而每次都是他第一个登上铁塔，从来没有因为自己是副主任而袖手旁观。班长王斌说："肖主任身体真灵巧，手劲大，干起活来攒得我们这些年轻人都跟不上，这哪像快到50岁的人哪。不服不行啊，你看看他的手，全是茧子，粗糙得像个干苦力的装卸工。"肖

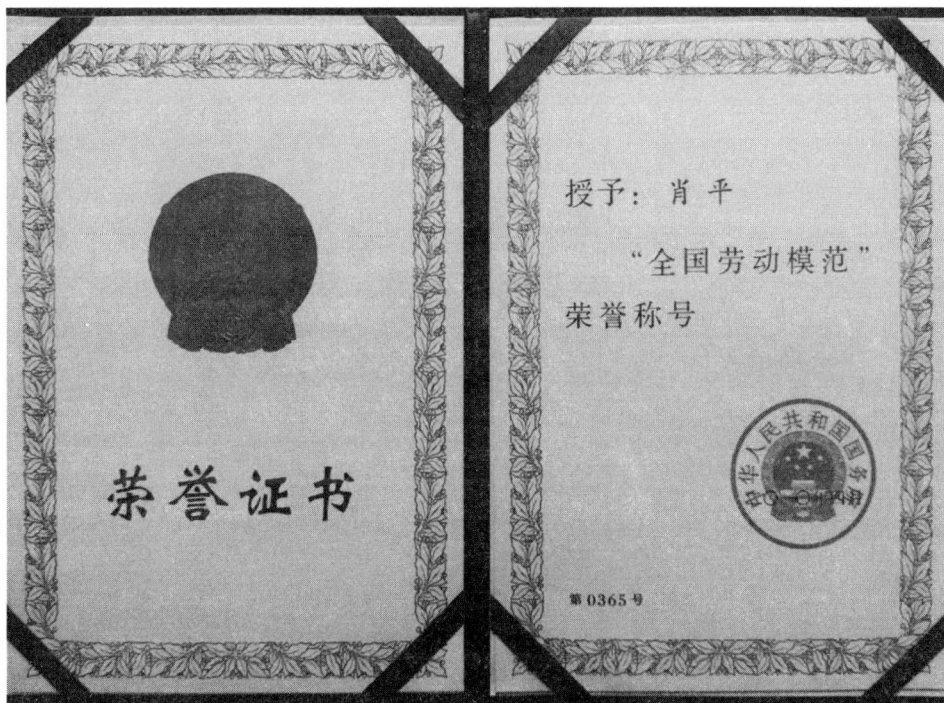

2010年4月，肖平被授予"全国劳动模范"荣誉称号

平就是这样不服老，他总是身先士卒，把最累最艰苦的活留给自己。他被誉为"电力铁人"当之无愧。有付出就有收获，这是不可更改的铁的法则，这些年他的努力为他争得了无数的荣誉，他是辽宁省电力有限公司劳动模范，是国家电网公司劳动模范，是全国劳动模范。面对这么多荣誉，他总是说，我只是做了自己应该做的工作，我是共产党员哪，而公司和国家却给了我这么多荣誉，我应该努力把工作做得更好，不辜负党对我的培养，不辜负获得的荣誉。

2011年，送电二工区管理上又做了调整，他被调到了鞍山，担任副主任职务。他上任后，即与带电作业班王志忠、任重等具有丰富带电作业经验的同志们，一起探讨交流带电作业技术，并支持和鼓励后起之秀佟明等进行带电工具革新。每有带电作业，肖平都会出现场，强调安全的重要性，细致讲解带电作业的步骤，比如带电作业是否具备作业条件，保证组合间隙安全距离，确定作业人员进入方式等。在作业过程中，除了对湿度温度风速等进行检查外，还要对绝缘工具和屏蔽服进行细致检查，确保其良好，并对作业人员进行严格监护，遇有不规范动作，进行及时阻止和纠正，保证带电作业的顺利进行。也就是在这段时间，佟明、魏浩、邹永胜等年轻一代，在带电作业领域渐渐成长起来，并渐渐成为该领域的领军人物。而台安送电工区的送电工大部分是复员军人，他们虽然很勇敢，但底子薄。肖平就一遍又一遍不厌其烦地讲解带电作业技术，进行系统培训，并传讲鞍山电业局带电作业精神，他们深受鼓舞，不久王平、郭显恩、王宏道和周文海等一批技术过硬的带电作业工人脱颖而出。他们担起了台安地区带电作业的重担。截至目前，他先后培养出带电作业人才多达36人，为鞍山供电公司带电作业事业可持续发展储备了人才，积蓄了力量。

　　这个铁打的汉子，硬是用实际行动，用点点滴滴在别人看来不显眼的小事，在长年累月的累积中，在平凡的岗位上成就了一番不平凡的事业，成了同行业的佼佼者，赢得了公司领导的首肯，赢得了同事们的尊重，赢得了社会各界的广泛赞誉。他的坚执、爱岗敬业和火热的奉献精神，不能不令人感动令人敬佩。有人问他："这么多年从事送电工作和带电行业累不累？"他毫不隐瞒地回答："累，干活哪有不累的。"随即他就补充，"累是累，但很快乐，当你站在铁塔上俯瞰祖国的山川大地，俯瞰祖国生机勃勃的原野，你在做一件有意义的事，你的心情就有种说不出的愉悦，你就会觉得自己的生活很充实，你就会觉得活得很踏实。"说着他露出满足的笑，笑得很爽朗，笑得很生动，笑得很有感

肖平在作业现场

染力。他说："我是个恋旧的人，从我参加工作就从事这个专业，一干就是几十年，组织上把我安排到这个岗位上，我不热爱，就是辜负，对不起领导的信任，对不起共产党员的身份。"他还不无伤感地说，"可惜我岁数渐渐大了，这么多年，对这个专业已经有了无法割舍的感情，那些输电线那些铁塔那些绝缘子那些绝缘工具，那里所有的一切对我来说，都有了感情，我对它们就像对待我的兄弟、我的知心朋友，它们都有灵性，我们一起风雨同舟苦乐与共。"那些设备那些山那些路那些森林，还有那些河流，听了这些话，它们的心灵肯定会受到极度的震颤，它们也应该是欣慰的，因为是肖平赋予了它们灵性，使它们拥有了人类一样的情感。而对于我们来说，听了这些朴实的话语，这些饱含感情的话语，这些充满责任感的话语，这些震撼人心的话语，难道会无动于衷吗？不会，它会激励我们在自己的岗位上，用带电精神脚踏实地地把自己的本职工作做好，无愧于我们的青春，无愧于我们的时代。

退下来那天，肖平独自来到城外，登上山坡，抚摸着铁塔，仰望着条条银线，默默地凝视着，站了很久很久……

钢铁战士——王家峰

王家峰第一次进行10kV带电作业是2006年，那时他23岁，已经工作两年了。王家峰站在10kV矿渣干线下，师傅望了望电线杆，然后扭头看着徒弟，下巴冲王家峰点了点。王家峰一愣，望着师傅笑。师傅说："昨天下午还给你讲了带电作业原理和流程，进行了模拟训练，现在安全措施已经做好，你得上去。"王家峰收起笑容，心想昨天模拟的是没有电，今天是有电，那能一样吗？师傅含着笑看着他，下巴再次冲着电线杆点了点，那意思是："只要进了带电作业的家门，早晚都得带电作业。小伙子，你行吗？你有这个胆量吗？"王家峰就不再犹豫，戴上安全帽，戴上绝缘手套，穿上绝缘服，穿上绝缘靴，跳进斗臂车斗内，铮铮的像个出征的战士。他心想我本来就是军人，得体现出军人的勇敢和气质，不能给军人丢脸，既然命令已经下达，就必须执行命令，就必须完成任务，即使是刀山火海也决不后退。斗臂车轰鸣，车斗在缓缓上升，他一脸庄严，此时他不像是去完成带电作业任务，倒像是完成一种使命。

工作是带电接引线。他首先观察作业环境，然后又检查一下安全措施。身为监护人的师傅观察他的一举一动，不时提醒他安全注意事项，并不失时机地传授技术。地面的监护人则大声提醒，让他们注意侧方和后方的安全距离。虽然是初春的早晨，天气还很寒冷，但家峰已经满脸是汗，衬衣已经完全湿透，粘在后背上有些难受。工作并不复杂，但他还是有些紧张。师傅温和地说："别急，慢慢来，越急动作越僵硬。"王家峰就放松下来，果然接下来的工作完成得很顺利。完成工作回到地面，摘下安全帽，他的头顶已是腾腾蒸汽。同事们都说任务完成得不错。他则围着刚刚接好的引线转来转去，说自己当时还是有些紧张。师傅说，第一次带电作业都这样，没有不紧张的，那是心理作用，跨过这一道坎，以后就好了。但王家峰还是直摇头，说拿工具的时候，好几次差一点脱手。师傅说，馒头得一个一个吃，技术得一点一点熟练。师傅哪里知道，王家峰是个追求完美的人，是个追求极致的人，不干便罢，干就干好，几乎成了他的人生信条，这在他以后的工作中体现得淋漓尽致。

王家峰1982年6月出生于鞍山，完成学业后，于2000年冬成为一名光荣的中国人民解放军海军战士。临走前一天晚上，父亲对他说，部队向来是磨炼人的地方，不要怕苦怕累，好好学习一下军人的作风，好好学习他们的勇敢精神。王家峰笑嘻嘻地说，我向来勇敢。母亲则在擦眼抹泪叮嘱，你到部队要尊重领导，遵守纪律，啥事都要听领导话。父亲点上一支烟说，你妈的话说得对，你得把你的性子改一改，不要动不动就使性子。王家峰嘿嘿又笑了，说这你放心，你儿子别的没有就是有性子，军人的血性。果真如此，王家峰自参军那天起，就以军人作风来严格要求自己，不怕苦不怕累不怕牺牲就在他的生命里打上了深深的烙印。部队是个大熔炉，他在这个火热的熔炉里得到了完美的锤炼，他总是在危急的时刻挺身而出。一次出现紧急事故，他只身跳进了两米深的柴油中关闭了阀门，排除了险情。还有一次，他跳进海水中救出战友，受到了战友们的称赞。当兵两年多来，他两次被评为优秀士兵，得到4次团以上嘉奖，并于2001年光荣地加入了中国共产党。

2003年退伍后，他顺利地考入了鞍山供电公司，2004年正式成为鞍山供电公司的一名员工。父亲没有想到儿子会考上，在他的印象中只有考上大学才有机会进入供电公司。父亲心里高兴，表面却是平静，说："你先别得意，电力工人可不是好当的，整天吊儿郎当没有钻劲没有技术，安全意识不强，你降伏不了电老虎不说，还会被电老虎咬一口。"父亲一句提醒的话语，激发了王家峰的斗志，说："你能干的，我也能干，我能干得比你好。"

王家峰的父亲就是鞍山供电公司的一名配电工人，长期从事带电作业工作，在成百上千次带电检修和带电抢修中，积累了丰富的带电作业经验，多次被评为先进工作者。父亲笑着对母亲说："这小子我了解，属于那种迎难而上的性格。"母亲说："你对你儿子也使激将法？"父亲说："只要他能把技术学好，对他对咱们对公司都有好处，你想想，技术好了才有出息，安全意识强了，他的生命也就有了保障，咱们也就少担心了，他干得好为国家做贡献，为公司争光咱脸上也有光。"母亲说："弄来弄去和你一样，干了个又脏又累又危险的工作。"父亲说："年轻人脏点累点怕啥？多磨炼对他有好处。至于危险，只要按照规程去做就不会出问题，你看我干了一辈子带电作业，不也是啥问题也没有吗？咱鞍山供电公司是带电作业的发源地，想想老一辈带电人那种不怕苦不怕累不怕死的精神，咱这算啥呀！"

王家峰自参加工作那天起，就把部队的作风带到了工作中。退伍不褪色，勇挑重担，冲锋在前，是他作为一名军人和党员的座右铭。他开始是从事配电检修工作，然后是修理和运行工作，他本着干一行爱一行的原则，努力学习业务技术知识，岗位技能在不断提高，很快在同龄人中脱颖而出。2004年，他在鞍山供电公司举行的配电运行技能竞赛中，获得了第七名的好成绩，那时他才接触配电运行工作8个月。2006年8月，他又在鞍山供电公司配电检修技能大赛中获得个人第二名的好成绩。

王家峰深知，作为国网系统普通的基层一线员工，从此就必须肩负着一种神圣职责，那就是努力服务人民，服务社会。电力人工作的核心就是要多供电，让用户用好电用足电。近年来，用户对供电质量要求越来越高，国家电网公司是创建服务型企业，在公司"十二五"规划中提出，重新推广配电带电作业。2011年2月14日，鞍山供电公司铁东供电分公司组建了配电带电作业专项班组，由于带电作业是高危工作，大多职工不愿参与，很多人都认为宁干脏累差，也不去干带电，但王家峰却主动要求去了配电带电作业班，干起了带电作业工作。他之所以这么选择，一是因为他仰慕老一辈带电人不怕苦不怕累不怕死的精神，二是因为他是共产党员是复员军人，就应该到最艰苦最危险的地方去，三是他认为带电作业技术含量高，那里更能给他广阔的驰骋空间，他愿意把自己的青春献给带电作业事业。有人劝他说，带电作业太有挑战性了，工作又脏又苦又累还有危险，何必自讨苦吃。他轻描淡写地说："我喜欢挑战，刺激。"父亲则对他的选择大加赞赏，说这才是我儿子，他当初没考大学我还寻思我的衣钵无法传承，现在终于有人接过我的接力棒了。

王家峰到了配电带电作业班担任技术员兼工作负责人一职，除了整理大量的资料外，还要出现场登杆参加带电作业工作。班组共15人，除了新毕业的大学生外，剩下的都是各个班组的工作负责人或技术员，都是技术上顶呱呱的角色。班长高振江，40来岁，精明强干，干起活来总是冲锋在前，是辽宁省电力有限公司配电带电作业专家。"兄弟，咱们一起干。"高振江说。"师兄，你放心，兄弟不能给你丢脸，咱们摽起膀子一起干，我就不信干不出名堂。"家峰豪迈地说。高振江说："好哇，兄弟，我就喜欢你这股不服输的劲头。"

高振江1972年生于鞍山，1990年参加工作，3年后接触了带电作业，他的师傅就是王家峰的父亲。他在20世纪90年代就是配电带电作业专业的佼佼者，曾获得鞍山供电公司和辽宁省电力有限公司配电检修专业的状元，是王家峰最敬佩的老大哥。

这个班组虽然只有15个人，却担负着鞍山市区、海城市、台安县地区所有的配电带电作业工作。人员少，涉及范围广，每天的工作排得满满的，最多的一天有8个带电作业项目，工作强度之大可想而知。早晨顶着星星出发，晚上看着月亮回家，几乎成了司空见惯的事情，但配电带电作业班在班长高振江的带领下，从不抱怨，从不叫苦叫累，而王家峰的党员模范先锋作用在此得到了充分体现。

一次带电抢修作业中，由于双回线路并架，作业空间非常小，作业难度极高，只有把设备进行全绝缘遮蔽才能保证安全，王家峰向班组成员交代完现场情况后，准备穿绝缘服登高作业。周师傅拉住他说："家峰，这活我来干，我有经验。"王家峰笑了笑说："周师傅，如果我现在不抓紧积累经验，等你们老师傅都退休了，这工作谁来干呢？我又怎么去带我的徒弟呢？"周师傅叹了口气说："后生可畏，你说得有道理，咱们带电作业得后继有人哪！"打那以后，师傅们再也不和他抢活干了，反倒愿意把自己的经验悉心地传授给这个年轻人。为了能够让自己的理论知识与实际相结合，在每次开工作票的时候他都会把自

王家峰在作业现场

己的名字加在"斗内电工"上。"斗内电工"的工作就是带电作业成员，这个小伙子就是要亲自参加带电作业，以达到熟练掌握带电作业技术。

一分耕耘一分收获，有付出就有回报，这是不可更改的铁的法则。由于在工作中的磨炼和积极进取的工作态度，王家峰在技术上有了突飞猛进的提高，成为配电带电作业领域的排头兵。这个军人出身的小伙子，硬是用军人的顽强作风，用行动践行着带电人的精神，而共产党员的身份，在又脏又累又苦又有危险的环境中，又让他干得无怨无悔。他的青春是闪亮的，是有价值的，是值得他回忆和自豪的。

2011年7月6日，王家峰代表鞍山供电公司，参加辽宁省电力有限公司2011年职工岗位技能大赛配电线路带电作业技能竞赛。他不仅获得了个人竞赛中的第一名，而且还率队获得了团体第一名。他的优异成绩，使他理所应当地入选了国网辽宁电力参加国家电网公司首届10kV配网架空线路带电作业技能竞赛代表队。集训开始了，艰苦的备战开始了，他喊出"练出成果，练出伤痛，练出创先争优钢铁意志"的口号。2011年9月6日，王家峰进入了封闭培训期，集训期为40天。集训伊始，辽宁省电力有限公司便通知参与培训的队员，这次比赛分为团体项目和个人项目，团体项目5个人参加，1个人备选，个人项目只有两个选手参加。为了争取到这两个名额，所有队员都加倍努力、加倍训练，王家峰更是横下一条心要获得这一资格，并很快得到了训练团队的认可。由于时间紧，训练任务重，训练团队决定保团体名次，所以个人项目根本就没有时间训练。为了给公司争得更大的荣誉，小伙子又拿出了鞍山带电人的狠劲。在完成白天团体训练和晚上理论考试训练后，已是夜里10点，其他队员都疲惫不堪地熟睡了。他找到担任教练的高振江说："师兄，我还想练练。"高振江说："休息吧，白天的训练强度已经够大了，你这样身体吃不消。"王家峰说："身体棒着哩，咱是军人，这要是行军打仗遇有敌情急行军，哪还顾得上睡觉？红军在争夺泸定桥的时候，一天一夜在坑洼不平的山路上奔跑了120多公里，鞋跑掉了，脚扎烂了，还有敌人围追堵截，咱这算啥？咱身子还比红军金贵？"高振江就不再说什么了，他知道让这个师弟回去睡觉，他也睡不着。

于是每天晚上10点，实际操作训练场上就会出现两个身影，直到后半夜1点才离开。对于王家峰来说，这种高强度的训练，无疑是一种挑战，因为第二天早晨6点他还得起床继续训练，他一天只能睡上四五个小时的觉。也就是在这40天的训练里，他的指甲断裂了，鲜血顺着断裂的指甲往外流血，他用胶布缠上，不去管它。指关节也开始僵硬了，关节肿胀到手指动不了，他就用冷水泡一泡，暂缓一下疼痛继续练。他指甲两侧磨出了一层老茧，那是厚厚的绝缘手套给他留下的杰作。因睡眠不足，他的双眼出现了黑眼圈，但他的目光更加有神更加锐利，仿佛有一把亮剑放在里面，喷射着进取的光芒。

他的体重在急剧下降，在40天里由原来的180斤下降为156斤，整整掉了

王家峰、高振江、金强在国家电网公司首届配网架空线路带电作业技能大赛上

24斤肉，高高的身材站在那里就像一根竹竿。高振江心疼了，下命令说，休息，好好睡几天，你这样不行，会把身体搞垮的。他却调皮地笑了，你不是说了嘛，咱配电带电作业工人，戴着绝缘手套拿着绣花针能绣花才算合格吗？高振江说，你已经能绣花了，你出徒了。确实如此，配电带电作业绝缘手套与普通的绝缘手套区别在于，普通的绝缘手套只是一层，而配电带电作业绝缘手套则是两层，这是保证带电作业人员人身安全的最后一道防线。戴着厚厚的僵硬的绝缘手套，要拿起薄薄的螺丝垫再戴到带电的螺丝上，除了手劲要大，还需要经过长期艰苦的训练。家峰为练这一技能，反复练习何止千遍万遍。他的坚强和韧劲征服了团队的教练和队员，队友们给他起了个贴切的雅号叫钢铁战士。王家峰称得上这样的美誉，因为他确实体现了一个战士的精神，给培养他的部队增了光，给鞍山带电人添了彩。在这次国家电网公司首届配网架空线路带电作业技能大赛中，国网辽宁电力获得了团体第一，他个人获得三等奖的好成绩，被国家电网公司授予"技术能手"称号。

载誉归来的王家峰刚踏入家门，母亲望着将近两个月没见的儿子，一下子愣住了。儿子又黑又瘦，双眼深陷，高高的个子杵在那里像一根电线杆，母亲当即就哭了。母亲说，这得出多大的累才能瘦成这样，都脱相了，要是走在大街上冷不丁我都认不出来。何止母亲，他的妻子望着他，也愣在那里，问他是不是病了。他哈哈笑了起来，说我有啥病？我这是减肥。当妻子看见他断裂的指甲和布满老茧的双手，也哭了，说你虎哇，你就不会悠着点干，你不为别人想，也得为咱爸咱妈想想，也得为我和孩子想想。父亲望了一眼儿子，然后闷着头说，饭菜你妈都做好了，都是你爱吃的菜。磨身取出一瓶酒，说你喝点酒，解解乏，好好睡一觉。王家峰是爱这个家的，但他对在配电带电作业班的危险性和参加比赛的艰苦性从来不说，因为他怕父母和妻子担心。

用王家峰的话说，荣誉只能代表过去，不能代表现在，他迅疾把目光投向了带电作业的技术革新上。随着电力电子技术的发展，新产品新工艺层出不穷，他深刻地意识到只有不断地学习，掌握更多的知识，才能适应新形势下的电网发展，他一头扎进了理论的刻苦钻研之中。他购买来了大量的专业书籍，忘我地学习起来，不断吸收新知识给自己"充电"，最大限度地挖掘自己的潜能。他像一匹奔腾的战马，扬起四蹄，奔驰在带电作业这片生机勃勃的大草原上，用"不用扬鞭自奋蹄"来形容此时的王家峰最为贴切了。由于他理论方面底子薄，不得不从头学起，他的虚心和勤奋令人敬佩，不会就学，不懂就问，绝不不懂装懂，弄不懂就不吃饭不睡觉。他又拿出了不怕苦不怕累的狠劲，几乎每天在忙完工作之后，都要留在单位里挑灯夜战到深夜。也就是在这段时间，他学会了绘制图纸，学会了制作模型，并把绘制好的图纸和模型与制作人员一起探讨，进行制作。他还努力学习配电专业知识、运行知识，研究新设备的性能参数，总结技术资料，并对新型变压器、SF6型断路器有了一套成熟的运行管理经验，能够较为准确地对事故进行分析，为及时排除故障和恢复供电提供了可行性依据。

功夫不负有心人。短短的几年间，他先后编制了《配电带电作业标准化作业指导书范本》《鞍山供电公司配网带电作业管理办法（草稿）》《配电带电作业标准化作业流程》《配电带电作业现场勘察模板》，完善了班组各项资料管理空缺，为实现带电作业标准化，提高供电可靠性提供了制度保证。他共编制配网带电作业方法36项，其中申请国家级专利13项，分别是"一种10kV带电接引作业方法及所用的绝缘双旋紧接引线夹""一种10kV带电接引作业用的绝缘双旋紧接引线夹""绝缘引流挂线""绝缘升降支架""带负荷更换10kV柱上隔离开关的作业方法""一种直线杆改耐张段加装柱上开关的作业方法及装置""带负荷更换10kV跌落式熔断器的作业方法""双旋紧式接引线夹""一种更换10kV柱上跌落式熔断器的作业方法及装置""引线绝缘固定器""10kV带电断跌落式熔断器上引线的作业方法及装置""自吊式绝缘横担""10kV带电接支接线路引线的作业方法及装置"。QC成果6项，其中获辽宁省电力有限公司QC成果二等奖两项，三等奖两项。2011年拍摄制作的《带负荷处理耐张段接点过热》纪录片获得辽宁省电力有限公司标准化作业流程二等奖。2013年主持的"10kV带负荷更换柱上跌落式熔断器作业方法及装置"项目获得辽宁省电力有限公司新技术应用三等奖。2014年主编《10kV配电线路带电作业标准化示范》一书，获国网辽宁省电力有限公司应用理论一等奖。2015年7月主持开展全国首例"采用综合不停电作业方法更换直线分支电杆及导线"受到国网辽宁省电力有限公司表彰及同行业好评。由于专业技能贡献突出，2015年年底他被国家电网聘请为高级培训师。2016年获国网辽宁省电力有限公司科技成果三等奖两项。此后，鞍山市总工会"王家峰劳模创新工作室"正式揭牌。

这个年轻人身体里蕴藏着巨大的能量，总有使不完的劲，而劲头的背后是高度的责任感在支撑着他，是带电人的精神在支撑着他，是共产党员的先锋模范作用在支撑着他。

2016年大年初六，国网辽宁省电力有限公司派遣王家峰，参与国家电网公司职工技能培训题库的编撰工作。到达办公现场后，王家峰发现其负责的部分并非他的专业。俗话说：隔行如隔山。不是本专业的内容王家峰在工作中当然感觉吃力，但是他就是这样一个不服输敢于挑战自我的人。他心想，既然上了这个战场，就要像战士一样勇往直前。当天夜里，他重新看了电影《上甘岭》，先烈们的斗志再次鼓舞了他。他想上甘岭战役，先烈们不惜牺牲生命守住阵地，我也是一个战士，也该有他们的斗志，去攻下题库编撰工作的阵地。他又开始挑灯夜战，学习相关专业书籍，研究相关资料，不但跟上了编写组的进度，而且按时按量高品质地完成了编写组分配的任务。编写组的其他同志说："家峰，你可以呀！"他则谦虚起来，笑着说："都是大家帮助的结果，也幸亏公司给我分配了这个任务，让我又精通了一门专业！"

同年6月，国家电网公司即将举行第二届带电作业比赛，王家峰作为教练，负责辽宁省电力有限公司选拔培训选手的工作。比赛分为笔试和实际操作两部分，拥有良好体力至关重要，体力的训练同时也能增强团队的凝聚力。王家峰制订了早操训练计划。每天早上6点在操场集合，风雨不误，全体跑步。笔试部分王家峰提出每天进行培训的同时，要对培训内容进行考核，这样有利于种子选手的选拔。训练强度很大，队员们很辛苦，有些队员开始出现放弃的念头。王家峰鼓励他们："加油哇，咱们都是男子汉大丈夫，得给自己争气，得给自己的单位争气，得给带电人争气呀。"他的鼓励激发了所有队员，大家情绪立即高涨起来，迅速投入艰苦的训练中。

队员们按照教练们制定的作业手法，开始进行实际操作训练，但无论如何也无法达到国家电网公司规定的2小时之内完成的作业时间。整个教练组急得团团转，反复研讨作业方法，但始终难以突破。王家峰宿舍的灯又彻夜亮了起来。他经过一番揣摩之后，认为作业手法没有问题，已经最优化了，那么只能在作业工具方面做文章。于是，他对作业工具动起了脑筋。他在日常工作中积累的丰富经验此时起了作用，几天后他精心设计的一整套组合式绝缘硬质绝缘用具出炉了。这套装备不仅可以大大缩短作业时间，而且还可以优化作业方法，完全可以在国家电网公司规定的两个小时内完成团体作业项目。他就是这么一个爱动脑筋勇于创新的人，哪里有困难他就会出现在哪里，勤奋工作，尽职尽责为人分忧。

也就是在这期间，王家峰在训练的队伍中发现了一名很有潜力的队员，他就是后来获得国网第二届不停电作业技能竞赛绝缘手套项目个人第二名的宋仕达。宋仕达虽然笔试成绩很好，但带电作业经验不足。王家峰是第一届比赛的团体冠军选手，他的强项就是实际操作，多年来，凭着实际工作中积累的丰富经验，早就总结出一套带电作业实际操作要点。王家峰结合自己的经验，开始一点一点地指导宋仕达，小到拧一颗螺丝钉的手法，大到作业进度的调整，他将自己的所有知识、技能、经验，事无巨细地毫无保留地传授给了宋仕达。宋仕达是国网营口供电公司的一名员工，小伙子本身就勤奋好学，遇见伯乐王家峰，也成了一个能啃硬骨头的好家伙。他从王家峰身上看见了一种精神，那就是带电人的不怕苦不怕累敢为人先无私奉献精神，这为他以后取得优异成绩打下了坚实的基础。他对王家峰说："峰哥，我也要做你这样的人，也要成为你这样的人。"

榜样的力量是巨大的，宋仕达没有辜负王家峰的期待。2018年3月里的一天，国网鞍山供电公司收到了一封来自辽宁省电力有限公司的感谢信，信的全文如下：

国网鞍山供电公司：

在2016年国家电网公司第二届配电带电作业技能竞赛中，你公司王家峰同志作为国网辽宁省电力有限公司参加该竞赛项目（个人绝缘手套法）的负责人和教练，充分发扬"劳模精神、工匠精神"，团结协作、无私奉献、手手相传，培养出营口公司宋仕达这一选手，在该项竞赛中荣获绝缘手套作业法个人项目一等奖的好成绩。宋仕达同志于2017年度被授予"中央企业技术能手"荣誉称号（省公司个人首次获得此项殊荣）。

在此，特对你公司王家峰同志无私奉献和辛勤工作提出表扬，并向你公司长期以来的大力支持和帮助表示衷心感谢。

国网辽宁省电力有限公司运维检修部

2018年3月2日

2018年，王家峰走上了领导岗位，担任国网鞍山供电公司配电运检室副主管一职。他肩上的担子更重了，责任更大了。每有作业，他定会出现在现场，并亲自登杆作业。2018年鞍山地区出现历史罕见的持续高温，最高气温达到36℃，人们要么选择坐在家里吹空调，要么跳进河里洗澡，即使最勤劳的小商贩也会躲在树荫下有气无力地摇着扇子叫卖。配电带电作业班下午2点接到抢修通知，康宁8分杆接线端子出现高温异常现象，为了不间断对用户的供电，只能带电对这一异常进行处理。

蝉鸣让人心烦，酷热让人心焦，人坐在树荫下都汗流浃背。王家峰率领作业人员到达现场即开始了抢修工作，他穿上厚厚的密不透风的绝缘服，跳进斗臂车斗内，一干就是半个小时。当他从斗臂车斗内出来时，脸色苍白，几至虚脱。他脱下绝缘服，整个人像从水中打捞出来似的，工作服拧出的汗水和绝缘手套里倒出的汗水哗哗直流。他喝了口水对关心他的同事调侃："嘿，真爽快，免费洗了个澡！"他就是这样能把辛苦变成快乐的人。

跌落式熔断器是控制变压器的重要开关，一旦损坏会直接导致用户大面积停电，更换这样一组装置需要两个小时左右的停电时间，会对用户用电产生严重的影响，国内供电系统一直没有更好的办法解决这一难题。王家峰又转动了脑筋，并学习相关资料，不久就研究出一套10kV带负荷更换柱上跌落式熔断器作业方法及装置，攻破了这一难关。在设备运行管理方面，王家峰也想出了很多金点子。比如，线路接点位置因为超负荷等原因容易引起断线停电，而日常巡视时，只凭一个手持测温仪不能对接点状态进行实时监测，他想出了在接点处放置测温贴，这样便于巡线人员及时掌握接点温度状态，达到提前排除故障的目的。王家峰就是这样在平凡的岗位上干出了不平凡的事业，干出了带电人的精气神。他尽职尽责不畏艰难，勇于攀登勇于创新，无愧于能征善战的新时代的带电领域的钢铁战士。这与他时刻牢记老一辈的带电精神紧密相关，与他时刻牢记自己的军人精神紧密相关，与他时刻牢记自己是一名中国共产党党员紧密相关，无论何时何地，无论环境多么艰苦，都要冲锋在前。

只要我们沿着这个年轻人奋斗的足迹走一走，就不难发现所有成绩的取得都不是无缘无故的，都是王家峰用辛勤的汗水浇灌出的花朵。看看他的荣誉吧：2010年被评为国家电网公司技术能手；2011年获得辽宁省五一劳动奖章；

授予：王家峰
"全国劳动模范"
荣誉称号

第 0368 号

2015年4月，王家峰被授予"全国劳动模范"荣誉称号

2012年被评为国网鞍山供电公司"十佳青年"，鞍山市"争先创优"优秀共产党员，国网辽宁省电力有限公司优秀共产党员标兵，鞍山市突出贡献高级技术人才；2014年获得全国五一劳动奖章；2015年荣获"全国劳动模范"称号和国家电网公司"优秀共产党员"称号；2016年被评为国家电网公司敬业楷模。

在获得"全国劳动模范"称号从北京回到家中的那天晚上，一向性格不张扬的父亲站在门口迎接了他。父亲接过证书，看过来看过去，呵呵呵地笑个不停，冲全家人喊："你瞧，咱家出了个全国劳动模范哩。"他把证书摆在家里最显眼的地方，端量过来端量过去，然后看着儿子笑。吃罢晚饭，父子俩坐在沙发上，父亲说："你行了，你这样我高兴，我也放心了。但你得记住，不能骄傲，这荣誉不是你自己的，是大家伙儿的，你该感谢你的师傅和师兄，感谢公司对你的培养，更要感谢党多年来对你的培养。"那天晚上，父亲和他谈了很久，这个老带电人，讲起了鞍山电业局历经艰辛的带电作业史，从20世纪50年代的郑代雨、刘长庚、赵程三讲到了70年代的"三八"带电作业班，又从70年代讲到现在，讲了带电作业人的精神，讲了带电作业人的传统，并饱含深情地对儿子说，这些东西不能丢，不怕累不怕苦不怕死是咱带电人的魂，咱有责任把它传承下去，有责任把它发扬光大。

作为带电人，王家峰的父亲应该是欣慰的，因为儿子从来没有停止进取的脚步。2019年9月6日，王家峰以主教练的身份率领国网鞍山供电公司代表队，参加了国网辽宁电力举行的配网不停电作业之综合不停电作业法带负荷更换柱上开关技能竞赛，一举夺得了团体冠军，实现了该项目的四连冠。现在，王家峰马不停蹄地踏上征程，将以主教练的身份率领国网辽宁电力代表队，参加11月中国电力联合会主办的全国配网不停电作业技能竞赛，他的努力必将结出累累硕果。

是的，王家峰是个实干家，中华民族的伟大复兴正需要千千万万个这样的实干家，我们应该为这样的实干家加油喝彩，应该学习他们的无私奉献精神，学习他们的吃苦耐劳精神，学习他们的勇于创新精神。愿我们年轻的电力人，都像王家峰这样，接过老一辈带电人的旗帜勇往直前，为带电作业事业做贡献，为中国电力做贡献，为中华民族的伟大复兴做贡献。

不负青春带电行——佟明

2019年夏，北京，国家电网公司"青创赛"决赛，一架黑色的无人机就停放在现场。而在演播厅的大屏幕上，这架无人机正在对液压式耐张线夹进行X光无损探伤检测。只见它在带电的220kV导线上空像鹞鹰一样展翅飞翔，盘旋盘旋，静止静止，靠近靠近，再接近再接近，3米、2米、1米，10厘米、5厘米、3厘米，用鹰一样的眼睛精准地牢牢地锁定猎物——导线的耐张线夹，于是耐张线夹内部结构在X光透视下，一张清晰的影像在屏幕上出现，并被传输到检测机构，等待分析耐张线夹是否良好。表演结束，演播大厅掌声雷动一片惊叹，因为这么近距离靠近220kV带电导线，除了需要精湛的飞行技术外，还对无人机机载设备有着高强度耐受性的要求。国家电网有限公司一位领导大声称赞，辽宁省电力有限公司选送的参赛作品"空中医生——无人机载X光无损探伤技术"很有实用价值，也为液压式耐张线夹检测找到了新的方法。

这无疑是带电作业史上一次跨越性的技术革新。无人机载X光无损探伤技术的诞生，改变了液压耐张线夹传统的测试方法。随着该项技术的推广和应用，它的意义将是深远的，该技术为进一步在更高电压等级上进行耐张线夹检测研究，提供了可行性依据。这项革新技术的意义究竟有多大？让我们试分析一下。第一，无人机载X光无损探伤装置，避免了在检测耐张线夹时必须停电进行的弊端，220kV线路在带电的状态下，作业人员无须登塔，在地面操控无人机搭载X光设备即可进行探伤检测作业，有效保障了作业人员的安全。传统的耐张线夹检测不仅需要停电，而且输电工人需要攀登50多米的高塔，将40多斤重的X光设备运到铁塔上，无论是安全还是工作强度，都是对作业人员的一次考验。第二，长期X射线的电离辐射会对人体造成伤害，致使作业人员有畏惧心理，无人机载X光无损探伤装置人性化地解决了这一难题。第三，随着输电线路运维标准不断提高，要求对三跨区段的液压式耐张线夹进行X光无损探伤检测，以达到及时发现缺陷的目的。检测一个线夹需要3000元钱，全都是外来施工单位完成。仅鞍山地区，待重点检测的耐张线夹就有926个。如果无人机载X光无损探伤装置能够投入使用，就将为国家节省这笔开支，可谓高效低耗。而它的发明者令人大吃一惊，他是国网鞍山供电公司输电运检室输电带电作业班副班长，共产党员佟明，他仅仅工作9年，是个刚过30岁生日的年轻人。

佟明1989年5月生于辽宁省锦州市黑山县，自打出生那一刻起，就与输电结下了不解之缘，因为他的父亲就是锦州电业局的一名输电工人，在220kV、66kV带电检修和带电抢修中，积累了丰富的带电作业经验，曾多次被评为锦州局先进工作者和劳动模范。还在他牙牙学语时，父亲就经常用自行车载着他来到输电线下方，指着铁塔指着导线指着绝缘子告诉他这些设备的名称。小佟明居然教一遍就能记住，而且歪着脑袋在想着什么。父亲回家对母亲说，这孩子天生就是一块送电工的料，你看你看，我教一遍就会，教啥会啥。母亲笑着说："你呀，干带电作业都入了迷，自己天天想着这些不说，还想打儿子的主意，那可不行，你那工作又脏又累又苦，还有危险，我可舍不得儿子。你一有作业我就睡不着觉，你还想让我为了儿子再睡不着觉哇！"母爱是伟大的。父亲理解母亲的苦衷，因为每次他带电作业回家，无论有多晚，都会看见妻子坐在屋子里发呆，就说："苦点累点脏点没啥，男人嘛，吃点苦多干点活有好处，至于危险，只要遵守规程，按规操作，就不会有问题。那些带电作业工具和屏蔽服，都是经过先辈们反复研究和试验出来的，是经过几十年和无数次实践检验过的，咱得相信科学。送电工的活是脏了点累了点苦了点，可这个嫌乎又脏又累，那个嫌乎又苦又有危险，这个不干那个不干，还咋供电，国家经济咋发展，千家万户岂不是要断电？"父亲的愿望终于得以实现。2007年，佟明考取了沈阳工程学院电气工程系，大学生活结束后考入了鞍山供电公司，于2010年8月30日成为鞍山供电公司一名正式员工。工作前，他在锦州电校进行了岗位培训，随后被分配到输电带电作业班。他的师傅叫王志忠，也是输电带电作业班班长，是带电专家，因技术过硬经验丰富而著称。师傅几乎说出和他父亲一样的话，只要遵守规程，精通带电作业技术，熟练作业流程，就会成为一名合格的带电作业工人。可他必须跨过第一道障碍，那就是战胜高空作业的恐惧。他在心里给自己鼓劲，战鼓已经敲响，你要像战士一样勇往直前，即使面对刀山火海，也要赴汤蹈火无所畏惧，临阵退缩不是你的性格。你不能给父亲丢脸，因为你是带电人的后代。你必须把带电人不怕苦不怕累不怕死的精神发扬下去，你必须接过带电人接力棒，把接力棒再传递下去。他是这样想的，也是这样做的。但在他登上30多米高空的时候，生理的自然反应还是让他紧紧地抓住了铁塔。他通身虚汗，双腿颤抖，脚心发痒，处于高度紧张状态。陪他一起登塔的师傅问他什么感觉。他说："高，太高了，我从来没有上过这么高，这怎么和站在高楼上的感觉不一样？"师傅笑了，说那是因为高楼落脚处是实处，这里是悬空。师傅指着远方喊："你看那边，美不美？"佟明顺着师傅的手指眺望，远处一辆高铁风驰电掣般穿过原野，田野碧绿，森林葱茏，村庄安详，河流弯曲，笼罩在一片轻纱般的炊烟之中。他顿觉神清气爽，胸腔一片空明，深吸一口清新的空气说，美，真美，我们的祖国太美了。他战胜了自我，闯过了带电作业的第一关，成为一个强者。与第一次登塔的紧张相比，第一次带电作业带给佟明的则是好奇和兴奋。他还在大学读书的时候，就曾经多次问过父亲，进入强电场是一种什么感觉。父亲轻描淡写地说："没什么感觉，就像进球场踢球，没开球时有点紧张，比赛开始了，只有兴奋。""真是这样吗？我得试一试。"他穿上屏蔽服，系上安全带，踩在绝缘软梯上，小心翼翼地靠近带电导线，由于电场力的作用，他感觉头发和脸上的汗毛全竖了起来，头上的放电声噼啪作响，手搭在导线上，咝咝的蓝色电弧激烈地扭曲着，手部有明显针扎感，面部好像有一张张蜘蛛网拂过，和父亲说的有点不一样。师傅说，抓住它，抓紧它就不扎手了。他紧紧握住导线，顿时轻松起来，那不是紧张不是好奇也不是兴奋，而是一种胜利的喜悦感。他突然感觉自己站在几十米的高空上，很威武很雄壮很男子汉，并很想高歌一曲。

是的，带电作业需要勇气，而艰苦的作业环境则需要毅力。鞍山地处山区，很多铁塔和杆塔建在高山密林中，输电线路穿山越岭，一些作业地点车辆无法到达，需要作业人员扛着沉重的工器具徒步前往。作业人员跋山涉水，少则走上三五里，多则需要走上10多里才能到达作业现场。他们放下工具就宣读工作票，然后带电进行导线修补、绝缘子更换。他们穿着密不透风的屏蔽服登高塔爬软梯，往往一次作业下来，作业人员的汗水湿透了里面的工作服，把他

佟明在作业中

们变成了一个冒着腾腾热气的水人。完成作业后，脱掉屏蔽服，里面的工作服都能拧出水来。

2011年6月，刚工作一年的佟明，即参加了正负500kV伊穆直流线路停电检修作业。面对惊险的作业任务，佟明表现依然，抢着上塔作业。他已有数次登塔经验，对于高空作业几乎达到了气定神闲。这次不同，因为这次作业是将标志球安装在80多米高的避雷线上，其难度其技术以及体力上的要求，对他来说都是严峻考验，但面对困难的佟明从来不会退缩。他双腿跨进走线滑车，两脚悬空在外，通过走线滑车挂在那根小拇指粗的避雷线上，去安装标志球。安装完毕因不能原路返回，只能一点一点靠双手拉着自己移动到500米以外的下一基塔上，才能返回地面。他圆瞪双眼，咬着牙，黑里透红的面庞汗水横流，因为避雷线驰度形成的上坡，每前进1米都要使出全身力气。500米的上坡路，佟明硬是用臂膀和坚强的毅力，一点一点走完的。下塔后，他通身大汗，虚脱地躺在地上动弹不得。同事们围拢过来，有的帮他扇风，有的帮他脱衣裳换上干爽的衣裤，有的关心地问这问那。班长王志忠看着爱徒又是心疼又是自豪，心中感慨："咱们输电的活太苦太累，但这小子从来不怕累不怕苦不怕险，总是抢着干，是个带电人，行！难得呀，难得。"

自进入带电作业班那天起，佟明就将目光锁定在带电作业工具的改造上，这完全是缘于他和父亲的一次谈话。2012年春节，因为节假日有保供电任务，佟明在完成线路测温后，赶到140公里外的家中已是后半夜1点。母亲早把饺子煮好，父亲打开了一瓶西凤酒，对一身寒气的儿子说："喝点酒，祛祛寒。"佟明说："你喝吧，一旦线路有故障，我还得赶回去抢修。"父亲就不再勉强，因为他知道，输电工人随时准备抢修已成惯例。母亲看着狼吞虎咽的儿子，舍不得地说："那么远，有了事故还回去？"佟明说："多远都得回去，本来我也不能回来，可班长硬让我回来，还说那里有他和家住鞍山的同事。"母亲说："你们班长人真好，你上进，我和你爸都高兴，就是太辛苦。"父亲喝了一口酒说："辛苦点好，能磨炼人。鞍山电业局是带电作业的发源地，出现了一批响当当的带电专家，郑代雨、刘长庚、张仁杰、赵程三，还有何政凤等一批敢为天下先的人物。他们发明的带电作业工具，在全国乃至世界都进行了广泛的应用和推广，开了中国人在带电作业史的先河，是一笔宝贵财富。他们冒着生命危险进行试验，范桂荣那时才23岁，和你现在一般大小，还是个女孩子，就做了500kV带电作业试验，是全国女性进行这种试验的第一人，很了不起。你得好好学习他们的带电精神。你看你们现在在测温用红外线测温仪，站在地面就测了，我们那时是用触蜡的方式，黑灯瞎火地登塔用绝缘杆来触试。科技呀，科技在进步。"这次谈话对佟明触动很大，心想前辈们为了带电作业事业反复试验反复探索，甚至不惜冒着生命危险进行试验，我还有什么理由不努力不奋斗呢！

世上无难事，只怕有心人。佟明是个有心人，工作中他时刻关注着每个细节。绝缘硬梯是输电带电作业常用的必备绝缘工具，但他发现用绝缘绳来绑扎固定绝缘硬梯尾部的方法不可靠，不仅容易造成梯子滑动，而且绑扎过程还浪费时间。于是，他把绝缘梯放倒，反复观察其结构，用尺子丈量尺寸，并画出图纸，然后在大修室里开始制作固定夹。有人问他这是干啥，他说用绝缘绳固定绝缘梯尾部有点不牢靠，还费时间，我看看能不能改进一下。那人认为这么小的东西不值得费脑筋，还说这东西从来就是这么用的。佟明笑了笑不置可否。那个人看见佟明研制出命名为"绝缘硬梯尾部固定夹具"的时候，才知道这个看似简单的小东西，却有着提高工作效率和保证安全的作用，大声赞叹起来："太好了，这东西太实用了，既缩短了绝缘硬梯固定时间，又可以避免作业过程中绝缘硬梯不平衡和前后滑跑，关键还能保证安全。"

不久，佟明在带电作业中发现，带电作业的滑车封门需要顺着绝缘软梯上去后进行人工闭锁，心想能不能不用人工闭锁呢？要是能发明一种不用人工闭锁的方法就好了，那样可以提高带电作业的安全系数和工作效率，还能减轻劳动强度。其实滑车封门技术从20世纪就一直使用人工闭锁，所以在带电界得到广泛使用，没有人对滑车的这一细小技术进行深入探究。他又动起脑筋，研究起来。那段时间，吃饭时睡觉时，他脑子里全是滑车封门。有一次正在食堂吃饭，突然他放下饭碗在自己的小本子上记了起来，然后放下笔继续吃饭，竟然

佟明在作业中

将米饭全部吃得精光，而菜一口没动。有付出就有回报，这是无法更改的铁的法则。在经过对结构和原理的细致研究之后，他终于研制出"可地面挂拆的封门自锁滑车"，实现了传递绳滑车地面挂拆作业，且作业时滑车封门自动闭锁，作业结束后拆滑车时封门开启。他就是用这些看起来很平常的发明，提高了工作效率，保证了带电作业的安全系数，赢得了同事们的尊重和称赞。从此，输电"智多星"的名号，在输电运检室叫开了，在鞍山供电公司叫开了。人们感叹，谁说现在的年轻人只会玩手机，谁说现在的年轻人只会上网打游戏，谁说现在的年轻人不能吃苦，佟明就是一个活生生的例子嘛！

与此同时，他在思想上积极要求进步，很快在同龄人中脱颖而出。2014年6月，佟明迎来了人生最为庄严最为光荣的时刻，他加入了中国共产党，成为一名中国共产党党员。他站在党旗前，望着鲜艳的党旗，既激动又幸福。他举起手，高声诵读烂熟于胸的誓词，黑里透红的面孔布满了庄严，双眼噙满了泪花，内心热潮涌动，决心把自己的一生献给党献给人民。入党后，他努力学习党章党规，深刻领会习近平总书记的讲话精神，并把精神作为指导方向，为党分忧、为国尽责、为民奉献成了他的座右铭，他决心用积极行动去做好每一件事，使自己成为一个真正经得起锤炼的优秀的共产党员。

2016年4月29日，是魏家屯220kV变电站综合大检修工作计划日，佟明所在班组承担输电线路巡视和消除缺陷的主要任务。由于班组技术员参加封闭培训考试，暂时不能在班组工作，技术员的工作就落到他的肩上。在完成缺陷整理、制订消除缺陷计划后，他马上加入巡线工作中，发现缺陷他又是第一个披挂上阵，登塔作业进行消除。他干得稳重而快捷，将每个部件都紧固得既标准又安全。可有谁知道，在紧张有序工作的背后发生的惊心动魄的故事呢。

就在凌晨，怀孕9个月的妻子突然出现临产反应。她先是肚子阵痛，接着阵痛变成了剧烈的疼痛，直至延伸到腰部。她扶着腰，大滴大滴的汗珠从面部滚落下来。两个年轻人都没有经验，佟明说离预产期还有一周的时间，会不会是你白天干啥抻着了。妻子已被疼痛折磨得有气无力，说白天没干啥，我……我想我妈，你快给我妈打电话，让她过来。一向沉稳的佟明此时意识到问题的严重性，顿时慌了手脚，一边安慰妻子一边哆哆嗦嗦拿起茶几上的电话，拨了几次才拨通，但他立即镇静下来，他怕老人家担心，就说妻子有点肚子疼，得到医院检查一下，让他们到医院会合。他随后便拨通了120电话，半个小时后医务人员抬着妻子走进医院，岳父岳母早已等候在那里。医生经过一番检查后，责怪起来："你这丈夫是咋当的？这眼瞅着就要生了，怎么才送来？"佟明苦笑着说："这离预产期还有一周，我还寻思到了那天才生呢。"医生被佟明的憨相逗乐了，说你们男人哪，就是心粗，不把俺们女人当回事。佟明认真地说："没有哇，我啥时不把媳妇当回事了？"屋子里的人都笑了起来。对于佟明来说，2016年4月29日，是个特殊的日子，也是个幸福的日子，因为佟家增加了新的成员，他当爸爸了。他把妻子送回病房时天已放亮，他看着孩子，又愧疚地望着妻子。妻子立即明白了，说今天有作业，你去吧，这里有妈照顾。佟明虽然心里不舍，但还是毅然决然地决定返回到工作岗位上。医生见佟明离开就说："你看你看，还说把俺们女人当回事，这还走了。"妻子说："他单位有工作要处理，得上班。"医生愣在那里，嘴里喃喃道："啥事比媳妇生孩子还重要？他不是有产假吗？"佟明就是这样舍小家为大家，以高度的责任感，公而忘私的精神，时刻牢记自己是个共产党员，要吃苦在前，冲锋在前。

眼观六路，耳听八方，是输电专业巡视线路时必须具备的技术素质。2018年3月12日，佟明在巡视时听见220kV唐东一二线32号至33号档内有类似鸟鸣的声音。他停下脚步问身边的同事，我咋听见线路有异音。那人听了听说，没有哇！佟明侧着耳朵听了一会儿说，不对，有异音。那人也侧着耳朵听了听说，没有哇，你是不是天天想着工作，听马虎了。佟明说不对，有异音。说着围着220kV唐东一二线32号至33号档内走走停停，模样就像聆听遥远宇宙中的天籁。他听了听之后，招手让同事过来。那人这次听见了导线上发出"biu-biu-biu"有节奏的声音，瞪着眼睛说是有异音。佟明凭借着丰富的工作经验，立即判断出导线存在严重的"鞭击"现象，并推断在风力的作用下，现场同相的两根子导线大约每隔10秒钟就撞击一次。而该段导线为JRLX/T-240×2碳纤维复合导线，根据缺陷分类依据，该缺陷属于严重缺陷。如不及时处理，可能造成导线断股，甚至碳芯损坏断线，将会造成输电线路停运。他立即打电话上报了单位。由于发现和抢修及时，避免了一次线路事故的发生。毛主席说过，世界上怕就怕"认真"二字，共产党是最讲认真的。佟明正是靠着认真的工作态度，靠着高度的责任心，在本职工作中体现了共产党人的先锋模范作用。

2019年2月，鞍山供电公司党委发出号召，鞍山电业局是带电作业的发源地，我们要继承老一辈带电人的爱国主义精神，继承他们不怕苦不怕累不怕死敢为天下先的带电精神，并将这种无私奉献的带电精神永久地传承下去。号召一经发出，立即得到公司上下的积极响应。不久，一份研发"无人机载X光带电探伤检测装置"报告，摆在了公司领导班子的桌面上，并得到了公司领导班子的高度重视。于是，一场关于带电作业工具技术革新的工作正式拉开了序幕。

早在2018年秋，输电运检室符绍朋副主任，就曾经有过无人机载X光带电探伤检测这一构想，但仅仅停留在思考的层面上。因为是高科技，一些技术数据很烦琐，比如无人机信号传输模块、供电模块、机载X光机背板进行防电磁波和充放电技术改造，利用载波相位差分技术与北斗卫星连接等，都需要专业人员来完成。而且据外来施工人员介绍，这种技术他们也开发过，但都以失败而告终。那天在铁塔下，符绍朋和佟明又提起了这一话题，立即遭到了外来施工人员的反对，他话里的意思是，我们都研究不出来，你们能研究出来？其目中无人之傲慢，激发了佟明研发无人机载X光带电探伤检测装置的激情。他表面平静，内心却燃烧着进取的热火，对符主任说："干，咱们有公司做后盾，我就不信弄不成它。"

党员干部要勇于创新，敢挑重担，敢啃硬骨头，敢于涉险滩。佟明记住了这句话，因为他是共产党员，而这句话成了研制无人机载X光带电探伤检测装置的动力。也就是从这天开始，他跑厂家对接，和厂家沟通，积极参与各项技术试验。他就像《射雕英雄传》中的郭靖一样，一遍不行就两遍，两遍不行就三遍，三遍不行就更多遍，直到找出问题所在，再改进，再革新，然后再试验。他自己还买了一架无人机，练习飞行技术，为无人机载 X 光带电探伤检测装置飞行做准备。

端午节那天，他正在原野中练习，一个老大爷拄着棍子，眯着眼睛望着天空问："嘿，这是啥玩意儿，这蝴蝶可真大。"佟明被逗乐了，说："爷爷，这不是蝴蝶，是无人机！"老爷爷说："无人机是啥东西？"佟明说："无人机就是无人驾驶飞机。"老爷爷嘿嘿笑了起来，说："小伙子，就是有人驾驶，也坐不下呀，你那东西太小。"佟明哈哈大笑，说："爷爷，无人机就是无人驾驶，所以才叫无人机。"老爷爷哦了一声，嘀咕道："我听说过无声手枪，还没听说过无人机啥的，这……没人开咋飞？"佟明扬了扬手中的遥控把柄，说："我靠这个控制。"老爷爷又哦了一声，好像明白了，就问："你弄这玩意儿有啥用？就是玩呗？我小时候玩过风筝，和你这差不多。"佟明说："爷爷，这个用途可大了，我靠这个能发现线路上的缺陷，能发现线路运行是不是良好，有问题我们好分析，然后我们好带电处理这些问题，咱家里就不会停电了。"老爷爷瞪大了眼睛说："就这小玩意儿能干成这么大的事？"说着，仰头看着嗡嗡响的无人机说："好哇，孩子，有出息，爷爷给你加油，咱们现在生活好了，国家越来越强大，飞机有了歼-20，有了航空母舰，卫星天天上天。"佟明说："爷爷，你懂得不少哇！"老爷爷笑了，说："我都是从电视上看的，还有这工匠那工匠，你好好干，也当工匠，你们年轻人有干劲，我老爷子高兴，你是党员？"佟明点了点头。老爷爷瞪着眼睛，竖起大拇指说："好家伙！"接着老爷爷的表情有几分调皮，像个孩子一样神秘地说："小伙子，我也是党员。"佟明立即肃然起敬，望着老爷爷，然后将目光投向了空中盘旋的无人机，心说，等着瞧吧爷爷，我不会辜负您老人家的期望。他起早爬半夜，往往忙起来就是一个通宵。妻子说："你这样太辛苦了，得注意休息。"他说："我年轻，苦点累点没啥，等忙过这阵再休息。"他明显消瘦了，双眼布满了血丝，原来黑里透红的面庞显得有些苍白。

几十年前魏巍写过一篇报告文学《谁是最可爱的人》，那里高度赞扬了中国人民志愿军是最可爱的人。是的，为了民族的自由，为了民族的尊严，为了世界的和平，先烈们抛头颅洒热血，他们是我们民族的骄傲，理应是最可爱的

无人机载X光带电探伤检测装置

人。而在和平年代，为了人民的幸福努力奋斗，为了人民的利益不惜牺牲个人的利益，为国家做贡献为民族谋复兴忘我工作的人，也理应被称为"最可爱的人"。佟明是可爱的，像佟明这样的劳动者也是可爱的。

做一件事，只要耐住寂寞，扎扎实实地干，没有不成功的。经过将近半年的艰苦奋战，2019年7月2日，国网鞍山供电公司在沈阳带电作业实训基地，无人机载X光带电探伤检测装置在强电场中进行了厘米级飞行，实施省内首次无人机等电位带电作业，"无人机载X光带电探伤检测"试验成功了。所有的人都起立鼓掌，互相拥抱，互相祝贺，而佟明的眼睛润湿了。无人机载X光带电探伤检测装置的试验成功，解放了生产力，打破了该项作业需停电后由人工登塔实施的传统方式，填补了国网辽宁电力智能设备辅助带电作业领域的空白。

有的人只看到了荣誉的光辉，而看不见背后辛勤的汗水。满园花朵的盛开，是因为有园丁在除草浇灌。丰收的稻谷，是因为有农民在喷洒农药和施肥。荣誉的背后有无数个昼夜在支撑，有无法累计的辛勤劳动在支撑，这种支撑不仅仅是荣誉的光辉，而是一种信念，一个共产党员的信念，那就是为了电力事业甘于默默奉献，为了中华民族的伟大复兴甘愿自我牺牲的精神。只要有了这种信念，干什么都无怨无悔信心百倍。

让我们来看看佟明在短短的9年间获得的荣誉和获奖情况，也许就能找到取得成绩的答案。

2012年国网鞍山供电公司优秀青年和先进生产者；2013年国网辽宁省电力有限公司安全应急先进个人和应急救援竞赛优秀选手；2014年国网鞍山供电公司标兵；2015年度国网鞍山供电公司优秀共产党员和劳动模范；2016年国网鞍山供电公司青年领军人才和国网辽宁省电力有限公司安全生产先进个人；2017年度国网鞍山供电公司劳动模范；2018年度国网辽宁省电力有限公司劳动模

范；2019年辽宁省五一劳动奖章。

现在他已经获得发明专利授权4项，实用新型专利授权13项；科技成果获国网辽宁电力科技成果新技术应用二等奖2项、三等奖2项，专利奖励三等奖1项、应用理论三等奖1项；全面质量管理（QC）成果曾获全国电力行业QC小组活动优秀成果奖1项，国家电网公司三等奖1项，辽宁省电力有限公司一等奖2项、二等奖5项、三等奖2项，获辽宁省质量科技成果一等奖9项。2019年，"空中医生——无人机载X光无损探伤技术"获国网辽宁电力青创赛金奖，国家电网有限公司青创赛决赛金奖。

让我们祝福这个年轻人吧，祝福他的努力终有回报。让我们为这个年轻人加油吧，愿他百尺竿头，更进一步。让我们为这样的共产党员鼓掌吧，因为他们是时代的先锋，民族复兴的中坚力量。让我们为他们喝彩吧，因为他们是中华民族的脊梁，是未来的希望。

群 英 谱

柏 木

1997年年末，在鞍山宁远一次变配网线路基建工程施工中，局里要求在两个月内完成全线组立32基铁塔的任务。当时气温在零下二十七八摄氏度，施工条件十分艰苦，任务艰巨。检修二班面临的困难更大，因为他们全班14人竟有5人患有腰脱病，且大多是骨干，被人们戏称为"腰脱班"。检修二班是一个有着光荣传统的先进班组（当年赵程三就是这个班的老班长），是一个特别能吃苦、特别能战斗的集体，他们必须站在整个送电工区的排头；而作为班长、党员、劳模，柏木要给工友做出表率。面对班里的现状，他有些犯难，他好几天吃不下饭，睡不着觉，反复琢磨着施工方案。突然有一天，脑子里灵光一闪，一个后来被命名为"两步作业法"的施工方法冒了出来。这种方法就是先把零散塔材在地面组成单片，再成扇组塔，着重发挥地面人员的作用，提高了劳动效率，加快了施工进度。"两步作业法"很快在全工区推广，保证了任务如期完工。

1998年秋检中，工区采用以旧线代抽新线方法为220kV鞍草线（摩天岭段）换避雷线，换线段足有4000米。摩天岭地势复杂，沿线跨越7座山，最高海拔500米，山高、坡陡，跨越档大，线的张力大，加之对讲机在山区失灵，每基塔上都需有人打信号联络。作业时用汽车轮抽拉旧线，这一环节是最危险的工作，要控制好轮速稳定住抽线张力，同时还要与各塔信号员保持好联络，否则将会发生断线，危及其他作业现场工人的安全，引发事故。这个作业又落到了检修二班头上，二班的同志们也都跟柏木干惯了重活、累活、险活，对工区的安排也从不计较。柏木与一名同志坚守在旋转的绞线旁，不时调整着轮圈方位，及时处理抽线中出现的各种障碍，避免了多次跳槽跑线的险情，保证了工程安全顺利地完成。

领导和同志们都知道，在多年的工作中，在柏木身上体现了三个最突出的特点：一是越险、越苦的作业领导对他越放心；二是他善于发挥骨干作用，培养新生力量；三是能忍辱负重，忍受常人难以想象的心理压力。柏木始终绷紧安全这根弦，越是险重的活他想得越细、越周全。每次外出作业，他都要逐一

柏木在作业中

检查每名工友是否采取了安全措施，作业时他盯着每一处易发生事故的危险点，指导工友操作，对不放心的活他还要亲自去干。

和常人一样，柏木家里也有本难念的经。为了工作，他却不能像常人那样去妥善处理"家庭事故"。家事、琐事都没能影响到柏木的工作。在工作最忙的6kV东唐线施工时，他妻子遇车祸住进医院，他都没因此耽误一天工作。面对家人和亲属的埋怨，他都忍受了。妻子下岗没工作，曾几次劝他找领导说一说，他没找。而当毕业在家的女儿待业找不到工作时，爱人再次劝他："我的事你不管行，孩子的事你还不管哪，去和领导说说或许能给予照顾的。"老柏忍住内心的痛苦对妻子说："我是劳模，这是领导和大家给的荣誉，我怎好用这荣誉去和领导讨价还价呢？等一等吧。"而这一等就是3年多，也没个结果。

人物小传：柏木，1952年5月出生，辽宁省辽阳县人。1972年1月参加工作，一直在鞍山电业局送电工区工作，直至退休。初中文化，1996年被评为送电检修技师。多次组织大型带电作业，如浑安线206#261#铁塔加高工程（1984年）、东果线09分歧线带电改造工程（1993年）、鞍草线442#铁塔整体移位加高（1994年）等。在铁塔整体移位加高工作中，他提出的"两步作业法"能显著提高劳动效率，很快在全工区推广。1993年至1997年连续五年被评为鞍山电业局十大标兵之一，1993年被评为东电安全生产标兵，多次被评为鞍山电业局优秀共产党员，1996年被评为鞍山市劳动模范，1999年被评为辽宁省劳动模范，2001年被中华全国总工会授予五一劳动奖章。

柏木干活特别认真、细致、又快又好，他把工作当作乐趣，乐在其中。他在鞍山九中木匠班学习，木匠工作有许多口诀，这对其他工作也有启发作用。他说，检修二班是个大班组，作业工具基本上都得自制，班里车钳铆电焊一应俱全，班里的卷柜和桌椅板凳大部分都是他打的。"我还是个手艺不错的木匠呢！"柏木笑呵呵地说。

薛 岩

薛岩能文能武，是一个兼具带电作业专家和领导干部双重身份的人。最近20年来，作为供电公司的领导干部，薛岩辗转于锦州、葫芦岛、丹东3个城市

薛岩参加带电作业专业会议

之间，处处表现出严谨而务实的领导才能。他在带电作业研究方面更是身体力行，在理论研究、工具研制、标准编撰等方面都颇有建树。

人物小传：薛岩，1958年9月出生，辽宁锦州人。1978年9月毕业于阜新矿业学院。1983年12月起，历任锦州电业局生技科、科技科带电班技术员，试验所专责工程师，两锦电业局生技处专责，送电工区副主任、主任，两锦供电公司劳动工资处处长、副总工程师、总工程师、副总经理，葫芦岛供电公司筹备组副组长、副总经理，丹东供电公司党委书记兼副总经理，锦州供电公司党委书记兼副总经理。工商管理硕士，教授级高级工程师。主持或作为主要参与者完成的10个带电作业项目分别获得东北电业管理局、辽宁省电力有限公司科技成果奖。其中：主持完成的"提高500kV带电作业技术水平"综合项目，1994年荣获东电直属一等奖；主持完成的"铰接绝缘拉杆、单元小车"式带电更换500kV线路整串耐张绝缘子工具项目，分别获得1996年电力部科学技术进步三等奖、1996年辽宁省发明创造一等奖。2004年3月至2008年9月间，作为主要起草人之一，起草了带电作业方面的3项国家标准和5项电力行业标准，均已颁布实施。曾任全国带电作业标准化委员会委员、中国电机工程学会带电作业专委会委员、全国电力系统送电专业运行网带电作业专家工作组组长兼送电线路专家工作组专家、中电联全国输配电技术协作网（EPTC）带电作业专家工作组主任委员。现为EPTC专家委员会名誉主任、（连任）全国带电作业标准化委员会委员、智能带电作业技术及装备（机器人）湖南省重点实验室学术委员会委员，中国电工技术学会不停电检修技术与装备专业委员会顾问。1996年被辽宁省总工会授予"优秀创业者"称号并获辽宁省五一劳动奖章，1999年4月被评为辽宁省劳动模范，2001年3月被中华全国总工会授予全国五一劳动奖章。

丁氏父子（丁其源、丁涛）

回忆当年第一次登塔作业时的情形，丁涛坦言："很害怕，老是担心绳子脱落，就怕掉下来。后来发现绳子很安全，就不害怕了。"跟丁涛一起分到带电作业班的16个人，最后只有丁涛一个人坚持下来。这一坚持，就是37年。

"86米的铁塔，爬到了80米，同时还要背着地线上去。在上面，风呼呼地刮，一松手人就能飘起来。"这是丁涛作业时的常态，却说得云淡风轻。

鞍山公司目前所有的220kV变电站和66kV变电站设备情况，丁涛都烂熟于胸。根据现场发现的问题，整理提炼成合理化建议、QC小组活动成果、科技论文等多次获得奖励，并最终应用于生产实践。"攻克66kV等电位感电的罕见现象"获得鞍山公司QC成果一等奖。他主持发明的"独角绝缘组合挂梯""220kV隔离开关带电直联短接线装置""220kV垂直开启式隔离开关分流装置"等多项成果，获批国家实用新型专利。

作为国家电网公司生产技能专家，丁涛可不是浪得虚名，他的理论功底和实践经验堪称一流。2014年11月6日，丁涛参加了"中国带电作业技术会议——输变电带电作业论坛"，并分享了鞍山变电带电作业方面的经验。

现在的带电作业年轻人少，出现了断层，丁涛忧心忡忡："我得把咱们的带电技术传承下去。"他经常跟年轻人说："希望你们后浪踏前浪，将带电作业发扬光大。"2008年，丁涛收了个徒弟陈昱达，把自己一点一滴积累的经验都悉心教给了他。现在，徒弟已经可以在地面单独完成常规作业。

丁涛自然也当过徒弟。在这个行当里，丁涛的第一个师傅就是他的父亲丁其源。他的父亲是第一代带电作业人，受父亲的影响，丁涛参加工作以后也对带电作

丁涛与父亲丁其源

业产生了浓厚的兴趣。

人物小传： 丁其源，1933年6月出生，辽宁海城人。初中文化。曾经放过牛、种过地、当过临时工。1951年参加工作，历任鞍山电业局变电工区、鞍山工段工人，变电工区带电检修班班长，试验所带电研究组组长，安监科科员、安监处变电专业工程师等职。1971年6月至12月，任水电部援阿中国专家组成员，圆满完成带电作业培训任务回国。长期从事变电带电作业技术研究，先后研制成功60kV～220kV带电断接引消弧器，10kV带电清扫用吸尘器，10kV带电作业绝缘服等。1988年晋升为工程师。

带电作业技术的发展，离不开"传承"二字。在鞍山公司，像丁涛这样子承父业的，还有很多。

肖 坤

按照本书创作思路，出现在《群英谱》中的名字，都是各个时期曾经为辽宁带电作业发展做出了重要贡献的退休职工。而肖坤是个例外，他是唯一一位国网辽宁省电力有限公司的在职员工。而这正缘于他作为带电作业领域中坚力量，在辽宁乃至全国业内有着重要的地位。

人物小传： 肖坤，1964年6月生于吉林省龙井市，1987年8月毕业于西安交通大学，2002年获硕士学位，高级工程师。主要从事带电作业相关方面的科研、试验、教学以及高电压试验研究工作，历任辽宁电科院高压试验场副主任、电网生产部副主任、试验场主任、带电作业培训分中心主任、带电作业技术中心主任等职。曾参与编写《带电作业工器具手册》《回顾与发展——中国带电作业六十年》《中国带电作业六十年优秀论文集》等专著，发表论文《对500kV线路带电作业安全距离的探讨》《关于500kV线路小塔窗带电作业安全距离的探讨》《500kV同塔双回线路电场分布试验与分析》《500kV线路耐张串组合间隙放电电压问题的分析与探讨》等10余篇，并参与30余项相关带电作业标准的编写、审核工作。参与的"高压带电作业绝缘工具和电气复合绝缘管的综合绝缘检测与诊断技术研究"获得电力部科技进步三等奖（1998年）；主持的"500kV同塔双回线路带电作业技术试验研究"项目获得四川省人民政府授予的科技进步二等奖（2002年），"高电压大容量测试系统"项目获得国家电网公司科技进步三等奖（2005年），"500/220kV同塔多回路运行维护技术研究"获得国家电网公司科技进步三等奖（2009年），"500/220kV同塔多回路运行维护技术研究"获得辽宁省科学技术进步三等奖（2011年）。另有多项成果获辽宁省电力有限公司嘉奖。连任两届中国电机工程学会带电作业专业技术委员会秘书长、连任五届全国带电作业标准化技术委员会委员，电力行业全国输配电协作网带电作业专家工作委员会副主任委员、主任委员（至2020年届满），首届中国电工技术学会电力不停电检修技术与装备专业委员会副主任委员（至2024年）。3次获得中国电机工程学会"先进工作者"荣誉称号。

器·技篇

这一时期，东北带电作业科技情报网，带电作业专委会、专家组，带电作业标准化，学术交流与考察，工具选型与技术鉴定……各项工作都取得了丰硕成果，这些就不再一一列举。我们只聚焦于四个比较重要的方面，虽然还是有些枯燥，却是货真价实的"干货"。

500kV带电作业频出新成果

1988年8月20日，东北电管局在营口召开《500kV带电作业工具鉴定、定型、定点生产工作细则》讨论会，落实兴城会议"500kV带电作业工器具要逐步实行统一鉴定、统一定型、定点生产"要求。讨论修改后，在同年9月召开的优选会上得到通过。

1988年9月10日至13日，全国500kV带电作业工具选型会在营口召开，共112个单位280人参加会议。会议举办了工具展览，把包括鞍山电业局更换直线双联整串绝缘子的全套工具在内的6种性能较好的工具推广到全国。专家组还就各项目操作方法、进入强电场方式、工器具试验标准等问题进行广泛探讨。

1989年10月，东电试研院建成虎石台500kV带电作业培训试验线段，验收合格投入使用。线段全长240米，档距60米，建有5基ZB3、ZM5、JG定型杆塔，6基单柱自立式终端塔。

1989年12月，中国带电作业技术中心举办第一期500kV带电作业培训班，培训地点在沈阳虎石台试验站。培训期两周，理论讲课和相关规程制度安排一周，现场模拟操作安排一周。1991年至1993年期间，这个培训班共开办10期。

1990年12月10日至12日，能源部电力司在沈阳召开500kV线路带电更换绝缘子工具技术鉴定会，参会者共22个单位51人。4种工具参加鉴定，它们都吸取了"营口选型会"定型工具的众家之长，经过中国带电作业技术中心重新设计后，由哈尔滨市电力绝缘工具厂制作。

1991年3月25日至28日，东电试研院在沈阳召开500kV带电作业座谈会，参会者共22个单位49人。有关人员重点介绍山东省泰安电业局500kV带电工具爆炸事故调查分析报告，参会人员吸取惨痛教训，严防类似事故在东北发生。

1991年至1992年，抚顺电业局在500kV丰辽线带电改造直线塔绝缘子串取得成功，他们把原有"XP-16×28"串型改造成"XP-16×30"，每串增加两片绝缘子，完成132.6km线路、263基塔串型改造任务，增添绝缘子2006片。方法很简单：使用绝缘子卡具在铁塔悬挂点以下增添绝缘子（无须接触带电导线）。此种作业方法安全可靠，工作效率很高。

1993年10月26日至30日，东北电管局在沈阳召开东北电网500kV设备带电作业表演会，辽、吉、黑三省部分供电局，东北三省电力试验研究院（所），国内各大区供电（电业）局特邀代表，部分工具制造厂，共248人参加会议。11个电业局在会上进行了33个项次的操作表演。其中，两锦

500kV带电作业现场

电业局采用"小车式工具"更换耐张整串绝缘子，工具结构新颖、操作便捷、劳动强度小，受到与会代表好评。经专家评审，两锦、辽阳、鞍山、营口等电业局获优秀表演奖；两锦、沈阳、营口电业局获工具创新奖。会议期间举办了"赴美考察带电作业专题报告"和"500kV工具机械试验报告"。

1998年6月19日，中国带电作业中心在沈阳召开《超高压输电线路同塔双回线杆塔带电作业研究》项目实施方案（初稿）研讨会，14名专家参加研讨。

这个班组不寻常

和鞍山电业局英雄集体送电工区送电二班一样，国网鞍山供电公司变电检修室检修八班也是一个特别能钻研、特别能战斗的班组。综合班组管理、变电技术、实操能力、工具装备、人员配置等各个方面，鞍山变电检修八班是具有国内变电带电作业领先水平、全国综合实力最强的变电带电作业专业班组（大连供电公司变电检修九班正奋起直追，迎头赶上）。毫不夸张地说，鞍山变电检修八班是变电带电作业的先锋，走在了带电作业发展的前列。这是一个不寻常的班组。

第一个不寻常，鞍山变电检修八班技术全面，能做30种带电作业。

受作业环境等因素的制约，目前变电带电作业技术发展参差不齐。有的单位在不同电压等级安全距离满足作业要求的前提下，一年四季开展带电作业；技术发展一般的，只干一些简单的常规带电作业项目；技术发展不好的，只能开展一些力所能及的地电位项目，有的甚至连地电位项目都没有开展。而国网鞍山供电公司变电带电作业主要可进行等电位带电作业和地电位的带电作业两种，共5个类别。其中等电位作业可进行设备带电断接引、带电直联、变压器套管补油等3个类别；地电位可进行变电站构架悬式绝缘子带电检测作业、避雷器带电断接引等2个类别。现在，鞍山变电检修八班可开展220kV水平开启式隔离开关带电断、接引等30项，其中等电位带电断、接引等27项，地电位悬式绝缘子带电检测等3项。

第二个不寻常，鞍山变电检修八班作业任务遍及全省，不仅担负着鞍山地区（包括海城、台安、岫岩）20座220kV变电站和146座66kV变电站带电作业任务，还负责国网辽宁电力变电带电应急抢修和消除缺陷的任务。

第三个不寻常，鞍山变电检修八班硬件建设好。拥有一个150平方米的变电带电标准库房，专用带电作业工具车、乘员车各1辆。

第四个不寻常，鞍山变电检修八班人员素质高。现有成员8人，平均年龄51岁，其中高级技师2人、技师4人、高级工2人。班组中3人具有大专以上学历，1人具有国家电网公司生产技能专家称号（丁涛），1人有辽宁省电力有限公司生产技能专家称号（何忠伟），4人担任中国带电作业中心兼职教师和示范师（丁涛、何忠伟、王宏、李兴生）。

第五个不寻常，鞍山变电检修八班确保了安全作业。

电工作业的复杂性注定了这是一项高智力、高技能、高风险的三高工种。为保证带电作业的安全性，必须提高工作人员的安全意识，重视日常培训，严格考核管理。变电检修八班不断向安全要效益，走出了一条崭新的带电作业发展之路。秉承"安全就是最大的效益"安全意识，强调安全120%，而不是100%。通过一整套行之有效的安全培训模式，依托安全工作规程，在带电作业实操中严格遵循"五心"安全工作法（即细心勘察、精心准备、全心作业、爱心监护、用心总结），班组自成立以来未发生一起安全事故。

近年来鞍山变电检修八班成功处理各项缺陷20余起，为确保系统稳定运行、提高供电可靠性做出了突出贡献。如"迎十九大，保供电"期间，成功处理岫岩渭水河66kV变电站10kV庙岭线A相刀闸发热带电直联做分流，台安工业园66kV变电站66kV台园线线路刀闸线路侧A相接线端子发热带电直联

红旗堡220kV变电站220kV母线刀闸至母线间引流线带电断、接引

抚顺李石寨220kV变电站66kV母线带电直联

做分流。时间向前追溯到2008年，那是奥运之年。为确保沈阳分赛场的可靠供电，鞍山供电公司丁涛到作业现场靠前指挥，帮助解决了抚顺李石寨220kV变电站66kV母线直联问题，显露出丰富的工作经验和超强的实际作业能力。

第六个不寻常，鞍山变电检修八班具备较强的科研能力。2012年6月，鞍山变电带电作业科研小组在检修八班成立，随后，以丁涛为牵头人的国网鞍山供电公司特种兵科研小组在此基础上成功实现升级。几年来，通过不断钻研创新，开展对变电带电工具、方法及操作规范的研究，取得了可喜的科研成果。获得"220kV垂直开启式隔离开关分流作业新方法"等发明专利6项，获得"独脚绝缘组合挂梯"等国家实用新型专利9项；发表学术论文10余篇，多项成果在辽宁省、国网辽宁电力、鞍山市获奖；编制《220kV和66kV带电断接引指导书》等30项操作规范，其中9项通过国网辽宁电力认定；还制定了《绝缘工具出入库制度》《带电工具库检查制度》《带电班规范化作业流程制度》等规章制度。

第七个不寻常，鞍山变电检修八班频获嘉奖。先后获得辽宁省电力有限公司工人先锋号、安全管理标杆班组，辽宁省优秀班组，全国"安康杯"竞赛优胜班组，全国模范职工小家，辽宁工人先锋号等荣誉称号20余项。班长何忠伟多次被评为辽宁省电力有限公司工人先锋号优秀班组长、十佳班组长、优秀班长、安全生产先进个人等。

2008年，鞍山变电检修八班在辽宁省电力有限公司举办的变电带电作业技能竞赛中荣获团体冠军，丁涛荣获个人第一名，李光荣获个人第三名；2016年鲍玺辰在国家电网公司《安规》年度调考中，取得第三名的好成绩。

第八个不寻常，这也是最关键的，鞍山变电检修八班在成绩面前没有沾沾自喜、故步自封。他们将继续前行，今后的工作将瞄准两个努力方向：

一是培养人才。老师傅现场实际经验多，理论知识水平低，青年员工则相反，复合型操作人才的匮乏制约着变电带电作业向纵深发展。今后要继续为公司变电带电作业的发展储备一批专业技术人才，以期顺利完成新老交替，解决作业人员年龄偏大、青黄不接的问题。

二是精心编制30种变电带电作业的指导书，使之成为国网辽宁电力的标准规范，最终成为国家电网公司的规范。这是一项艰巨的任务，需要发扬"带电精神"，继承和发扬老一辈带电人的优良传统，创新实干，奋勇争先，不断攀登，再创辉煌。

3家公司的14个"首次"

沈阳供电公司：

2001年6月，首次利用绝缘手套作业法开展10kV配电线路带电接引作业。

2014年5月27日，在10kV于山变于城线全北分53#首次利用绝缘手套作业法开展了带负荷直线杆改耐张杆加装柱上负荷开关作业。11月12日，首次利用综合不停电作业法进行不停电更换配电环网柜改造作业。

2015年5月15日，首次采取综合不停电作业法带负荷更换被汽车撞裂的10kV滑齐干5+1#分歧电杆。9月16日，首次采用绝缘杆作业法带电安装J型专用引线线夹，顺利完成东李干50右7#杆带电搭接分支引线作业。11月13日，首次采用综合不停电作业法在10kV劳动变生产甲线生产干47左6#，完成不停电更换柱上变压器作业。

鞍山供电公司：

2015年7月28日，首次采用综合不停电作业法完成10kV房身线更换分歧电杆、导线和杆上金具大型综合缺陷处理作业。12月9日，首次利用多旋翼无人机辅助开展带电作业。

2017年4月18日，首次采用旁路作业法在矿山分3#实施带负荷更换柱上开关作业。5月18日，在普及绝缘斗臂车作业后，首次采用地电位绝缘杆作业法更换宁忠干1#同杆四回线路绝缘子作业。6月10日，鞍山公司无人机载X光带电探伤设备试验成功，本次试验在行业中创立了两个"首次"，即首次利用无人机进电场进行带电作业，以及首次在强电场中进行X光探伤。

营口供电公司：

2017年11月14日，国网辽宁电力县域配网不停电能力提升暨现场观摩交流会议在营口市鲅鱼圈区举行。营口公司首次采用绝缘杆作业法完成不间断负荷更换柱上开关作业，在东北区域尚属首次。

2019年4月，输电带电作业班首次采用平梯法进入220kV中、上线强电场进行等电位作业。

辽宁带电作业的奖牌榜

在研究方面，国网辽宁电力的得奖大户是国网辽宁电科院。该院近30年来的获奖项目包括（但不限于）：

"500kV带电作业安全距离试验研究"项目获东电三等奖（1987年）。

"500kV线路四分裂400mm²导线带电更换绝缘子工具的研制"项目获能源部四等奖（1991年）。

"高压带电作业绝缘工具和电气复合绝缘管的综合绝缘检测与诊断技术研究"项目获电力部三等奖（1998年）。

"500kV同塔双回线带电作业的研究"项目获辽宁省电力有限公司科技进步一等奖（2001年）、四川省人民政府二等奖（2002年）。

"同塔500kV、220kV四回线运行维护研究"项目获国家电网公司三等奖（2009年）。

"配网不停电作业系列工具研制与应用"项目获国家电网公司二等奖（2017年）。

另外，盘锦公司的"变电站事故检修带电作业组合工具的研制与应用"项目获国家电网公司三等奖（2016年）。

在技能竞赛方面，获奖情况如下：

2018年10月20日至24日，浙江建德，输电线路带电作业技能竞赛（国家电网公司主办）：刘伟杰（辽宁营口供电公司）获得220kV等电位更换防震锤、修补导线（个人项目）前10名。

2011年10月18日至21日，山西临汾，10kV配网架空线路带电作业技能竞赛（国家电网公司主办）：辽宁公司荣获带负荷更换三相柱上隔离开关（团体项目）一等奖，郑彦林、王家峰（辽宁公司）分列更换三相跌落式熔断器（个人项目）前10名。

2012年11月12日至18日，浙江建德，第八届电力行业中电联输电线路带电作业技能竞赛（决赛）（中电联、中国就业培训技术指导中心、中国能源化学工会主办）：徐中凯（辽宁公司）获更换耐张单片绝缘子、更换间隔棒（个人项目）前10名。

2016年10月24日至27日，浙江湖州，10kV配网不停电作业技能竞赛（国家电网公司主办）：陈广勇（辽宁公司）获绝缘杆作业法带电接分支线路引线（个人项目）前10名；宋仕达（辽宁公司）获绝缘手套作业法带电更换耐张绝缘子串（个人项目）前10名。

第四部分

带电作业再出发

科学擘画带电作业新蓝图

镶嵌在塔顶的
不是偶然滴落的墨迹
是那些舞电者无私无畏的身影
战胜了艰险　开创了先河

摇曳在银线上的
不是秋风旋起的落叶
是一群傲然苍穹展翅翱翔的精灵
飞越了千山　惊艳了世界

翅膀传承飞翔
水滴传承流淌
果实传承花开
我们　传承希望

传承　电流与脉搏的
汹涌激荡
传承　热血与信仰的
巍峨雄壮

清晨的东方　那一轮初升的朝阳

托起了人民对美好生活的向往

遥远的天边　那一抹灿烂的晚霞

装点了万家灯火，幸福时光

初心永不忘，带电再出发。

党的十九大报告指出，中国特色社会主义进入新时代，我国社会主要矛盾已经转化为人民日益增长的美好生活需要和不平衡不充分的发展之间的矛盾。报告提出，要通过加快构建生态文明体系，确保到2035年，生态环境质量实现根本好转，"美丽中国"目标基本实现。

我国经济已由高速增长阶段转向高质量发展阶段，生产、流通和消费等领域电气化的深度和广度不断发展，终端用能需要实现高比例电气化，业已形成电力需求新常态。高新技术、高附加值产业、高精度制造企业、医院、实验室等重要用户对电能质量要求越来越高，如集成电路、芯片生产要求24小时不间断运转，几十毫秒的电压闪降会给企业造成几百万的损失；高精尖实验室因电压闪降一次都会导致其数据丢失，其损失更是无法估算。

显然，提升供电可靠性是促进国民经济顺利转型、加快城乡建设升级、实现新能源电力发展与节能减排目标的重要举措。当前电力行业的内外部形势变化对电网供电可靠性的要求已达到了前所未有的新高度。基于《配电网建设改造行动计划（2015—2020年）》，国家能源局对"十三五"期间供电可靠性的提升目标做出了明确要求：到2020年，供电可靠率应达到99.82%，其中中心城市（区）、城镇、乡村分别为99.99%、99.88%、99.72%；用户平均停电时间为15.7小时，其中中心城市（区）、城镇、乡村分别为1.0小时、10.0小时、24.0小时。

由此，作为解决"电网系统可靠、用户供电可靠、设备安全运行"三者矛盾的有效手段，带电作业的重要性日益凸显。

研究成果表明，未来带电作业的发展前景十分广阔。研究人员在五个方面给出了建议。比如在管理模式方面，要变革管理模式，全面释放活力；坚持"能带不停"原则，加强专业间协同；落实停电计划审核，提升供电可靠性。在人员培训方面，有必要对配网运行、检修、电缆等专业人员开展全员资质培训，实现配电专业全员具备不停电作业能力。在技术装备方面，应补充不停电作业装备，切实提升装备配置水平。在标准质量提升方面，推广不停电作业示范区，充分发挥引领示范作用。在带电作业环境方面，需要在业务发展、技术创新的基础上加大专业文化建设和推广，以促进行业的美誉度。

进入2019年，辽宁经济筑底企稳、稳中有进、进中向好，已经走出了最困难时期，开始步入平稳健康发展轨道，开启了以"一带一路"建设引领全面开放、推动全面振兴的高质量发展新时期。国网辽宁电力紧紧抓住东北全面振兴的有利契机，贯彻落实辽宁省委、省政府的工作要

国网辽宁省电力有限公司文件

辽电设备〔2019〕644号

国网辽宁省电力有限公司关于全面加强带电作业管理工作的意见

各供电公司,国网辽宁检修公司、电科院；技培中心、经研院:

为认真贯彻落实公司年中工作会议精神，按照《国网公司输电专业带电作业三年发展规划》及《国网设备部关于全面加强配网不停电作业管理工作的通知》(设备配电〔2019〕77号)要求，公司将全面加强带电作业管理工作，大力推进带电作业高质量发展，支撑用户供电可靠性和服务质量提升，现就强化带电作业管理、进一步提高带电作业水平提出如下意见。

一、充分认识新时期带电作业的重大意义

开展带电作业，不仅能够减少线路及设备停电次数与时间，及时消除设备缺陷，有效减少或避免设备"带病运行"时间、降

— 1 —

国网辽宁电力出台了《关于全面加强带电作业管理工作的意见》

求，主动服务新时代辽宁全面振兴、全方位振兴，主动投身"幸福美好新辽宁"建设，主动配合省政府优化新能源规划和布局，推动各项工作再上新台阶。

在2019年年初的职代会上，国网辽宁电力通过了《配网不停电作业三年发展规划（2019—2021）》。"三年发展规划"首先分析了国网辽宁电力目前存在的主要问题，确定了未来3年的工作思路和目标，并重点提出了6项详尽而务实的保障措施：解放思想，完善正向激励机制；加大培训，提高带电作业技能；健全制度，推进带电作业标准化管理；"市县协同、区域协作"，稳步推进作业；超前控制，融入配网建设管理全过程；统筹资源，提升装备水平。

近日，国网辽宁电力又在"三年发展规划"的基础上，出台了《关于全面加强带电作业管理工作的意见》。这是国网辽宁电力党委班子应对当前的电网形势以及辽宁经济建设的发展格局所做出的顶层设计，公司主要领导同志对发展带电作业提出了明确要求，多次听取专业部门汇报，调研带电作业发展、规划中的具体问题，体现了公司领导对带电作业工作的高度重视。作为一份纲领性

文件，《意见》为未来辽宁发展带电作业指明了努力方向，提供了基本遵循。

《意见》首先肯定了带电作业的重大意义。65年来的带电作业实践一再证明：开展带电作业，不仅能够减少线路及设备停电次数与时间，及时消除设备缺陷，有效减少或避免设备"带病运行"时间、降低事故发生概率，还可以有效减少倒闸操作次数、促进经济效益增长、提升"获得电力"服务水平。《意见》中还特别提出，在国家电网公司实施"三型两网、世界一流"战略的发展新时期，推广带电作业具有重大意义和广阔前景。

《意见》强调，必须践行"人民电业为人民"服务宗旨，牢固树立"不停电就是最好的服务"理念，以客户为中心，以提升供电可靠性为主线，坚持"能带不停、能转必转、一停多用、预算管控"原则，全面推进电网检修带电作业开展。

《意见》提出，要按照"目标导向、示范引领、全面覆盖、能带不停"原则，利用3年时间，分区域分年度全面推进带电作业管理和技术提升。到2021年，城市和县域配网不停电作业化率分别不低于85%和70%，业扩不停电接火率分别不低于95%和85%，500kV及以上电压等级输电线路等电位带电作业率不低于0.4次/百千米·年，带电作业年人均作业次数、检修人员取证率不断提高，为全区域实现不停电检修管理战略目标夯实坚实基础。

有了工作思路和目标之后，还需要大量切实可行的措施来支撑目标的实现。《意见》结合辽宁公司的实际情况，有针对性地规定了六项重点工作措施。

第一，全面提升带电作业精益化管理水平。在提高思想认识方面，各级干部要进一步解放思想，全面落实新时代电网运检管理思路，逐步推进电网检修及工程施工作业由停电为主向带电为主转变，将带电作业工作贯穿于电网规划设计、基建施工、运维检修、用户业扩的全过程，形成全员、全业务、各环节参与带电作业管理的良好氛围。在强化安全管控方面，要强化安全培训，确保"作业安全为自己"的理念深入人心。要规范现场作业，实现作业过程规范化、透明化与可追溯管理。要强化本质安全，严格做好车辆、工器具修试工作，确保作业装备安全可靠。在健全组织机构方面，遵循"上下贯通、横向协同、指挥顺畅、运作高效"的原则，公司设备部输、变、配电专业设置带电作业专职管理人员，统筹省内输、变、配各专业带电作业管理和资源。在地市、县公司配置带电作业管理专（兼）责，进一步加强专业垂直管理力度。配电专业按地理位置设立区域带电作业中心，负责区域内带电作业管理、资源调配及大型作业安排。有条件的地市公司成立配电带电作业室（中心），按照"市县一体"原则，负责全市范围内配电带电作业管理工作。在严控停电检修计划方面，充分发挥供电服务指挥中心专业管理职能，围绕供电可靠性指标，严格停电检修计划管理，对符合带电作业条件而擅自停电现象将严肃考核，逐年持续压降预安排停电时户数。在持续优化电网典型设计方面，以线路典型设计满足现场安全实施带电作业为目标，细化线路典型设计，优化不适合开展带电作业的杆线设计方案。在严格执行带电作业定额标准方面，涉及带电作业工程预算应充分考虑带电作业部分，各级工程管理单位、经研院、经研所等应掌握最新带电定额标准并严格执行，为带电作业正常开展提供保障。

第二，要打造可持续发展的一流带电作业队伍。一是优化带电作业队伍人员配置。在运检班组中挑选工作经验丰富、技能水平较高的青年技术骨干参加取证培训，补充到作业班组，形成新的作业力量。搭建由带电作业班组、新取证的运检班、承担服务外委的集体企业队伍构成的带电作业梯队。二是提高管理岗位配备及技术知识水平。加强省、市、县带电作业管理力量配备，省公司设备部各专业配备带电作业专责1名，地市公司应根据设备规模、管理配置不少于1名带电作业专责管理人员，县公司可根据带电作业班组设置专（兼）职带电作业专责。三是加大带电作业人员的激励力度。鼓励年轻员工到艰苦岗位历练，进一步提高带电作业岗级，安全生产奖励向带电岗位倾斜，将带电专业开展情况纳入公司安全生产奖励范畴，同时加大带电作业劳动保护；鼓励立足本职岗位成才；搭建带电专业年轻优秀人才成长通道，建立带电作业工任职资格评定机制。四是加大带电作业技术交流。以国网辽宁电力电科院带电作业技术中心为依托，组建国网辽宁电力带电作业技术协作网，依托协作网专家组开展带电作业工作交流与检查、新技术及工器具应用论证把关与推广应用，开展区域间、点对点式带电作业交流活动，建立常态化沟通交流工作机制。

第三，要加大作业装备配置和管理力度。积极引进履带式绝缘斗臂车、张力转移操作杆等国外先进装备，继续加大力度配置绝缘斗臂车、小型无支腿作业车、旁路作业车、移动箱变车、环网柜车、绝缘杆等成熟装备，推广使用防电弧服、防坠落安全带、带电作业机器人等提升人员安全和作业效率装备严格落实试验管控方案的要求，规范开展特种车辆、工器具的型式试验、预防性试验、入网检测试验和交接试验。因地制宜，通过小型基建、原有库房改造或建立移动库房等方式，差异化配置带电作业工器具库房及车辆库房。

第四，要持续推进带电作业新技术的发展和应用，主要是两个"推广"、两个"推进"。即推广0.4kV低压不停电作业技术和配网综合不停电作业法；推进带电检修装备智能化和带电作业现场主动安全防护技术提升。

第五，要完善带电作业培训体系。依托公司电科院专业技术支撑和锦州技培中心专业培训优势，持续采取定期轮训、技能比武、技术交流、评估会诊等多种培训模式，重点做好加大带电培训基地建设、建立带电作业人员"资质取证+轮训"机制、优化现有带电作业培训科目及增加0.4kV配网不停电作业培训项目等工作，提高全员技术技能。

第六，要大力开展科技攻关。以带电作业机械化、智能化、作业工具电动化为导向，加强带电作业理论和新成果应用研究。鼓励基层单位带电岗位技术创新，组建带电作业创新工作室或攻关团队，鼓励与高校、科研院所、制造企业技术合作，开展新项目、新技术、新工具研发工作。各单位应增加带电作业科技研发费用，积极组织与带电作业相关的科技项目立项、评审和推广，配合做好标准编制、修订等工作，确保带电作业技术始终走在行业前列。

《意见》还就加强组织领导、强化专业协同、开展自查评估、制订工作计划、严格监督考核等方面提出了工作要求，强调指出：各单位应逐步推进电网检修由停电作业向带电作业转变，按照运检专业"人人都懂带电作业，带电作业人人都会"的思路，将带电作业工作贯穿电网工程设计、设备选型、施工、检修、用户业扩全过程，推动运检各专业管理深度融合，形成全员、全业务、各环节参与带电作业管理的良好氛围。

合力奏响"带电精神"最强音

　　带电作业发展 65 年来，几代带电人一直秉持着一种"带电精神"。这种"带电精神"，在不同的年代、不同的场合，都有过不同的描述和揭示，并深深地打上了时代的烙印。

　　1966 年 5 月，水电部在鞍山召开全国带电作业现场操作表演观摩大会，程明升副部长在讲话中强调："不停电作业这项工作，取得重大成绩的根本原因，是毛泽东思想的伟大胜利。广大群众，学习毛主席著作，突出政治，懂得了一切工作都是为了革命，一不怕苦，二不怕死，一心为革命，一心为人民，就能够变精神为巨大的物质力量，创造出人间奇迹。"在这里，可以把"带电精神"归结为：一不怕苦，二不怕死，一心为革命，一心为人民。

　　到了 1973 年 8 月，水电部生产司在北京召开全国带电作业现场会，张彬副部长在总结发言中说："首先要有敢想敢干的革命精神，技术革新运动才能开展起来。有严格的科学态度，才能使运动健康、正确、深入地开展。鞍山电业局搞带电作业已有十几年，操作 1000 多次，他们不断地有所创造，但没有发生过事故。这首先是由于他们的领导班子有一个敢想敢干的革命精神，不满足于现状，带领群众不断前进。我们带电作业的每一次进展，都是从反复实践中得来的，绝不是少数人关在房子里苦思冥想得出来的。没有勇于实践的精神，就不可能有什么创造。"在这时，我们可以把"带电精神"理解为一种"敢想敢干、勇于实践"的精神。

　　1994 年 12 月，中国带电作业开展 40 周年纪念大会在大连召开。电力部总工程师周小谦在报告结束时说："让我们进一步继承、发扬带电作业前辈们为国分忧、为国争光的奉献精神，勇于开拓，勇于进取，使带电作业技术在今天电力工业的大发展中为电网的安全可靠运行，为提高电网的经济效益做出更大的贡献。"在这里，"为国分忧、为国争光的奉献精神"和"勇于开拓、勇于进取的创新精神"，成为"带电精神"的全新阐述。

2004年9月24日，庆祝中国带电作业50周年大会召开。国家电网公司张丽英首先向那些为我国带电作业技术进行艰苦开拓、勇敢实践、顽强拼搏的工人、工程技术人员和领导干部致敬。她最后再次强调："中国带电作业50年，显示了中国电业职工不畏艰险、勇攀高峰的献身精神，显示了他们的聪明和才智。"我们认为，这里面所说的"艰苦开拓、勇敢实践、顽强拼搏"以及"不畏艰险、勇攀高峰"，正是时代赋予"带电精神"的新内涵。

在鞍山电业局，20世纪80年代初期曾经确定了该局的企业精神为"团结务实，创先奉献"，并发布了《鞍山电业局局歌》，歌中唱道："千山脚下，辽河之滨，哺育了带电作业的故乡人……"可见这时候的企业精神正是脱胎于鞍山电业局带电作业多年来的实践。

2014年，在庆祝带电作业60周年之际，鞍山供电公司在公司二楼，精心制作了一个"先锋之光"展厅。在展厅的结语部分，对"带电精神"进行了提炼："先锋之光"公司文化展全面回顾了鞍山电网发展的历程，深度呈现了公司几十载征程的艰辛与辉煌，透视出在党的领导下，鞍电人在危难关头直面挑战、奋勇争先的高尚情怀和面对时代大潮胸怀开放、团结奋进、创新进取的精神气质，凝聚了"责任、创新、奉献、争先、共赢"的"带电精神"，形成了鞍电人善于争先的独特文化优势，为面向未来的鞍电人积累着继续砥砺前行的精神动力和思想智慧。

责任、创新、奉献、争先、共赢这5个词10个字，成为一段时期以来鞍山供电公司"带电精神"的精练表述。

在新时代，"带电精神"到底是一种什么样的精神呢？换言之，影响了鞍山电业局几代人的"带电精神"，其最本质、最核心的到底是什么？听听他们怎么说。

朱桂萍（原鞍山电业局"三八"带电班副班长）：

人活着就得多做贡献，要有使命感、责任感，要有不用扬鞭自奋蹄的那么一股劲。

集体或群体的英雄精神是一种最朴实、最原始的情感。同事之间，你的命和我的命都拴在一起，是生死相依的伴儿。在鞍腾线换瓷瓶改造工作中，从老师傅到年轻的同志，都团结协作，互相加油，那段历史多珍贵呀！

范桂荣（原鞍山电业局"三八"带电班班长）：

这应该是一种不怕苦、不怕累、不怕死的精神，就是要把生死置之度外。当然要有创新，工具呀、方法呀。

带电作业是我们一生中的荣耀。今天的年轻人应该接过带电作业的"接力棒"，把"带电精神"传承下去。

佟明（国网鞍山供电公司输电运检室技术员，辽宁省五一劳动奖章获得者）：

关键是"严谨"。人和导线、大地、工具的组合距离必须精确，一板一眼都要考虑，每个细节都不能忽视，要有一颗匠心。

任重（国网鞍山供电公司输电运检室专责工程师）：

传承：送电人在蹉跎岁月中走到了今天，老同志吃苦耐劳的精神，为我们做出了表率。

奉献：青年一代思想上要有充分准备，要有一种扎根送电、发展送电的精神。

钻研：钻研业务，钻研技术，技术非常重要。

王志忠（国网鞍山供电公司输电运检室班长）：

带电作业人员要有一股精气神，不能把负面情绪带到作业中。班长要会"相面"，善于观察，排解矛盾。

白洋（国网鞍山供电公司输电运检室党支部书记）：

责任：在岗一分钟，尽职六十秒。
奉献：吃苦耐劳，舍小家为大家。
创新：从工器具到高科技手段都要创新。

王家峰（国网鞍山供电公司配电运检室副主管，全国劳动模范，全国五一劳动奖章获得者）：

传承、发展、超越。要把吃苦耐劳的精神、刻苦钻研的精神传承下去；要刻苦钻研，不钻研，就没办法发展；环境赋予我们的使命，超越原来的自我。贯穿全线的是，希望年轻人、志同道合的人，把我们这面旗帜扛下去。发展和超越是最难的事情。

高振江（国网鞍山供电公司配电运检室党支部书记）：

应该是一种献身电力事业的情怀，怀着对党、对国家、对人民、对企业的无限忠诚，吃苦耐劳、爱岗敬业、刻苦钻研、无私奉献。

丁涛（国网鞍山供电公司变电检修室专责工程师，国家电网公司专家）：

务实求真，发展探索，追求创新。

曹智（国网台安供电公司经理）：

我觉得应该是一种静下心来钻研的精神，"匠人"精神。
欲戴皇冠，必承其重。干什么都得付出努力。

柏木（原鞍山电业局送电工区班长，全国五一劳动奖章获得者）：

老一辈的工作精神是我们永远也忘不掉的。他们特别有责任心，想尽一切办法把工作干好，没有什么难题能难倒他们。以厂为家，舍小家为大家，即使家里有天大的事，工作是第一位的。那个时代，造就了那么一批人，造就了那么一种精神。

赵维斌（原鞍山电业局送电工区班长）：

什么也不想，不考虑，就是想着工作，一心扑在工作上，起早贪黑，不叫苦，不叫累。

阎明纯（原鞍山电业局送电工区主任）：

坚忍不拔，刻苦向上，勇往直前，不怕困难，勇攀高峰。

肖平（原鞍山供电公司输电运检室副主管，全国劳动模范）：

"带电精神"这块牌子再也不能倒，不能掉。要传承这种精神，要搞好培训，打造品牌。

辛宝善（原鞍山电业局局长）：

创新的精神哪，郑代雨开始在实验室里做项目，很多人不敢接触。这也是一种大无畏的革命精神。

周祥全（原鞍山电业局送电工区主任）：

团结协作、取长补短。带电作业一个人干不了，需要集体的智慧，发挥团队的力量。

关明（国网鞍山供电公司副总经理）：

一个重要方面，就是勇于探索、不断创新的精神。

以建设泛在电力物联网为契机，探索带电作业的发展前景，这是一个全新的课题。"三型两网"是撬开互联网大门的支点。要用科学技术引领专业发展，积极借鉴"互联网+人工智能"方式，使配网不停电作业与国外先进的技术接轨，支撑一流配电网建设。

张敏（原鞍山电业局送电工区女工，退休前系鞍山市司法局局长）：

不忘初心，带电作业再出发，传承发扬续辉煌。

2019年6月，鞍山供电公司党委公开向全体员工征集"带电精神"表述语。广大员工怀着对带电作业的崇高荣誉感，积极参与征集活动。最后征集到表述语近百条。经过评审，确定新时代"带电精神"为：

忠诚担当　精益求精
创新实干　敢为人先

忠诚担当：这是核心内涵。"忠诚"就是爱党、爱国、爱人民、爱企业、爱客户；"担当"就是勇挑重担、爱工作、爱岗位、爱钻研。体现了长期以来鞍电人忠诚党、忠诚国家、忠诚企业、忠诚岗位的坚定信仰和把责任扛在肩上、无私奉献、敢于承担风险、国家企业利益至上的大爱情怀。

鞍山供电公司党委下发宣传弘扬新时代"带电精神"的文件

精益求精：团结协作、专注品质、努力超越、追求卓越，力求每一个细节都做得完美、做到极致。体现了鞍电人"精于工、匠于心、品于行"的工匠精神。

创新实干：这是实践要求。"创新"就是借鉴传承、开拓进取、追求突破、竖立标杆，攒几门绝活，人无我有、人有我新、人新我优；"实干"就是俯下身子、撸起袖子、甩开膀子，巧干、能干加苦干，幸福就是这么干出来的。体现了鞍电人创意创新、锐意进取的争先精神以及求真务实、吃苦耐劳、锲而不舍的意志品格。

敢为人先：这是一种精神气质。敢想、敢闯、敢试、敢干、敢吃螃蟹、敢开先河，无所畏惧、有所作为，就像浑身带电一样，电力十足、光芒四射、勇立潮头、舍我其谁。体现了鞍电人在不停电检修作业中敢于尝试、敢于创造历史的首创精神。

新时代"带电精神"，是70年新中国历史和电力工业史的折射，它与带电作业65年来的发展经验一脉相承，也跟新时代"辽宁精神"紧密关联，更是对国家电网公司"人民电业为人民"宗旨的深度阐释。

习近平总书记在党的十九大报告中指出："中国共产党人的初心和使命，就是为中国人民谋幸福，为中华民族谋复兴。"

65年前，鞍山电业局的老前辈们，怀着一份让鞍钢减少损失、让百姓欢度佳节的朴素情感，以一种敢为人先、无私无畏的精神，点燃了带电作业的火种，由鞍山而及辽宁，由东北辐射全国，遂成星火燎原之势。虽历经65载风风雨雨，初心不改。

今天，年轻一代的辽电人接过带电作业的火炬，立足本职，奋发有为，主动融入振兴东北老工业基地的征程，这是辽电人的光荣使命。哪怕历尽千辛万苦，使命必达！

发展辽宁带电作业，国网鞍山供电公司责无旁贷，绝不能缺席，更要走在最前沿。正如广为传唱的《带电》歌词描述的那样：

鸟儿在银线上悠闲
你傲然屹立在天地间

俯瞰脚下的万水千山
仰望头顶美丽的蓝天
耳边传来热烈的呼喊
成功的喜悦泪湿双眼

岁月哪怕苍老了容颜
也要把希望的灯点燃
你我的初心从未改变
何惧前方的千难万险
勇敢的身影走向天边
让世界有了中国方案

带电啊带电
人生带了电
敢为天下先
带电啊带电
人生带了电
光明洒满人间

鸟儿又在银线上悠闲
我们再次俯仰天地间
就像站上了巨人的肩
无畏的青春不懈登攀
逐梦路上有我的奉献
一起描绘崭新的画卷

带电啊带电
人生带了电
敢为天下先
带电啊带电

人生带了电

光明洒满人间

辽电人正合力奏响建功新时代、再创新辉煌的最强音。

辽宁带电作业这艘航船，正升起"带电精神"的大旗，开足马力，扬帆启航。

附录1：

辽宁电力带电作业大事记

（1954—2019）

说明：

在不引起歧义的情况下，本"大事记"采用以下简称：

1. 鞍山电业（供电）局简称"鞍山局"（其他局采用类似说法），（国网）鞍山供电公司简称"鞍山公司"；

2. 沈阳中心试验所简称"沈阳中试所"，东北电业管理局技术改进局简称"东电技改局"，东北电力试验研究院简称"东电试研院"，东北（辽宁）电力科学研究院（有限公司）简称"电科院"；

3. 东北电业管理局简称"东电"，辽宁省电力有限公司简称"国网辽宁电力"；

4. 水利电力部简称"水电部"，电力工业部简称"电力部"，国家电网有限公司简称"国家电网公司"。

1954年之前

早在20世纪50年代初到1953年间，鞍山电业局就已出现带电作业的苗头。这是辽宁带电作业的萌芽阶段。

抗美援朝期间，水丰发电厂遭到侵朝美军的轰炸，鞍钢生产用电短缺严重。为了减少停电对建设和生产的影响，鞍山局职工掀起了热火朝天的增产节约竞赛和提合理化建议活动。在创造发明快速检修法、流水作业法及防误操作等成果的同时，萌发了研究带电作业技术的想法。

鞍山局的工程技术人员和工人首先在3.3kV配电线路上研究制作带电清扫套管、断接设备引线、更换变压器台开关等简单工具，如：研制成功44kV～154kV带电清扫送电线路瓷瓶的工具和方法；用真空干燥浸漆方法制作了木质绝缘杆；在鬃刷上安绝缘杆清扫配电油开关套管；解决了水冲加压喷嘴等一系列关键问题。

1953年5月15日，鞍山局成立推广先进经验委员会。这一年全局涌现创造发明和合理化建议118件。其中有关不停电检修的创新项目有3件：带电接入避雷器的"可动式接续器"，3.3kV不良碍子检出器，带电测试导线接头电阻装置。

1954年

4月

是月 在增产节约运动中，鞍山局职工积极开展带电作业技术研究，研制成功带电装拆3.3kV变压器引线和带电更换3.3kV人字头开关工具。

5月

2日 晚8时40分，鞍山铁西区人民路3.3kV北干线25右1杆上分歧的高压保险器短路冒火。当夜值班的鞍山局配电科副科长刘长庚戴绝缘手套带电处理了故障，因违反安全工作规程而受到警告处分。

12日 鞍山局下发"生字0385号"通知，号召全局职工要"创造各种带电作业用的绝缘工器具"。至当年7月初，已收到合理化建议和技术革新方案81件，年内研制出带电作业绝缘工具13件。

9月

21日 鞍山局工会举办鞍营地区电力系统技术革新成果展览会。在82项参展成果中，带电作业方面的项目有水冲洗、瓷瓶扫除器、清扫刷和装拆引线工具等。

10月

是月 鞍山局成立了由领导干部、工程技术人员和有经验的工人参加的"三结合技术革新小组"。综合职工提出的各种方案和建议，发挥集体智慧，研制成功了送电线路带电检测压接管、配电线路带电接避雷器引线等专用工具。

1955年

本年第三季度 鞍山局公布了带电更换3.3kV配电线路木杆、横担、绝缘子等9项带电作业项目的悬赏课题，在全局组织了5个专题研究小组。

10月

是月 鞍山局成立了以刘长庚为组长的不停电检修研究组，开始了有组织、有领导、有步骤的第一代3.3kV带电作业工具研制工作。这套工具被命名为"升降涨缩器"（又名"升降立管"）。

是年 电力工业部和沈阳电业管理局派出6名同志去苏联列宁格勒动力学院学习并见习带电作业的操作。辽宁的刘庆丰和何树声两名同志参加了学习。

1956年

4月

是月 鞍山局不停电检修研究组研制出3.3kV线路直线杆双回线和三角线的带电更换电杆、横担、立瓶工具。不久试制出22kV～66kV单回线路直线杆不停电更换电杆、绝缘子串的升降涨缩型工具及装拆U型螺丝用的挑钩，随后又研制一种涡轮拉线调整器。

是月 沈阳电业管理局先后安排鞍山局带电作业研究组及部分老电工共70多人，去沈阳、长春进行4次规模较大的操作表演。其间，苏联专家多洛辛也到鞍山进行指导。

是月 鞍山局刘承祜、郑代雨被评选为全国先进工作者，郑代雨作为先进生产者代表受到毛泽东主席等党和国家领导人的接见。

6月

14日 鞍山局成立了由张仁杰任组长的辽宁乃至中国第一个带电作业专业研究组。其任务是在模拟线路上验证带电作业的研究成果，培训带电作业队伍，使研究成果转化为生产力。

10月

是月 第一批3.3kV～66kV不停电检修工具全部配套研制成功，包括各种工器具共60种81件。这是第一代带电作业工具，也被称为"土工具"。

11月

是月至12月 在肯定鞍山局研究成果的基础上，沈阳电业管理局决定在沈阳中心试验所组建由东光烈牵头的154kV～220kV不停电检修工具研究组；鞍山局继续研究开发3.3kV～66kV第二代带电作业工具。

是年 东光烈、郑代雨被评为全国电业先进生产者。

1957年

8月

是月 鞍山局将原有8人的不停电检修组扩大到18人，组成不停电检修班，班长为张仁杰。该班将带电作业列为正常检修方法，负责维护全局输配电线路，参加带电作业工具的研制、使用和改进工作。

是年 鞍山局抽调专业人员，参照日本、美国的有关资料，开始研制第二代3.3kV～66kV不停电检修全套工具。该批工具共计310件。沈阳中试所以东光烈为首的研究组也研制成功154kV～220kV线路不停电更换直线及耐张绝缘子串的全套工具。这就是第二代带电作业工具，又被称为"洋工具"。

是年 鞍山局使用新研制的第二批工具进行带电作业301次，消除设备缺陷323件，其中紧急缺陷45件，多提供电量150万kWh。

1958年

1月

是月　鞍山供电局召开带电作业专业会议，会议邀请了辽宁省电业局领导及东北三省有关电力单位参加。

3月

10日至18日　辽宁省电业局在鞍山召开了推广不停电检修线路会议。参加会议的有东北三省相关供电局，还特邀了部分电业局及高校参加。

27日　鞍山局向水电部上报了《关于带电检修工作的专题报告》。

4月

12日　《人民日报》以《电力工业的重大技术革新——不停电检修电力线路》为题，报道鞍山供电局试验成功带电作业技术的新闻。

19日　北京电业局在天津召开先进生产者表彰会议期间，邀请鞍山局为大会进行带电作业表演。

24日　辽宁省电业局发出《开展线路带电检修工作的通知》，要求辽宁省各供电局立即考虑组织带电检修小组，并与鞍山局洽谈加工问题，迅速开展不停电检修工作。

同日　鞍山局在天津进行了第二次带电检修表演，来自全国电力系统的供电局、发电厂以及电力系统外的人员80余人参观表演。

29日　水电部向全国发出了《关于推广不停电检修电力线路的通知》。

同日　捷克斯洛伐克社会主义共和国动力工会代表团一行四人到鞍山局观看带电作业表演。

5月

4日　上海教育电影制片厂到鞍山摄制影片《鞍山供电局不停电检修线路操作》。

10日 铁道部组织16个铁路管理局的70余名电气工作人员，到鞍山参观学习。

20日 根据水电部通知的安排，鞍山局负责组织第一期不停电检修电力线路培训班，北京等5个省、市电业（供电）局46人参加此次培训。6月5日《水利电力工人报》以《为全国开展带电作业培养母鸡》为题，对此进行了报道。

7月

15日至8月13日 根据辽吉电业管理局的安排，在鞍山举办第二期不停电检修电力线路学习班，参加学习的有大连、沈阳、本溪、抚顺、锦州5个供电局共59人，学习内容与第一期基本相同。

16日 在王遵、东光烈的指导监护下，沈阳中试所技术员刘德成以身体直接接触220kV导线，在国内首次成功进行了220kV等电位带电作业试验。

18日 沈阳中试所试验组在吉林电业局带电作业班的配合下，在220kV李虎线2号塔上成功进行了等电位更换导线线夹和补修导线的检修任务。

8月

10日 鞍山局派人到沈阳中试所学习等电位作业技术，继郑代雨在7月28日进行了类似的试验后，于本日在红旗堡一次变电所进行人体直接接触220kV等电位带电导体的带电作业。

12日 毛主席视察天津时，在薄一波副总理的陪同下参观了电业工人自己制作的带电作业工具，并留下了珍贵的历史镜头。

14日 水电部部长助理程明升到鞍山红旗堡一次变电所视察，并观看带电作业表演。

20日 辽吉电业管理局委托沈阳中试所在沈阳电力干部学校内开办154kV～220kV超高压线路带电作业培训班，培训时间一个月，至9月19日结束。

11月

是月 鞍山局制定的《不停电检修现场安全操作规程（特高压部分）》出版发行。

是月 由郑代雨编著的《带电冲洗绝缘瓷瓶》由水利电力出版社出版发行。

是月 鞍山局汇编的《不停电检修变电所配电装置》一书由水利电力出版社出版发行。

12月

是月 鞍山局先后制定了《3.3kV～66kV送电线路带电检修暂行安全工作规程（木杆、水泥杆、铁塔）》和《3.3kV～66kV送配电线路带电检修现场操作规程》。这两本规程合并为《不停电检修现场安全工作、操作规程》，由水利电力出版社出版发行。

是月 辽吉电业管理局线路专责工程师崔应龙编著的《输配电线路的带电检修》一书由水利电力出版社出版发行。这是国内第一部全面介绍带电作业的专著。

是年 水电部组织带电作业巡回推广表演队，由鞍山局郑代雨带队到达南昌，在下正街电厂进行带电作业现场表演。

是年 沈阳中试所会同辽吉电业管理局生技处，对东北三省各电业局的不停电检测作业班组进行整体培训，由吉林局、鞍山局担任辅导。

是年 继线路成功采用带电检修技术之后，鞍山局历时10个月，新开发了变电带电检修技术项目。到本年末鞍山局又研制成功66kV～220kV变电所带电作业工具222件。

1959年

1月

是月 鞍山局编绘的《送电线路不停电检修画册》由水利电力出版社出版发行。

4月

是月 鞍山局组成带电作业技术传播队，到西安传播带电作业技术。

是月 鞍山局编写的《不停电检修电力线路（3.3kV～66kV）》一书由水利

电力出版社出版。

5月

8日 《中国青年报》发表了题为《降伏了"雷公电母"的人——记全国青工观摩团团员郑代雨试验带电作业的故事》的长篇通讯。

是月 郑代雨代表鞍山市青年，参加全国青年观摩团，并在哈尔滨、济南等地，做了带电作业表演。

8月

是月 沈阳中试所编写的《输电线路不停电检修（154kV～220kV）》一书，由水利电力出版社出版。

10月

21日至28日 辽吉电业管理局在鞍山召开"不停电检修技术表演定型会"，东北三省21个单位的带电检修工人200余人参加了会议。鞍山等7个供电局为大会表演不停电检修项目共17项，展示不停电检修先进工具50多种。

25日 鞍山局受辽吉电业管理局委托，在鞍山举办变电带电检修培训班。参加学习的有来自东北三省供电局及其他单位的带电作业一线工人和技术人员约50人。本次培训至11月13日结束。

是月 鞍山局编著的《电力线路不停电检修工具图册》一书由水利电力出版社出版发行。

11月

3日 鞍山局党委书记白琳出席水电部和全国工交、基建、财贸系统社会主义建设先进集体、先进生产者代表大会，并在会上做了题为《不停电检修创奇迹，多供电力保钢帅》的发言。

是年 鞍山局进行了3.3kV～220kV室内外配电装置带电作业技术的研究工作，并研制出一整套作业工具。

1960 年

1 月

6 日　水电部、水电工会组织带电作业先进经验推广队,委派中共鞍山供电局委员会副书记刘洪耀带队。推广队由 19 人组成,赴湖北、江苏两省各市推广不停电检修新技术。此后,带电作业先进经验推广队又先后到南昌、西安、成都等地做巡回表演,推广、交流带电作业技术。

2 月

是月　由鞍山、沈阳供电局牵头,组织了 22 个单位组成的联合加工组,计划加工制作工具 105 套。后因故自 1960 年年末中断工具加工工作。

是月　鞍山局编著的《不停电检修高压配电装置》一书,由水利电力出版社出版发行。

4 月

是月　刘长庚(鞍山局)、张永林(抚顺局)、詹忠林(本溪局)等在辽宁省工业战线技术革新和技术革命先进革新者大会上,被授予省"先进技术革新者"称号。

5 月

是月　辽吉电业管理局在总结鞍山局带电作业经验的基础上,制定了《高压架空线路不停电检修安全工作规程》,由水利电力出版社出版发行。这是国内第一部带电作业指导性规程。

7 月

是月　根据水电部与辽宁省电业管理局的指示,鞍山局派带电作业组,赴武汉进行表演。

1963年

4月

18日 郑代雨（鞍山局）、张永林（抚顺局）等在辽宁省工业战线社会主义建设先进生产（工作）者代表大会上，被授予省"先进生产者"称号。

是年 鞍山局又研制成功第三批带电作业工具，该批工具共计135种435件，其特点是将"多、长、重"改造为"少、短、轻"，被称为"轻便化工具"。

是年 鞍山局刘长庚编写了近20万字的《带电检修现场操作规程》。

1964年

5月

7日 鞍山局刘长庚、郑代雨被评为鞍山市五好职工和技术革新能手。刘长庚在鞍山市五好集体、五好职工创造发明技术革新代表会议上介绍带电作业改革工具的经验，并出席辽宁省五好职工、技术能手代表会议。

7月

25日 辽宁电力系统郑代雨（鞍山局）等4人在辽宁省工业战线创造发明技术革新代表大会上，被授予省"五好职工"称号。

11月

9日至16日 东电在鞍山召开带电作业鞍山现场会。东北三省各电业局、部分发电厂及上海、北京、天津等兄弟省市21个单位参加了大会观摩。鞍山、沈阳、锦州、营口等7个电业局在13个表演项目中共进行36组次、219人次的操作。大会对参展的工具进行了优选定型，并对表演进行考评（鞍山局获得4项第一名，锦州局获1项第一名）。会议还决定开展帮带活动。

26日至12月1日　水电部生产司在天津召开带电作业现场表演大会。全国17个省市62个供电单位159人参加会议。鞍山等5个电业（供电）局为大会表演了18个带电作业项目。

是年　水电部对东北电业管理局技术改进局下达生产带电作业工具的任务。到1967年，已生产220kV工具50套，110kV工具50套，35kV及以下工具若干套，供全国使用。

1965 年

8月

是月　鞍山局带电作业巡回小组到西安供电局进行表演推广活动。

10月

10日　鞍山局、东电技改局、北京供电局共同研制的"电力设备带电作业轻便化工具和方法"，荣获中华人民共和国科学技术委员会颁发的发明证书（000207号）。

是年　鞍山局带电作业研究组对沿220kV耐张绝缘子串进入强电场的等电位作业法进行试验研究工作。

是年　抚顺局创造了带电爆破压接修补导线新工艺。

是年　沈阳中试所东光烈，鞍山局刘承祐、郑代雨荣获"全国电业先进生产者"荣誉称号。

1966 年

5月

4日至13日　水电部副部长程明升在鞍山市主持召开全国带电作业现场操作表演观摩大会，有118个单位759人参加。其中有39个单位365名带电作业能手，进行送、变、配电及测试等74个项目的带电作业表演。

11 月

是年 旅大局编辑出版了《运行中电力设备的带电试验方案》（油印小册子），介绍已研究出的几种带电试验方法。

是年 郑代雨（鞍山局）等5人在全国水利电力系统政治工作会议上，被授予"先进生产者"称号。

12 月

是月 东电在旅大召开不停电预防性试验座谈会，国内部分供电单位纷纷派人参会。

1967 年

4 月

6日至9日 东电在大连召开带电作业安全经验交流会。

8 月

28日 水电部军管会生产指挥部发出《关于开展不停电试验工作的通知》，该文件肯定了1965年以来旅大、沈阳、丹东电业局研究的不停电测试方法和成果。

1968 年

9 月

17日 在鞍山局试验所高压室外的模拟瓷瓶串上，郑代雨沿220kV耐张绝缘子串进入强电场与导线进行等电位作业。不久将这项技术应用于生产。

是月 水电部下达赴阿尔巴尼亚开展带电作业援外任务。第一期援阿小组共6人，鞍山局刘国恒、何树声参加。援阿小组于1969年6月回国。

11月

10日　阜新局使用"木抱杆提升法"改造塔头，成功解决了154kV升压到220kV运行的旧铁塔空气间隙不足的难题。

是年　东电技改局与丹东丝绸二厂合作，开展带电作业屏蔽服的试验研究，至1970年，试验成功用直径0.03毫米细铜丝与柞蚕丝合股织布制成的屏蔽服。同时期，还研制成功屏蔽帽、屏蔽手套和导电鞋。

1969年

6月

11日　据《鞍山日报》报道，鞍山局以老工人为主体的"三结合"技术研究小组，成功地试验了1.1万伏以下设备带电自由作业，为国家带电作业新技术做出了贡献。

是月　鞍山局成功研制成功10kV带电作业绝缘服，用于10kV户内设备带电作业。

12月

是月　东电技改局开展有关带电作业的间隙击穿强度试验，丹东、旅大、鞍山、沈阳4个电业局参加试验。

1970年

6月

是月　水电部在北京召开全国水电系统电力增产节约会议。会议期间，鞍山局应邀派带电作业组在北京南苑变电站为800多名会议代表进行操作表演。

18日　0:15—2:35，周恩来总理、李先念副总理等在国务院中南海小礼堂，接见了包括鞍山局14名同志在内的会议代表。

会后 水电部决定：由鞍山局派出带电作业小分队，从北京出发，先后到无锡、上海、安徽、西安、成都、自贡、贵阳、云南、新疆、呼和浩特、柳州、广州等地进行带电作业技术表演。于8月30日回到辽宁。

7月

19日 《鞍山日报》报道，鞍山局送变电连广大工人经反复试验，在一次变电所母线上，再次创造成功1.1万伏带电自由焊接、带电自由钻孔两项超世界先进水平的带电自由作业新技术。

8月

1日 鞍山市"工代会"在中心广场召开带电自由作业普及大会，近千人参加大会并观看带电自由作业实际操作表演。

11月

1日 美国对华友好人士埃德加·斯诺夫妇访问鞍山，外交部部长黄华和夫人何理良陪同访问。在鞍山期间，斯诺夫妇参观了鞍山局的带电作业表演。

是年 大连局研制成功液压绝缘斗臂车，为配电系统带电作业开创了新局面。

是年 锦州局学习鞍山局经验，与锦州塑料厂合作研制成功改性聚氯乙烯塑料绝缘服。

1971年

2月

10日至16日 东电委托大连局在大连召开带电爆炸压接座谈会。

6月

5日 朝鲜平安北道代表团来鞍山参观访问。鞍山局革委会主任郑代雨等陪同前往车站迎接。代表团在鞍山期间，观看了电业工人进行的带电作业表演。

12日 鞍山局丁其源和抚顺局马明超受水电部指派，组成第二期援阿小组，赴阿尔巴尼亚传授变电带电作业操作技术,该活动为期半年,到12月9日结束。

12月

26日 东电在丹东召开均压服鉴定会。丹东丝绸二厂生产的"导电绸均压服"通过技术鉴定后进行批量生产,在国内推广使用。

1972年

1月

2日 越南劳动党领导人黄文欢在水首线观看220kV带电作业表演。

5月

12日 柬埔寨王国国家元首西哈努克,由徐向前、陈锡联陪同在220kV水首线观看超高压带电作业表演。

是年 鞍山局在10kV配电、变电设备上开展了全绝缘作业法的研究工作。由于多种因素影响,该项技术一直没有得到推广。

10月

28日 数学家华罗庚到鞍山局观看带电作业表演,并为全局职工做学术报告。

11月

是月 鞍山供电局编著的《带电自由作业》一书,由水利电力出版社出版(内部发行)。

1973年

8月

2日至10日 鞍山局参加水电部在北京召开的第二次全国带电作业现场表

演会。大会组织了全国19个省市30个单位500余人参加的48个项目的带电作业表演，并选择了19个常用项目和通用检修工具在全国推广。

10月

12日至27日　锦州局对原154kV线路升压为220kV的青锦线直线塔头的空气间隙进行带电扩大改造工作。为加快工程进度，东电调集鞍山、大连、抚顺、丹东、阜新等5个电业局参加会战。

1974年

4月

6日　鞍山局送电工人连续奋战，成功地将鞍营线一座22万伏的铁塔带电加高2米，并且成功将铁塔向前移位24米。

是月　鞍山局刘士一、韩北京两位同志研制成功了220kV输电线间接带电更换直线单片绝缘子自动封门卡具，并于同年8月在抚顺召开的技术革新技术革命"双革"会议上做现场操作表演，受到好评。

1975年

2月

是月　郑代雨等二人赴日本参加电网技术考察。

是月至3月　东电技改局在44kV、220kV、330kV线路及变电站内开展电场强度测试工作。

4月

是月　锦州局带电班被评为辽宁省电力工业战线落实"鞍钢宪法"学大庆经验交流会先进集体。

11月

6日至13日 东电在抚顺召开辽宁省电力系统技术革新经验交流会。会议期间举办了大型展览会。

1976年

4月

27日 鞍山局在沈阳变压器厂高压试验大厅进行500kV带电作业试验，取得初步成功。该项试验主要由老工人赵程三、青年女工范桂荣完成。

9月

15日 中华人民共和国邮电部发行"带电作业"特种邮票T16，全套4枚。该邮票由北京供电局设计，呈现的带电作业场景分别是：带电移动检换防震锤、带电更换直线绝缘子、绝缘斗臂车检修导地线、带电检修变电油开关。

是年 水电部组织有关单位组成水电部爆炸压接试验小组，抚顺局参加小组。至10月，试验小组编写了《导（地）线爆炸压接总结》和《爆炸压接须知》两份材料。

1977年

2月

4日至6日 水电部科技司在广州召开"《中国带电作业》科教片剧本初稿研讨会"，鞍山局、营口局、锦州局派员参加。

3月

是月 鞍山局送电工区"三八"带电班正式成立，负责66kV魏东线与鞍腾线的维护与检修。"三八"带电班由范桂荣任班长，朱桂萍任副班长。根据上级有关指示精神，"三八"带电班至1979年撤销。

是年　水电部和卫生部联合发文（〔77〕第140号），责成东电技改局和沈阳职业病研究院共同进行"工频高压电场对机体的研究"课题。

是年　柞蚕丝均压服及导电胶鞋（沈阳局、东电技改局、丹东局、丹东丝绸二厂）、带电检测35kV～220kV避雷器（本溪局、东电技改局）等25个研究项目成为1977年辽宁省科学大会奖励项目。

1978年

1月

18日至25日　由水电部武汉高压研究所主持的国际电工委员会（IEC-TC-78）国内工作组第一次会议在广西南宁召开。旅大局、鞍山局和东电技改局派代表出席会议，并被该委员会接收为国内工作组成员单位。

3月

是月　东电技改局完成的"带电作业的新发展（作业服装）"等20个试验研究项目在全国科学大会上受奖。

9月

6日　许祥佑率代表组到瑞典参加国际电工委员会（IEC）第78技术委员会（TC-78）专业会议，讨论带电作业工具标准草案，同年10月7日回国。

是年　鞍山局组成项目攻关组，开始研制220kV变电和10kV配电带电作业绝缘斗臂车。1979年10kV配电带电作业绝缘斗臂车研制成功，1982年220kV变电带电作业绝缘斗臂车研制成功。此后，鞍山局又研制成功与绝缘斗臂车相配套的带电作业项目20余项。

1979 年

3 月

5 日至 6 日 东电生技处在沈阳组织召开 500kV 线路运行维护座谈会，鞍山、锦州、辽阳 3 个电业局和东电技改局等单位 10 余人与会。会议拟定了 500kV 线路带电作业项目开发规划，并进行了分工。

20 日 水电部批准兴建虎石台高压试验场，该项工程于 1985 年竣工。

5 月

是月 东电技改局翻译出版了《带电作业译文集》，书中收入 6 篇国外有关带电作业的文献资料。

是年 鞍山局成立科研所，在科研所内设立了带电作业研究班和科技情报组。

1980 年

3 月

6 日至 8 日 水电部生产司在天津主持召开第一次全国带电水冲洗会议，18 个单位 38 名代表参加会议。东电技改局等单位在会上介绍了国内外水冲洗情况和技术措施。

6 月

13 日至 15 日 东电在沈阳召开带电作业机具、场强表技术鉴定会，东电科技处、技改局等 62 个单位 109 人参加会议。

7 月

是月 鞍山局试制两种 500kV 自走式不良瓷瓶检测器样机。

9月

18日至19日 东电主持在锦州开会，对锦州局研制开发的NDY-Ⅰ型500绝缘子更换器进行技术鉴定，鞍山局、辽阳局等13个单位21名代表参加。

10月

7日 东北电力科技情报网第一次会议在沈阳召开，东北电力系统70个单位89名代表参加会议。会议宣布东北电力科技情报网正式成立，东电技改局为情报网归口单位。

28日至29日 东电在沈阳召开带电作业汇报座谈会，鞍山局等10个电业局一线人员，东电技改局等部门有关人员15人参加会议。

是年 东电技改局开始研制500kV线路带电作业屏蔽服。至1983年，研制成功用直径0.03毫米蒙乃尔合金丝与柞蚕丝合股布料制成的屏蔽服，同时通过技术鉴定，并在500kV线路带电作业中推广使用。这项成果先后获得东电、辽宁省和水电部的奖励。

1981年

5月

12日至15日 东电在鞍山召开带电作业座谈会。东北三省21个电业局和部分发电厂总工程师及专业人员，共31个单位67人出席座谈会。

15日 根据带电作业座谈会的提议，成立了东北带电作业科技情报网。东北带电作业科技情报网实行网长负责制，鞍山局被推举为首届网长。

是月 东电技改局翻译出版了《美国输电与配电杂志带电作业专辑选译》，书中收录美国带电作业七个方面的内容。

7月

20日 东电技改局在沈阳进行500kV均压服模拟试穿测试工作。东电技改局、辽阳局、鞍山局、锦州局，共4个单位13人参加测试。

12月

20日至23日 东电在锦州召开500kV线路ZLF4-450型飞车技术鉴定会。

是月 东电技改局翻译出版了《超高压带电作业译文专辑》，书中收录了3篇译文。

1982年

4月

21日至23日 东北电业管理局、辽宁省丝绸公司在丹东召开JY-1、TY-1、TY-3型均压服技术鉴定会。

5月

是月 鞍山局翻译出版了《加拿大带电作业手册》，该书原著为加拿大安大略水电局编写的《带电作业手册》。

7月

21日至24日 电晕脉冲法不良瓷瓶检测装置技术会诊协调会议在鞍山召开。

9月

14日至16日 水电部机械制造局会同东电在辽阳召开500kV液压检修平台及带电作业车初设方案审查会。

10月

17日 东电颁发《带电作业安全工作规程（试行本）》。

18日至23日 东北带电作业科技情报网第一届年会暨东北带电作业经验交流会在鞍山召开，共92个单位245人到会。第一届带电作业科技情报网的主要工作成果是：完成了《带电作业技术管理制度》《带电作业安全工作规程》《带电作业操作导则》3本规程的编修工作。

是月　东北带电作业科技情报网出版发行了《东北带电作业动态》创刊号。出刊不久，由东电试研院接手办刊，以《东北电力技术》带电作业专辑的形式替代《东北带电作业动态》，继续出版发行。

是月　东电技改局会同鞍山局、锦州局在沈阳虎石台进行500kV带电作业安全距离试验研究工作。

是年　鞍山局基本完成了带电更换500kV线路耐张单片绝缘子，带电更换500kV线路耐张整串绝缘子，带电更换500kV线路直线整串绝缘子，带电更换500kV双串绝缘子以及导线上的检修工作。

是年　锦州局方年安在辽宁省劳动模范、先进生产者代表会议上，被评为辽宁省先进生产（工作）者。次年，又被评为东电劳动模范。

1983年

6月

是月　受水电部委托，东电技改局谭昌铭与武高所、北京试验所的代表一起，参加了在美国亚特兰大召开的ESMO–83年会。

7月

14日　东电技改局完成的"500kVJY–Ⅰ、Ⅱ、Ⅲ型均压服制造技术"获辽宁省重大科技成果三等奖。

8月

6日　东电技改局在沈阳召开500kV线路第二代铁塔讨论会。

9月

是月　由东电技改局主持，鞍山、两锦局派人参加，在虎石台高压试验场对500kV、ZLv型直线塔和沿耐张绝缘子串等电位进出强电场的安全距离和组合间隙进行试验研究。1985年至1988年，东电试研院又对ZM1型塔进行相关研究。同时还完成了500kV大型水冲洗水柱安全距离的试验研究。

1984 年

5 月

是月 国家标准总局和水电部联合成立了中国带电作业技术标准委员会，鞍山局工程师刘士一被接收为该委员会委员。

6 月

是月 由著名作家徐迟创作的报告文学《雷电颂》发表于《人民文学》1984 年第 6 期。其主人公就是我国带电作业创始人之一郑代雨。

9 月

18 日至 22 日 东北带电作业科技情报网第二届年会在吉林市召开。63 个单位 205 人参加会议。

是月 东电试研院翻译出版了《美国西部地区带电作业等电位安全规程》。

12 月

20 日 东电生技处和科技处在鞍山组织召开会议，对鞍山局刘士一、张仁杰、葛元昌等人完成的 5 项带电作业方法和工具进行鉴定。与会人员认为作业方法可行，同意投产使用。这 5 项 500kV 带电作业工具后于 9 月 28 日取得国家专利局"实用新型"专利权。

1985 年

4 月

5 日 东电在鞍山召开 66kV～220kV 带电更换绝缘子工具定型鉴定会，25 个单位 42 人参加会议。

10月

是月　东电生技处决定对东北三省的带电作业进行一次考核工作，要求先对辽宁直属电业局进行考核。考核分两批，共135人，均在鞍山进行。

12月

是月　东北地区带电作业情报网组织编印《东北地区带电作业事故汇编》，该汇编收集了东北地区1959年至1985年发生的82起带电作业事故。

是月　东北地区带电作业情报网会同黑龙江电力试验研究所编纂出版了《东北地区带电作业技术汇编》。该汇编共收录43篇技术资料。

是年　500kV董辽线全压运行后，鞍山局利用500kV线路带电作业科研成果，在董辽线上带电更换单绞式间隔棒2100组，处理导线损伤33处，更换不良绝缘子500余片，为500kV线路的安全运行提供了保证。

1986年

6月

是月　由东电编著的中级工培训教材《带电作业》一书由工人出版社出版发行。该书由锦州局方年安主编。

9月

是月　在东电试研院、鞍山局、锦州局3个单位的共同努力下，由东电科技处录制成《中国带电作业》录像片一部，片长20分钟。该录像片与东电研制的500kV屏蔽服一同参加了联合国在法国召开的世界能源工作会议的展览。

10月

5日至11日　东北带电作业科技情报网第三届年会暨东北带电作业技术考核会在哈尔滨召开，共35个单位290人参加会议。在现场考核中，营口局获得团体总分第一名。

11月

10日　东电正式颁发东北地区《带电作业安全工作规程》。

是月　东电生技处委托鞍山局培训中心举办首届东电直属局和吉林、黑龙江带电作业人员培训班。至1992年7月，共举办7期培训班，培训带电作业人员243人。

1987年

3月

20日至22日　东电试研院在四平线路器材厂召开500kV输电线路带电作业座谈会。东北三省14个电业局部分带电作业人员和东电生技处、科技处等20余人参加。

9月

22日至25日　水电部生产司在辽宁兴城召开全国带电作业工作会议。来自79个单位的120多人参加会议。会议下发了新的《电业安全工作规程（带电作业部分）》及《带电作业技术管理制度》的油印本。

26日　中国电机工程学会带电作业专业委员会成立。

1988年

5月

是月　水电部在沈阳召开全国带电作业组织协调小组成立大会，到会的领导及带电作业专家40人。大会决定成立中国带电作业技术中心，挂靠在东电试研院。会议还决定成立带电作业专家组，太史瑞昌为专家组组长之一。

8月

14日至15日　中国电机工程学会带电作业专委会成立暨第一届年会在营口召开。专委会委员及论文作者61人参加会议。会议明确专委会挂靠在东电，办事机构设在东电试研院。第一届专委会主任委员由东电副局长花承文担任，东电试研院孙俊伍为副主任委员之一。

20日　东电在营口召开"500kV带电作业工器具鉴定、定型、定点生产工作细则"讨论会。

是月　东电组织录制《中国东北带电作业》录像片。

9月

10日至13日　能源部电力司委托中国带电作业技术中心组织的全国500kV带电作业工具选型会在营口召开，共112个单位599人参加会议。

10月

11日至13日　东北电网带电作业科技情报网第四届年会在大连召开，共48个单位112人参加会议。

22日至23日　东电在沈阳召开工频高压电场对肌体影响的研究技术鉴定会。

是年　东电试研院、丹东局、北京供电局与丹东丝绸二厂合作，用不锈钢纤维与柞蚕丝混纺成导电线，织布后制作屏蔽服，获得辽宁省科技进步三等奖。

1989年

2月

27日至3月3日　乌克兰苏维埃社会主义共和国动力和电气化部带电作业考察团一行五人来东北电网实地考察。

3月

29日至31日　能源部科技司会同安环司、电力司在北京主持召开带电作业绝缘杆标准讨论会。辽宁省太史瑞昌、李洪仁、方年安、肖坤与会。

4月

5日 鞍山局成立带电作业工具研制厂，这是由电力部门投资兴建的国内第一个带电作业工具制造厂。该厂的主要任务是为带电科研工作筹集资金，进行带电作业工具的研制、加工和带电作业项目的培训工作。

10日至15日 国际电工委员会带电作业技术委员会年会及工作组会议在南斯拉夫举行。受能源部委托，东电太史瑞昌和武高所王尉林参加会议。

是月 鞍山市电气技术经济开发公司、鞍山电业局带电作业工具研制厂共同编辑出版了《回顾历史，开拓前进——纪念带电作业创始三十五周年》小册子。

6月

是月 鞍山局在局办刊物《技术消息》1989年第3期上，编辑出版《纪念鞍山电业局带电作业兴起35周年》专刊。

7月

是月 东电主持的东北地区220kV及以下带电作业工具定型会在哈尔滨举行。东北三省16个基层电业局等26个单位44名代表参加会议。经过讨论，提出5个带电作业项目15种工具的定型意见。

9月

是月 东电组成带电作业考察团一行六人，赴乌克兰苏维埃社会主义共和国考察苏联动力电气化部的带电作业实验所。

10月

10日 东电试研院在沈阳召开220kV定型工具图纸审核会。

是月 东电试研院虎石台高压试验场500kV带电作业培训试验线段建成。此后，220kV培训验线段于1995年8月投产使用；10kV培训验线段于2000年10月验收完毕。

11 月

29 日至 12 月 1 日　东北电网配电带电作业工具选型会议在长春召开。会上，代表们择优选定配电带电作业工具 31 件。

12 月

是月至 2001 年 10 月　东电试研院协助中国带电作业技术中心，为东北三省各电业局（供电局）和全国 19 个省（区、市）供电局 315 个单位，举办 45 期 110kV～500kV 线路带电作业培训班，培训带电作业人员 2254 人。

1990 年

6 月

21 日　乌克兰苏维埃社会主义共和国带电作业代表团一行 9 人再次来访。

7 月

是月　东电试研院翻译出版了《国外带电检修》一书。该书分上下两册，收入 5 篇译文。

8 月

16 日　能源部电力司在酒泉召开带电作业工作汇报会，全国各大区电管局及部分供电单位代表 30 余人参加会议。东北电业管理局，中国带电作业技术中心等单位汇报兴城会议以来工作情况。

11 月

14 日至 16 日　东北带电作业工作暨科技情报网第五届年会在长春召开，共 45 个单位 160 人参加会议。

12 月

10 日至 12 日　能源部电力司在沈阳召开 500kV 带电更换绝缘子工具技术鉴定会。

是年　中国带电作业技术中心研制出 500kV 带电作业工具 5 种，能源部于同年 12 月在沈阳主持了鉴定。

是年　经能源部生产许可证办公室和国家技术监督局同意，成立带电作业工具质检中心，挂靠在东电试研院。

1991 年

3 月

25 日至 28 日　东电试研院在沈阳召开 500kV 带电作业座谈会，共 22 个单位 49 人参加会议。

6 月

16 日至 7 月 2 日　能源部组成六人考察团，赴法国考察带电作业。东电试研院田景林、李洪仁参加了考察团。

8 月

17 日至 21 日　能源部在长沙召开 500kV 带电作业培训教材审稿会。锦州局方年安作为专家组成员参加会议。

是年至 1992 年　抚顺局在 500kV 丰辽线上带电改造直线塔绝缘子串取得成功。

1992 年

3 月

是月　在鞍山电业局带电作业工具研制厂的基础上，成立了带电作业研究所（1995年5月撤销）。

11月

5日至7日　第六届东北带电作业科技情报网暨东北带电作业工作会在齐齐哈尔召开，共48个单位129人参加会议。

是月　东北地区带电作业科技情报网编辑出版了《东北电网带电作业情报网年鉴》（第一辑）。

1993年

4月

18日至23日　国际电工委员会带电作业技术委员会（IEC-TC-78）年会在北京召开。两锦局方年安、带电作业中心田志海作为观察员列席会议。

9月

是月　电力部组织带电作业代表团赴美国参加第六届国际输变电建设与带电作业会议（ESMO-93年会）。我省王世阁、王庆乃、田志海参加代表团。此后，1995年东电试研院杨丞棠等出席ESMO-95年会。

10月

26日至30日　东电在沈阳虎石台高压试验场召开东北电网500kV设备带电作业表演会。东北三省部分电业局及试验所，全国各大区特邀代表以及部分带电作业工具制造厂，共248名代表与会。

1994年

5月

14日　《东北电力报》开辟《纪念带电作业四十年》专栏，组发由太史瑞昌、鞍山电业局、孙俊伍、王庆乃、赵作利等撰写的5篇纪念文章。

6月

是月　为纪念中国带电作业创始40周年，《中国电业》编辑部邀请从事带电作业多年的老工程技术人员方年安、柏克寒撰写纪念文章。

7月

是月　电力部下文正式成立《中国带电作业四十年纪事》编委会，并将具体工作委托给锦州市电机工程学会。该书由两锦局方年安和湖南柏克寒任主编。

12月

16日至19日　中国带电作业开展四十周年纪念大会在大连召开，共102个单位191人参加会议。

18日　中国电机工程学会带电作业专委会在大连召开换届会议。东电试研院副院长杨丞棠担任第二届专委会主任委员，孙俊伍、赵作利为副主任委员，我省委员有太史瑞昌、方年安、王庆乃、刘士一，秘书长为李洪仁、刘军玉。

是年　电力部表彰从事带电作业20年及以上人员共1681人，其中辽宁省共455人。

1995年

11月

是月　《中国带电作业四十年纪事》出版发行。

1996年

6月

是月　两锦局薛岩主持的"铰接绝缘拉杆、单元小车"式带电更换500kV

线路整串耐张绝缘子工具项目，获得电力部科学技术进步奖（三等奖）。此前，该项目曾获得1995年度辽宁省发明创造一等奖。

1998年

4月

是月　东电试研院带电作业技术中心"高压带电作业绝缘工具和电气复合绝缘管的综合绝缘检测与诊断技术研究"获电力部科技三等奖。

10月

是月至2000年8月　东电试研院与四川省电力公司、齐齐哈尔电业局共同合作，在国内首次对500kV同塔双回线路开展带电作业的安全性进行研究。同时对500kV同塔双回线路工频电场强度进行现场实测。研制的220kV同塔双回线的带电作业工具，于2001年通过国家电力公司的鉴定。

1999年

4月

是月　两锦局薛岩被国家质量技术监督局聘为全国带电作业标准化技术委员会委员。此后，2003年10月、2006年11月、2018年2月被续聘为该委员会委员。

是月　两锦局薛岩被评为辽宁省劳动模范。

5月

17日至18日　中国电机工程学会带电作业专委会换届会议在扬州召开。杨丞棠继续担任第三届主任委员，孙俊伍、赵作利为副主任委员，辽宁委员有太史瑞昌、刘士一、于海俊、薛岩，肖坤担任秘书长，马宁任秘书。

2000年

7月

是月　电科院带电作业技术中心"500kV同塔双回线带电作业的研究"获2001年辽宁省电力公司科技进步一等奖和2002年四川省科技二等奖。

2002年

10月

是月　辽宁省电力有限公司生产部、辽宁电科院联合撰写《辽宁电力带电作业发展史》小册子。

2003年

9月

是月　全国电力系统送电专业运行工作网带电作业专家工作组成立，两锦局薛岩被聘为专家工作组组长，辽宁电科院肖坤等3人任副组长。

2004年

9月

24日　中国带电作业50周年庆祝大会在沈阳紫薇仙庄举行。大会由中国电力企业联合会和中国电机工程学会联合主办，辽宁省电力有限公司承办。电科院肖坤做专题发言。鞍山公司应邀进行10kV配电线路带电作业演示。

2006年

1月

是月 《带电作业技术300问》一书由中国电力出版社出版发行，该书由锦州公司方年安编著。

2007年

2月

是月 国网辽宁电力投资近500万元在带电作业培训中心建成220kV、66kV变电培训场地一座，为全国唯一专业带电作业培训用变电站。

12月

28日 东北电科院完成国内首家变电带电作业培训基地建设工程，并通过专家组验收。设在电科院虎石台高压试验场的辽宁省变电带电作业培训基地，是辽宁省电力有限公司投资兴建的重点工程项目。

2008年

3月

是月 国网辽宁省电力有限公司带电作业培训中心正式成立。

10月

20日至24日 国家电网公司在浙江建德举办输电线路带电作业技能竞赛。辽宁营口公司刘伟杰获得220kV个人项目第六名。

11月

是月 电科院带电作业技术中心"同塔500kV、220kV四回线运行维护研究"及"辽宁省变电带电培训基地建设"项目获2008年国网辽宁电力科技进步一等奖。

12月

10日至12日 国网辽宁电力举行2008年变电带电作业竞赛，鞍山公司代表队获得团体第一名，朝阳公司第二名、营口公司第三名，鞍山公司丁涛获得个人第一名。

2009年

11月

是月 电科院带电作业技术中心"同塔500kV、220kV四回线运行维护研究"获2009年国家电网公司科技进步三等奖。

是年 鞍山公司参加国网辽宁电力配电带电作业技能竞赛，并获得实操项目团体第一名。

2010年

8月

20日 配电多功能应急抢修车项目在国网辽宁电力和铁岭公司各级领导的大力支持下正式批准立项。

2011年

3月

是月 国网辽宁省电力有限公司带电作业培训中心首次通过国网认证，具有国网员工输、配电带电作业培训资质。

6月

1日 鞍山公司送电工区40名员工分4组，对±500kV呼辽直流伊穆段进行了首次检修和模拟带电作业，有关部门监督和指导作业，鞍山公司领导到现场监督指挥。

15日 铁岭公司在省内率先成立输、变、配电带电作业中心，为全省首家专业化带电作业中心。

7月

7日 在国网辽宁电力举办的配电带电作业技术竞赛中，鞍山公司代表队获得团体第一名，王家峰获得个人第一名。

10月

18日至21日 国家电网公司10kV配网架空线路带电作业技能竞赛在山西临汾举行。国网辽宁电力代表队荣获团体第一名，郑彦林、王家峰分获个人项目第六名、第八名。

12月

30日 沈阳公司在省内率先成立配电带电作业服务中心，为全省首家带电作业"专业化、集约化"管理单位。

是年 鞍山公司职工王家峰荣获辽宁省五一劳动奖章。

2012 年

4 月

是月　中国电力企业联合会组织成立全国输配电技术协作网带电作业专家委员会（EPTC），辽宁电科院肖坤任副主任委员。2014 年 12 月换届，锦州公司薛岩任第二届主任委员，辽宁电科院肖坤等 3 名同志任副主任委员。2017 年换届后，肖坤任第三届主任委员，薛岩任名誉主任。

5 月

29 日　国网辽宁电力 10kV 架空配电线路综合不停电法带电作业现场会在铁岭公司召开，铁岭带电作业中心现场演示采用综合不停电法更换柱上变压器。

7 月

26 日　营口公司整合了全公司人员、车辆、工器具，首次完成带电更换柱上开关。

11 月

12 日至 18 日　中电联全国第八届输电线路带电作业技能竞赛（决赛）在浙江建德举行。辽宁营口公司代表国网辽宁电力获得高压线路带电检修第七名，徐中凯获得个人项目第十名。

2013 年

12 月

是月　沈阳公司荣膺国家电网公司系统内首家"五星级作业现场"荣誉称号（中国质量协会授予）。

2014年

3月

19日 新华社、中新社、中央人民广播电台、《辽宁日报》4家媒体，走进春检作业现场，近距离了解鞍山公司通过大力开展带电作业提升供电服务质量。

5月

27日 沈阳公司在10kV于山变于城线全北分53#首次利用综合不停电作业法开展直线杆改耐张杆加装负荷开关作业，国网辽宁电力组织全省地市单位现场观摩。

8月

是月 沈阳公司《供电企业以"一心，二效，三节"为核心的配电带电作业现场星级评价管理》荣获辽宁省第十八届（2013年度）企业管理进步成果一等奖。

是月 鞍山公司副总经理张朝龙组织王家峰牵头编写的《10kV配网线路带电作业标准化示范》一书由沈阳出版社出版，该书获国网辽宁电力应用理论一等奖。

11月

6日 "中国带电作业技术工作会议——纪念中国带电作业60周年"在湖南长沙举行。肖坤代表中国电机工程学会带电作业专委会对60年来带电工作进行回顾与展望，并主持中国带电作业优秀论文颁奖晚会。鞍山公司丁涛介绍了变电带电作业方面的经验。

2015年

7月

28日 国网辽宁电力配电不停电作业现场培训会在鞍山公司召开。各地市公司的配电专业人员观摩公司综合不停电作业现场，参观公司带电作业展室。

是月 国网辽宁电力组织各单位专业人员成立编写组，开展编制20余种配网不停电作业标准资料工作。同时开展配网不停电作业项目流程图解编制工作。

10月

16日 沈阳公司首次采用绝缘杆作业法带电安装J型专用引线线夹，顺利完成东李干50右7#杆带电搭接分支引线作业。

12月

9日 鞍山首次利用多旋翼无人机辅助开展带电作业。

2016年

10月

是月 国网辽宁电力参加国家电网公司带电作业技能竞赛，营口公司宋仕达获得个人绝缘手套项目第二名，盘锦公司陈广勇获得个人绝缘杆项目第九名。

2017年

4月

10日 国网辽宁电力分区域举办三期基层绝缘杆作业法实训，省内350余人次接受理论和现场实操培训。

18日 鞍山公司首次采用旁路作业法在矿山分3#实施带负荷更换柱上开关作业。

5月

18日 鞍山公司在使用绝缘斗臂车后首次采用地电位绝缘杆作业法更换宁

忠干1#同杆四回线路绝缘子作业。

8月

是月 中国带电作业技术中心副主任马宁和鞍山公司变电检修室职工丁涛受中电联委派，前往广州电安公司传授变电带电作业技术。

10月

是月 美国HUBBELL公司技术人员来营口公司与带电专业业务骨干交流绝缘杆作业经验。次年6月，该公司技术人员又到鞍山公司进行相关交流活动。

是月 电科院带电作业技术中心"配网不停电作业系列工具研制与应用"获2017年国家电网公司科技进步二等奖。

11月

14日 国网辽宁电力配电不停电作业现场观摩会在营口公司召开。各地市公司的配电专业人员观摩东北地区首次开展的绝缘杆法带负荷更换柱上开关的现场展示及验收工作。

2018年

7月

5日 鞍山公司吴肖寒、沈阳公司李天翼代表辽宁省电力有限公司参加国家电网公司中美合作配网不停电作业技术交流。

8月

5日 由鞍山公司研制的工具"一种10kV架空导线电动抬升器"被选为2018年国网辽宁电力科技成果孵化项目。

24日 鞍山公司获得5项专利授权，包括：一种10kV架空导线抬升器、10kV硬质组合式双片悬式绝缘子遮蔽罩、10kV硬质组合拼接式遮蔽装置、

10kV硬质组合式双横担遮蔽罩、10kV硬质横担支架遮蔽罩。

9月

25日 国网辽宁电力举办县域配网不停电作业竞赛。鞍山公司代表队取得团体第一名，庄炳昌取得个人第一名。

10月

17日 国网辽宁电力组建0.4kV低压不停电作业示范团队，沈阳公司代表国网辽宁电力参加国家电网公司在苏州举办的0.4kV低压不停电作业现场演示观摩会议，成功向国网系统各单位做全程示范演示。

11月

是月 国网辽宁电力设备部承办的国网小型无支腿斗臂车暨中美带电技术交流培训会在沈阳召开。

12月

19日 国网辽宁电力设备部联合人资部编发《国网辽宁省电力有限公司关于加强生产一线特殊作业津贴管理的通知》。

2019年

1月

是月 《配网不停电作业三年发展规划》经国网辽宁电力2019年五届一次职代会通过实施。

3月

15日 国网辽宁电力设备部组织召开全业务不停电作业示范区试点工作会议，确立沈阳、大连、鞍山、锦州、营口、铁岭、葫芦岛为配网全业务不停电作业示范区试点单位。

4月

11日 国网辽宁电力组建0.4kV低压不停电作业标准化现场拍摄及指导书编制团队，国网辽宁电力设备管理部王刚，沈阳公司崔晗，鞍山公司张诚、庄炳昌，盘锦公司陈广勇，营口公司荣显峰，锦州公司郭庆生参与拍摄和编制。本次标准化示范片在国家电网公司网络大学网站应用，指导书及典型案例在国网系统推广应用。

16日 鞍山公司首次开展无人机红外测温。

5月

6日 国网辽宁电力设备部组织省内专家开展2019年县域公司配网不停电作业能力评估验收工作，通过验收单位28家，通过率100%。

15日 鞍山公司党委书记孙金宏带队赴武汉拜访原水电部副部长、鞍山电业局革委会主任、全国带电作业创始人之一郑代雨。

6月

10日 鞍山公司无人机载X光带电探伤设备试验成功，本次试验在行业中创立了两个"首次"，即首次利用无人机进电场进行带电作业，以及首次在强电场中进行X光探伤。该项目获得国家电网公司"青创赛"金奖。

是月 为庆祝新中国成立70周年，国网辽宁电力党委决定，由鞍山公司承建中国带电作业展览馆。至9月底，中国带电作业展览馆落成。

8月

是月 鞍山公司党委下发文件，就开展宣传弘扬新时代"带电精神"活动做出安排部署，明确新时代"带电精神"为：忠诚担当、精益求精、创新实干、敢为人先。

9月

6日 国网辽宁电力举行配网不停电作业技能竞赛（带负荷更换柱上开关为首次举办的团体项目），鞍山公司代表队获得团体第一名，孙学斌取得个人第一名。

24日 《人民日报》第5版发表《中国带电作业人：兢兢业业担使命　栉风沐雨保安全》一文，集中展现了带电作业领域10位劳模的突出事迹。国网辽宁电力姜广敏、王家峰的事迹入选。

是月 国网辽宁电力出台《关于全面加强带电作业管理工作的意见》。这是一份全面部署新时代辽宁带电作业工作的纲领性文件。

中国带电作业人：
兢兢业业担使命　栉风沐雨保安全

《人民日报》（2019年9月24日第5版）

带电作业是在运行的电力设备上开展的不停电检修作业，是保障可靠供电的有效方式。

新中国成立之初，东北鞍山电业工人勇于探索、大胆创新，尝试带电作业。从那以后，伴随着祖国的前进步伐，带电作业技术不断创新和发展。从低压线路作业发展到交流1000千伏、直流1100千伏特高压线路作业，从配网作业发展到输、配、变电力设备全领域作业，在基础理论、技术标准、作业装备、操作方法等各方面不断进步，取得了丰硕成果。

带电作业是在高空、高压环境下开展的作业，无论是寒冬还是酷暑，中国带电作业人始终坚守在自己的工作岗位上，他们或是迎着寒风在铁塔上攀登、在导线上巡行、穿着金属丝织成的屏蔽服在百万伏级的高压线路上带电检修，或是顶着烈日，穿着密不透气的绝缘服在绝缘斗臂车中挥汗如雨，日以继夜地抢修供电设备，他们是平凡的劳动者，也是不惧艰险的勇士和英雄。

为推动我国带电作业技术的高质量发展，促进带电作业专业技术技能水平的稳步提升，在即将召开的2019中国带电作业技术会议前，会议承办方EPTC电力技术协作平台现展示一批在带电作业领域涌现出的兢兢业业的劳动模范，他们在自己的工作岗位上作出了突出贡献。

姜广敏，国网辽宁省电力有限公司盘锦供电公司检修分公司输电运检班副班长。全国劳动模范、国家电网公司特等劳动模范、国网工匠、全国技术能手，荣获中华技能大奖，享受国务院政府特殊津贴。累计创造地市公司以上级别科研成果75项，获得实用新型专利44项、发明专利17项。

刘明亮，国网河北省电力有限公司衡水供电分公司衡源电力建设有限责任公司安全监察部主任。全国劳动模范、全国电力行业技术能手、国资委中央企业劳动模范。创新带电处理导线夹少开口销缺陷，撰写发表论文17篇，带领输电运检室带电作业班共制作带电作业工具62件，改进工具48件，申请发明和创新专利21项。

陶留海，国网河南省电力公司检修公司输电检修中心带电作业技术专责。全国带电作业标委会专家、全国技术能手、国家电网公司劳动模范，享受国务院政府特殊津贴。完成国家标准1项、行业标准4项，获得发明专利16项、实用新型专利39项，合著论著13部、论文50余篇，获得省部级奖项20余项。

陈国信，国网福建省电力有限公司厦门供电公司高压带电检修工、高级技师。全国技术能手，获得中华技能大奖、全国五一劳动奖章，享受国务院政府特殊津贴。拥有发明专利20项、实用新型专利30项，多项专利成果填补了国内空白，被业界评价为"开创了中国110千伏线路同塔架设带电作业的新篇章"。

王进，国网山东省电力公司检修公司输电检修中心带电班副班长。全国劳动模范、国家电网公司特等劳动模范、中国电力楷模、2018年"大国工匠年度人物"，荣获全国五一劳动奖章。参加特超高压带电作业300余次，减少停电时间700多个小时。2011年10月，作为等电位电工，成功完成世界首次±660千伏直流输电线路等电位带电作业。

许启金，国网安徽省电力有限公司宿州供电公司三级职员，输电运检室带电班副班长，启金工作室负责人。国家电网公司生产技能专家、全国劳动模范、全国道德模范、全国技术能手。带领研发团队获得专利83项，启金工作室被授予"全国示范性劳模创新工作室"等称号。

杨庆华，国网上海市电力公司检修公司输电运检中心工程师。全国劳动模范、全国技术能手、国网工匠，荣获全国五一劳动奖章、中华技能大奖，享受国务院政府特殊津贴。组织或主持重大输电线路工程施工项目超过100项，获得国家专利授权27项，获省部级或以上技术创新成果奖10项。

王家峰，国网辽宁省电力有限公司鞍山供电公司检修分公司配电运检室带电作业三班技术员。全国劳动模范、国家电网公司技术能手、敬业楷模，荣获全国五一劳动奖章。共编制配网带电作业方法36项，申请专利13项，成立王家峰劳模创新工作室，荣获多项团体和个人荣誉。

冯振波，国网福建省电力有限公司福州供电公司运检部输电带电作业一班班长，高级技师。全国劳动模范、国家电网公司优秀专家人才、全国技术能手，获得全国五一劳动奖章，享受国务院政府特殊津贴。拥有57项国家专利。

郑瑞东，云南电网有限责任公司带电作业分公司带电作业所四班班长。全国电力行业技术能手、南网技术能手、央企劳动模范，荣获全国五一劳动奖章。先后参与科技项目6项，主持质量控制及职工创新项目30余项，获得国家专利15项。参与35千伏及以下线路带电作业技术研究，并在南方电网成功应用，实现了南方电网20千伏线路带电作业零突破，填补了南方电网20千伏线路带电作业技术空白。

数据来源：EPTC电力技术协作平台